Colin Mackay

GOBAN
ODER DER GESANG DES WALDES

GOBAN ODER DER GESANG DES WALDES

Colin Mackay

Mit Holzstichen von
Alyson MacNeill

edition Tramontane

Die Originalausgabe ist 1986 unter dem Titel
»The Song of the Forest« bei Canongate Publishing Ltd.,
Edinburgh, erschienen.

Unter Mitarbeit des Autors aus dem schottischen Englisch übersetzt
von Sylvia Luetjohann.

Mit 23 Holzstichen von Alyson MacNeill.
Umschlaggestaltung von Peter Craemer.

1. Auflage 1988

Lithografische Arbeiten von ORZ, Düsseldorf.
Gesetzt von Typografischer Betrieb Zero, Rheinberg.
Gedruckt und gebunden von Wilhelm Röck, Weinsberg.

ISBN 3-925828-08-7

Inhalt

Vorbemerkung des Verfassers

Im Mittelpunkt dieser Geschichte steht die jüdische Legende vom Golem, deren Stoff ich frei bearbeitet und in das gewissermaßen phantastische und zweifellos seit langem verschwundene Schottland der großen Wälder verlegt habe. Man könnte sie das »Pastorale eines Städters« nennen.

Für die ursprüngliche Idee bin ich Isaac Singers Erzählung The Golem zu Dank verpflichtet, ebenso auch Marian McNeills berühmter Sammlung The Silver Bough für die Beschreibung von Lebensformen in vergangenen Zeitaltern. Auch Kenner der Folklore werden einige bekannte Episoden wiederfinden.

Die hier und dort zitierten Lieder gehören eigentlich der späteren englischsprachigen Ära in der Spielmannsdichtung des Grenzlandes an. Da sie im Rhythmus dem modernen Ohr jedoch vertrauter sind, habe ich sie verwendet und nicht versucht, die echten gälischen Arbeitslieder in meiner eigenen unzulänglichen Version wiederzugeben. Die Anregung für das Wiegenlied der Frauen auf S. 42/43 habe ich durch ein Fragment im Gododdin, einer epischen Erzählung von den Reitern Lothians aus dem 7. Jahrhundert, erhalten. Mungos Segen auf S. 166 ist die verkürzte Fassung eines alten Erntesegens, den Alexander Carmichael in die Carmina Gadelica aufgenommen und übersetzt hat.

Die einzigen Bäume, die ich bis zum Alter von zehn Jahren jemals gesehen habe, wuchsen in Princes Street Gardens (Edinburgh), und ich habe sie für einen großen Wald gehalten.

Doch noch bis 1800 konnte ein Eichhörnchen eine Reise von Caithness nach Cornwall antreten und dabei von Ast zu Ast springen, ohne jemals den Boden berühren zu müssen.

Vorspiel

Die Reiter

In jener Nacht kamen die Reiter und ließen ihre Pferde an dem Platz im Wald grasen, der Wolfsfels genannt wurde. Dort schlugen sie ihr Lager auf. Vierzig harte und grausame Männer waren es. Manche trugen einen Panzer aus Eisenringen, die auf dicke Lederhemden genäht waren, andere Jacken aus Bärenfell, die so zottig waren, daß sie wie die Tiere selbst aussahen. Sie sprachen und lachten mit rauhen Stimmen. Vorher hatten sie ein Dorf im Norden in Brand gesteckt, den Häuptling getötet und die Frauen in der Asche ihrer schwelenden Häuser vergewaltigt. Morgen wollten sie das Dorf in dem Tal auf der anderen Seite des Waldes ausspähen. Jenes Tal war seit vielen Jahren nicht überfallen worden. Bitter und blutrünstig, wie sie waren, fanden sie Gefallen an diesem reichen Ort. Bitter und blutrünstig hegten sie ihren Groll, lachten und spielten derbe Musik inmitten der Nacht, die ihr Lagerfeuer umgab, und nur die Bäume und Zufluchtsorte der Kinder des Waldes hörten ihr Lied.

Tritt unter die Äste, Fremder, und vernimm die Geschichte jener Bäume.

Der Wald

Die Flußtäler Schottlands wurden Tausende von Jahren vor der Zeit des Menschen von Riesen geformt. Sie verwendeten dafür Eispflüge, die an die schnell dahintreibenden weißen Wolken gespannt waren. Dann durchquerten sie diese mit vollen Sturmtaschen, verstreuten Schneekörner auf den klaffenden Felsen, und der Schnee sproß aus den Steinen als Wasser hervor, hüpfte singend jede Klippe und jeden Hügel hinab, und wo immer es den sandigen Boden berührte, brachte dieser brodelnd tausend Schluchten zur Welt. Als die Riesen sahen, daß ihr Werk vollendet war, standen sie auf dem Land, das ihres war, und als sie ihre Gesichter zur Sonne erhoben, den Wind in ihrem grünen Haar, da wurden sie zu Bergen, und die Vertiefungen, die ihre Füße ausgetreten hatten, wurden Lochs genannt; und Wälder aus jungen Birken und Kiefern und Erlen wuchsen um ihre wuchtigen Schenkel, und die Wasser ihrer Schöpfung sangen durch sie hindurch und über sie hinweg, bis hinab zu der fernen See.

In jenen Tagen kannte der Wald den Schritt des Menschen noch nicht. Es war ein wildes, herrliches Land, das da in dem sich langsam zurückziehenden Eis entstand: große, dunkle Wälder, deren Kinder der Bison und der Geweih tragende Elch waren, das Rentier der Tundra und das Wildschwein, das den Baumwurzeln mit seinen Zähnen zusetzte. Dort jagten der Luchs und der Wolf, der Braunbäur kratzte an der Rinde seiner Bäume, und der Biber arbeitete den ganzen Tag lang an seinem Wasserdamm. Sie vernahmen den Laut der Dunkelheit, sie hörten die Jahreszeiten den Wald wie eine Harfe spielen. Weder

der Fischreiher am Lochufer noch die von den Hügeln herabröhrenden Hirsche kannten den Speer oder fürchteten den fliegenden Pfeil. Die Riesen-Wälder standen wartend da, unter dem Dach des Firmaments und den weißen Fußspuren des Himmels, und ihre Stille war noch ohne die Last des Schrekkens der Schöpfung.

Dann kamen die Menschen in langsamen Völkerwanderungen aus dem Süden. Ausgestoßen von dem unaufhörlichen Gebärmutter-Strom der Menschheit, kamen sie in Booten über das weite Wasser. Sie kamen in Tierfelle gekleidet und bärtig, kamen nach und nach zu zweit und zu dritt, Männer und schwangere Frauen, kamen in kleinen Sippen von Geschlechtern und Ehegesetzen, Same und Schoß, Jäger und Fischer, zogen nordwärts zum Land des langen Sommerlichtes und des dunklen Winterschlafes. Es waren die lautlosen ersten, welche die Geschichte vergessen hat, obwohl auch sie den Sinn von Sehnsucht und Sorge kannten und Tod und Verwandlung bis zum äußersten erfuhren. Dann stießen andere zu ihnen, welche die ersten Küchenabfälle hinterließen, und das Rätsel um sie sollte über die graue Küste gehen. Danach kamen die Menschen der Steine, die Erbauer und Pflanzer, die Hirten und Töpfer, die Errichter von Grabmalen, jene, welche die Berghänge mit ihren befestigten Türmen übersäten, ihre Axt an die Baumwurzeln legten und den Flußtälern zum erstenmal einen Namen gaben.

Dort, bei den Gewässern, auf den Waldlichtungen, an der Küste des Nordmeeres siedelten sie sich an, jagten den Bison mit Wolfsfellen um ihre Schultern, erlegten den Elch um seines Geweihs und das Rentier um seiner Haut willen. Sie pflügten Mutter Erde, zuerst in Ehrfurcht und zu druidischen Gesängen mit heiligen Tieren, die eine Schöpfung aus Gold über ihren Schoß zogen; dann in Wut und Gier, wobei sie scharfes Metall an das Fleisch der Mutter legten und Steine aus ihrem Körper gruben, den grünen Gürtel unter ihren Füßen zertrampelten.

Dann blickten sie voller Scheu auf den unermeßlichen Wald. O, wie fremd er doch war! Goban, der Weiße Hengst, galoppiert darin, so sagten sie: Goban, der die Welt einst vor der Ankunft des Menschen erschaffen hat, so erzählt die Legende, die von den Ältesten beim schwachen Feuerschein an den winterlichen Geschichtenabenden weitergegeben wurde; Goban, weiß wie der Mond und stärker als tausend mächtige Krieger; Goban, der Führer aller Tiere, dessen Hufe bei Tag über die wilden Hügel von Morven donnerten und dessen lodernde Mähne bei Nacht durch die Wälder von Balquhidder bis zu den gewundenen Schluchten von Atholl flammte. Und sie riefen das Pferd wie einen Herrn um seine Weisheit und seinen Schutz an, die Menschen, die sich in Strathnaver und Strathmore, bei Garry und Tay und Tummelside niedergelassen hatten — alles Orte, durch die Goban, groß und unsichtbar, majestätisch wie ein Gott, galoppierte.

Wer war Goban? Die Bauern kannten ihn ebenso wie die Reiter. Vielleicht war sein Donnern das Geräusch des kühlenden Windes in den braunen Ästen, die Kaskade seiner Mähne der Wirbel fallender Blätter. Denn der Herbst kam selbst in das glücklichste Land und mit ihm der eiserne Ring auf lebendiges Holz, wenn die Leute ihre Torfwände zu verstärken und ihr Dorf gegen das Heulen des hungrigen Wolfes und das Zuschnappen seines Kiefers an den kurzen Tagen des Jahres einzuzäunen suchten. Und dann eilten die Männer fort vom Feld und Holzschlag, Frauen und Jungen brachten das Vieh in die Einpfählung, und das Dorf im Flußtal wurde zu einem Ort der Vorbereitung, ebenso wie die Dachse des Waldes ihre Bauten herrichteten. »Horcht!« sagte der Wachposten auf dem Trockensteinturm, der die Länge des Tals nach allen Seiten bewachte. Zwei große Männer erhoben ihre behelmten Köpfe zum Himmel. Sie lauschten. Eine junge Frau, die einen Ochsen führte, wandte sich auf dem Feld um und lauschte ebenfalls. »Horcht! Der Gesang des Waldes«, murmelte die Schwarze

Finella, die mehr Jahre erlebt hatte, als sich irgendeiner erinnern konnte. Sie sagte dies leise nur zu der Katze beim Torfballen in ihrer Hütte. Auf dem Feld schnaubte der Ochse in die Hand der jungen Frau. Die Wächter auf dem Turm nahmen ihre Schritte wieder auf.

Horcht!

Es ist der Monat des roten Gebrülls, wenn der brünstige Hirsch Laut gibt. Es ist die Zeit des Vogelzugs, des Gesangs der Silbergans, der Ankunft der Rotdrossel. Im Flug ruft die Rotdrossel *Si-ip, si-ip,* und die Schneedrossel gibt ein rauhes *Tschak-tschak* zur Antwort; am hellsten von allen klingt das Goldhähnchen — so zart, fast unhörbar. Und die Bäume knarren und ächzen, ihre Altersringe drehen sich. Der Gesang des Waldes, so nennen es jene, die stehenbleiben und lauschen. Über dem Sumpf an Loch und Flußufer klagt die Möwe. Die goldenen Blätter der Birke wispern miteinander in der frischen Luft. Das Eichhörnchen stört die Eicheln auf dem Waldboden. Der Fuchs trottet leichtfüßig den Hügelweg entlang: Der Gesang des Waldes, so nennen es jene, die stehenbleiben und lauschen.

Dann kommt der ziehende Nebel. Er hängt in dünnen Bahnen über dem Wild auf den gelben Feldern. Die hohen Bäume verschwinden langsam in den Falten seiner grauen Soutane. Der Wachposten auf dem Turm strengt seine Augen an — könnten Räuber dort draußen sein? Er weiß es nicht. Er verflucht die kalten Himmelsspinnen, die jenes frostige Netz um seine Wache gesponnen haben. Im Dorf blicken die Menschen zu ihren Dächern hoch: Denn nun kommt der Sturm, wie sie es schon wußten, peitscht die Wipfel, bis die Wälder schwarz von ihm sind, bis selbst im tiefsten Wald, dicht am Stamm, unter Schicht auf Schicht von Zweigen, wo die Erde immer warm und braun von abgestorbenen Nadeln ist, bis selbst dort der stechende, durchdringende, unaufhörliche Regen wie Dachshaar auf dem Farnkraut prickelt.

Der Schrecken der Schöpfung liegt auf dem Menschen. Die Sonne wird von einem hungrigen Wolf gejagt! Der Tag ist gefangen in einer Höhle aus Wasserwänden! Der Tag ist von uns gegangen, die Sonne ist verschwunden, die Welt ist finster!

»Ach«, sagt die Schwarze Finella zu der Katze, die beim rauchenden Torf sitzt, »der Hirsch röhrt, der Herbst regnet — und nun wird der Winter schneien.«

Schnee. Im Winter verstecken sie sich davor, die Bewohner des Dorfes: die Krieger in ihrem Turm; Mungo, der alte Priester, der sich in der kleinen Kirche seine kalten Knöchel reibt; der rotgesichtige Shirra, Herr über die Turmleute, der sich vor einem prasselnden Feuer ausstreckt; selbst die geächteten Reiter in ihren umherziehenden Banden plündern im Herbst und halten einen langen Winterschlaf. Doch der Wald schläft niemals: Sein Gesang ist selbst in der kältesten, dunkelsten Stunde zu hören. Wenn alle Bäume, außer den immergrünen, unbelaubt sind und die kalte Luft über die Kiefernzweige kriecht, summt er zu dem Laut des Auerhahns, den plötzlich herbeischießenden Meisen, die in den Baumspalten nach Nahrung stöbern, dem *Prak-prak* des heiseren Raben auf der Felsenspitze, dem nächtlichen *Hu-hu* der wachenden Eule. Winter ist der Tag, wenn Spinnweben aus Reif über den Flechten des Waldbettes hängen und die bemooste Mauer vom Turm des Shirra wie ein Kristallpalast glitzert. Winter ist die Nacht des Fuchses, der den Waldweg entlangläuft, die Zeit der Paarung, wenn die Fähe schreit und der Rüde in der klaren Luft kläfft. Mit dem Winter kommt der Schnee. Schwarz ist der Himmel dann, weiß die Erde. Schwarz sind die dürren Bäume, die ihn auffächern, weiß das gefrorene Mondlicht auf einem von Eis umringten Loch. Und in Sprüngen kommen die Wölfe aus dem Wald hervor: Von Hunger getrieben, überqueren sie das Schneefeld unter dem gleichen Mond und durchstreifen die Schluchten des Flußtals, schnüffeln rund um die Einpfählung, versuchen, sich zwischen den Hölzern hindurch einen Weg hinein an den fetten Tisch zu bahnen, der sie dort erwartet. Schnee, Schnee. Dann verlassen selbst die Bären den Wald. Sie tragen weiße Mäntel auf ihren schwerfälligen Rücken, sie stehen auf ihren Hinterbeinen unter den Bäumen, und die Bäume schütteln ihre Silberschals über ihnen aus. Schnee. Einsame Männer stapfen mühsam darin wie die schweren Schatten ihres eigenen tanzenden Atems, Pferde werden vom Dampf ihrer Nüstern verborgen, Frauen schlagen Eimerlasten von Eis in kleine Stücke, um Wasser daraus zu gewinnen. Kindern kämpfen mit Schwertern aus Eiszapfen. O Schnee! Kleid des Waldes, Gewand des Berges, Vlies des klirrenden Himmels! Und über allem der laut schallende Schrei des Bussards, der auf Schwingen dahingleitet, die sich kaum bewegen. O Schnee.

Und die alte Finella, die in ihr Torffeuer hineinbläst, zählt die Schneeflocken der Vergangenheit und sagt: »Ach, das ist noch gar nichts, wenn man an früher denkt!«

Dann ziehen sich die grauen Himmel allmählich zurück. Die dunklen Massen reißen auseinander, und kleine rosenfarbene Wolkenflecken umsäumen den länger werdenden Tag. *Drip, drip* macht das gefrorene Wasser, zuerst langsam, dann mit zunehmender Geschwindigkeit *Drip, drip, drip* auf die ausgetrockneten Felsen nahe den Schilfgräsern, die hart und rauh wie Speere überwintert haben. Der Fischer am Seeufer legt seine Hand auf das Eis und spürt das aufsteigende Wasser darunter. Er zwinkert dem Jungen zu, der neben ihm steht. Nicht nötig, jetzt ein Loch aufzuhacken, meint er. Es kommt schon von selbst. *Drip* klingt das Eis, es tropft von den Bäumen, Eiszapfen fallen klirrend von den Dachgiebeln. Der Schnee auf der Wiese zerlöst sich zu Pfützen. Die Nacht ist milder. Der Turmwächter zieht die Luft wie ein junges Reh ein. Im Wald erwacht der Dachs in seinem warmen Bau und schnüffelt. Von Zeit zu Zeit schnarcht Mungo friedlich in seiner Kutte. Vor der Morgendämmerung steigt der weiße Nebel vom tauenden Schnee auf. Der Loch kracht und seufzt vor splitterndem Eis, das Gurgeln des Wassers wächst zu einem Tosen an, wenn die Bergbäche aufbrechen und Klumpen aus gefrorenem Schaum auf den Weg schicken, die über ihre schimmernden Kiesel trudeln. Die Bäume wispern im Sausen des grünen Windes. Der Buchfink und die Schwarzdrossel stimmen in den Ruf des Auerhahns ein. Der kalte Nebel vergeht, der Himmel ist scharfgestochen und klar. Die Sonne flimmert auf der tiefroten Erika in den Hügeln und dem braunen Labkraut auf den Wiesen. Die Bergspitzen tragen eine sanfte Wolkenkappe, die Heide in den Nadelwäldern grünt ihrer Blüte entgegen. Über dem sich entfaltenden Farn lockt der Weidenlaubsänger. Sperlinge zwitschern um den Dorfabend. Die weiße Nacht ist vorbei, rufen sie. Licht überflutet die Welt. Die Mädchen des Flußtals trällern, während sie das Vieh auf die Weide hinaustreiben, und in der kleinen Holzkirche singen die Menschen den Osterhymnus.

Surrexit Dominus de sepulco.

Die Jäger

Eines Tages ging der Holzfäller Wat durch den Frühlingswald. Er war in braune Lumpen gekleidet und seine Füße waren mit Stroh umwickelt, doch er lächelte. Der Hunger des Winters hatte wenig genug Fett auf seinen Knochen gelassen, doch er lächelte, weil der Wald so köstlich nach vollem Leben roch und bald die Zeit der Blüte sein würde und weil ihm die Söhne des Shirra für sein Holz einen Anteil an der Jagdbeute des Tages versprochen hatten.

Wat lief leicht mit dem Gang eines Mannes, der seine Sache so gut kennt wie er. So arbeitete er jedes Jahr im Wald. Er kannte die Bäume, er kannte viele von ihnen und gab ihnen Namen. Er schlug sie mit Sorgfalt und Wissen und nur an solchen Orten, wo das Leben immer von neuem wachsen würde. An verborgener Stelle errichtete er einen Holzstoß und kehrte am nächsten Tag mit einem Schlitten dorthin zurück, um seinen Holzschlag ins Dorf und zum Turm des Shirra zu ziehen. Im Frühjahr hatte er gut zu tun. Es gab immer Dächer auszubessern, Hühnerpferche, die der Fuchs niedergerissen, die Einpfählung, die Bruder Wolf durchbrochen hatte, außerdem das Feuer des Shirra — denn Männer aus edlem Geschlecht gaben sich nicht, wie das gewöhnliche Volk, mit bloßem Torf zufrieden. Wat erfüllte alle diese Wünsche.

Mit der Axt auf der Schulter lief er durch die grüne Dämmerung. Ein anderer wäre gestrauchelt, denn dort in der Tiefe des Waldes wuchs ein Dickicht aus hüfthoher Heide, durch die nur wenige Pfade führten, von Bären hinterlassen, die auf der Suche nach dem flüssigen Silber der Bäche waren. Plötzlich wurde sein Gesicht von einem kühlen Lufthauch gestreift. Er blickte um sich. Sechs Schritt von ihm entfernt saß ein Auerhahn mit gelbem Schnabel am Fuß einer Kiefer. »Ach, Bruder, du hast Glück, daß ich keinen Bogen bei mir habe, sonst wärst du im Topf«, sagte Wat. Der Vogel saß reglos da und betrachtete ihn einen Augenblick, dann stob er in einem Wirbel aus grauen und schwarzen Federn durch das Unterholz davon. Wat nahm die Axt in seine Hände. Langsam, seine Gedanken auf den eisernen Kochtopf zu Hause gerichtet, ging er dorthin, wo der Vogel gesessen hatte, und blieb lauschend stehen. Nun, das Tier konnte nicht weit sein. Vermutlich gerade hinter den nächsten Bäumen. Wat wußte, daß die Auerhähne das dichteste Gebüsch liebten und daß sie, wegen ihrer Größe, fast solange zu warten pflegten, bis ein Mensch auf sie trat, ehe sie mit einem herzanhaltenden *Whirrr* durch den Farn schossen. Er strich über die Klinge seiner Axt und kroch durch die schirmende Wand aus Fichten.

Es war in der Nähe des Ortes, der *Wolfsfels* genannt wurde.

Kein zweibeiniges Geschöpf konnte ein größeres Gespür für Vorsicht haben als dieser Mann der Wälder. Über einem spitzen Berggrat, wo die Bäume sich vor dem klaren Morgenhimmel abzeichneten, erblickte Wat flüchtig zwei schwarze Umrisse, Raben, die in großer Höhe ihre Kreise zogen und laute Schreie ausstießen. »Ein ungewohntes Geräusch dort drüben«, dachte er und stand dabei plötzlich völlig reglos da. Ja, etwas Ungewohntes, dort drüben. Die Raben krächzten über den Baumwipfeln und Wat stieg auf einen Erdhügel, der kopfhoch die Heide überragte. Währenddessen erhob sich eine Familie von Nebelkrähen auf der anderen Seite des Bergkamms. Er sah Raben und Krähen zusammen über den Bäumen aus seiner Sicht entschwinden und dann kreisend in den blauen Wolkenfetzen zurückstoßen. Er vernahm ihr heiseres, zorniges *Krah*.

Wat war ebenso unbeweglich wie vorher der Auerhahn auf seinem Erdhügel. Gott bewahre uns! Gewiß hatte weder ein

Reh noch ein Bär diese Vögel gemeinsam auffliegen lassen? Zitternd kauerte er sich tief in die Heide und tastete nach seiner Axt. Bedenke, Leser, dies war die Zeit der Ungeheuer. Die Nebel der Schöpfung lagen noch schwer auf Schottland, und aus ihnen traten blutäugige Dämonen mit schwarzem Fell und mörderischen Zähnen hervor. Wer wußte nicht, daß es Tiere gab, die durch die dunklen Orte der Erde streiften und die kein Christ furchtlos erblicken konnte? Dies war die Zeit, als Trolle und noch schlimmere Wesen im Wald lauerten, als seltsame schweigende Männer sich um Mitternacht aus ihren Betten erhoben, um den Mond anzubellen, als weise und furchtbare alte Frauen Liebhaber in den Armen der Mädchen verhexen und Krankheit in die Euter der Kühe hineinzaubern konnten, wenn Launen und Eigennutz Besitz von ihnen ergriffen. Hatte nicht Mungo, der Dorfpriester, früher einmal, als Wat noch ein Kind war, ein Kruzifix nach einem Teufel geworfen, der auf dem Altargitter hockend sich über seine Andachtsübungen lustig machte, und dann gesehen, wie der böse Geist mit Geschrei und einem blau aufflammenden Blitz durch das Dach davonschoß? Außer dem Priester, der keine Lügen erzählte, hatten es auch andere gesehen, und Wat, noch ein kleiner Junge, hatte dabei geholfen, das Dach auszubessern.

Zuerst hörte Wat die Hufschläge nicht, denn die Erde war weich von Frühling und tief mit Nadeln bedeckt. Er bemerkte hoppelnde Hasen, von denen ein halbes Dutzend den Weg entlangsprangen, den er gerade verlassen hatte, und dann rechts und links im Unterholz verschwanden. Wat preßte sich flach in die Heide. Da waren Reiter im Wald! Zwei Männer, weder Ungeheuer noch Dämonen, wenn auch häßlich genug, kamen auf großen Pferden in sein Blickfeld geritten. Lange Speere lagen quer über ihren Sattelknöpfen. Er hörte rauhe Wortfetzen.

Wats Bericht im Dorf vergaß keine Einzelheit. Wie viele waren es gewesen? Hunderte, sagte er. Riesige Männer, bis zu den Zähnen bewaffnet mit Speeren, Schilden, Streitäxten, Schwertern — er konnte nicht einmal damit anfangen, ihre Waffen zu zählen. Ihr Anführer trug einen Mantel aus Wolfsfell, und neben ihm ritt ein Mann, der einen Wolfskopf auf einem Pfahl in die Höhe hielt. Dem Shirra erzählte er die gleiche Geschichte in gemäßigterer Form. Wie viele? Die Bäume hatten sie verborgen und ihn verwirrt . . . Vielleicht waren es dreißig oder vierzig gewesen, wer konnte das schon sagen? Ja, sie waren nahe herangeritten, vorgeschickte Späher, den Bärenpfad entlang. Hatte er den Wolfskopf wirklich gesehen? Ja, da war er ganz sicher. Einen Wolfskopf auf einem Pfahl.

Der Shirra saß in dem großen Stuhl seiner Halle. Sein Wappen war der schwarze Rabe des Waldes. Rabe und Wolf waren Feinde. Die Wolfsreiter waren die Feinde dieses Tals, waren es schon gewesen, seit der Vater seines Vaters zuerst den Turm aus Trockensteinen und Torf erbaut und seiner Spitze einen hölzernen Wehrgang mit Zinnen aufgesetzt hatte. In fernen Tagen, bevor seine bärtigen Männer geboren waren, hatte der Shirra an der Seite seines Vaters mit dem Schwert auf bluttropfend roter Erde gekämpft, und noch in derselben Nacht hatte jeder Pfosten der großen Einpfählung, die das Dorf und den Turm einschloß, den Kopf eines Feindes getragen. Es gab noch Lieder von jenem heldenhaften Kampf dort drüben auf der Waldlichtung.

Der Shirra saß in dem großen Stuhl neben Speer und Schild. Seine drei Söhne standen bei ihm: der schwarze Somerled, hitzig wie ein wilder Bulle aus vielen Schlachten, rauh und tapfer; der goldhaarige Donwald, gerade wie eine Kampfesklinge, hart wie ihr Eisen; und der junge Fergus, dessen Augen aufleuchteten, wenn er ihre Ruhmeslieder hörte. Wat beendete seine Rede und zog sich aus dem Raum zurück. Der Shirra wandte sich seinen Söhnen zu.

»Gut. Und was willst du nun tun?« sagte er zu dem Ältesten.

»Wir werden gegen sie kämpfen«, sagte der schwarze Somerled, seine Fäuste lagen auf dem Schwertknauf und dem Dolch,

»und jetzt ist der Zeitpunkt dafür, bevor sie uns überfallen können. Sie sammeln sich im Wald zu einem Überraschungsangriff, vielleicht heute nacht. Laßt uns losreiten und gegen sie kämpfen, das ist ehrenvoller.«

»Gut«, sagte der Shirra. »Und du?«

»Wir müssen gegen sie kämpfen«, sagte der hochgewachsene Donwald und strich sich über den Bart, »doch vierzig ist eine große Zahl. Es ist besser, denke ich, sich ihnen an der Einpfählung mit dem Volk hinter uns zu stellen, als unsere eigenen Männer in den Wald zu führen. Wer weiß schon genau, was sie mit uns vorhaben?«

»Gut«, sagte der Shirra. »Und du?«

»Gibt es da noch irgendeinen Zweifel?« rief der junge Fergus. »Wir kennen ihren Plan! Laßt uns zu ihrer Vernichtung reiten, solange es noch Zeit ist!«

Der Shirra schwieg.

»Wenn sie uns an Zahl überlegen sind«, sagte Somerled, »wird der Wald dies vor ihnen verbergen. Wenn wir im Tal mit ihnen kämpfen, werden wir diesen Vorteil verlieren.«

»Öffnet die Tore der Einpfählung und kämpft dort gegen sie«, meinte Donwald. »Es können immer nur zwei hindurch, und wir werden sie töten, wenn sie sich nähern.«

»Das Volk könnte sagen, daß wir uns fürchten und zu Hause verstecken«, rief Fergus. »Laßt uns hinausreiten und jetzt mit ihnen kämpfen!«

Immer noch schwieg der Shirra.

»Sie haben den Wolfskopf gezeigt«, sagte Somerled, »an einem Ort, wo kein Wolf sich lebend zeigen darf. Das ist eine schwere Beleidigung für uns.«

Donwald holte tief Atem.

»Das ist eine Kränkung«, sagte er, »und sie wollen uns damit herausfordern.«

»Vater«, bat der junge Fergus, »ich habe noch nicht meinen ersten Kampf geführt!«

Er hatte auch noch kein Mädchen geküßt, so jung war er.

»Das braucht Überlegung«, meinte der Shirra.

Der Shirra saß allein in der Halle. Seine Augen waren schwach, seine Beine knorrig und kraftlos. Vor Jahren, als er noch nicht so alt wie der bartlose Fergus gewesen war, hatte er den Kopf eines Mannes genommen. Nicht lange danach hatte er seinen ersten Bastard gezeugt. Doch nun war er alt: Hinter ihm stand der Sensenmann, und sein kalter Atem ruhte auf seinem Nacken. Konnte er ein Schwert so gebrauchen wie früher? Er zweifelte daran. Plötzlich kam es ihm, daß die Wolfsreiter genau auf dies gewartet hatten: Sie hatten den rechten Augenblick abgepaßt, bis der Kriegsherr dieses Tals ein nutzloser müder alter Mann war, und nun kamen sie mit Gewalt, im Vertrauen darauf, daß man ihnen keinen Widerstand leisten konnte.

Er ließ den Priester Mungo rufen, der für schlechte Verse und seine Heilkräuter bekannt war.

»Shirra?« sagte Mungo und beugte ganz leicht den Nacken.

Die beiden alten Männer blickten einander an. Der eine glich einem rotbraunen Eber mit stahlgrauen Borsten. Der andere war hager und ausgetrocknet wie ein abgestorbener Baum. Der eine lebte für den Krieg und die Kampfesfreude. Der andere lebte für Mitgefühl und das stille Läuten der Abendglocke. Der eine besaß die eigenartige Sanftmut und Ruhe des gälischen Soldaten. Der andere betete für den blutigen Sieg über die Feinde seines wahren Christus. Die beiden alten Männer waren allein in der Halle.

»Hast du gehört?« fragte der Shirra. »Sie kommen, so wie sie in den alten Zeiten kamen — bei Nacht, durch den Wald, den Bärenpfad entlang.«

»Ja«, sagte Mungo, der Dorfpriester.

»Vierzig sind es, vielleicht noch mehr«, sagte der Shirra. »Ich habe zwanzig Männer. Wir müssen mit ihnen kämpfen, aber die Aussichten sind schlecht. Wir werden deinen Segen brauchen, Vater, und einen Bissen von dem reinen und heiligen Körper Unseres Herrn, wenn wir den kommenden Tag überleben wollen.«

»Ach, das werdet ihr schon, und ihr sollt ihn bekommen«, sagte der Priester. »Aber warum schickst du nicht das Flußtal hinab zu der Burg des Than und rufst seine Reiter herbei?«

»Nein«, sagte der Shirra.

»Noch ein Tag«, sagte der Priester, »ein Tag und nicht länger, und du könntest doppelt so viele Männer haben, als du jetzt befehligst, und mit Gottes Hilfe könntet ihr diese räuberischen Heiden ausrotten!«

»Und das Volk sagen lassen, daß ich Furcht vor ihnen hatte?« entgegnete der Shirra. »Sagen, daß der Turm des Raben sie nicht verteidigen kann, daß ihr Shirra ein zahnloser alter Mann ist, der in einer Ecke über seiner Grütze mummeln sollte? Nein, nein!« rief er und schlug dabei zornig auf den Tisch. »Eher sollte mein Lebensatem in diesem Augenblick meinen Körper verlassen, als daß die Leute sagen, ich würde vor einem Kampf zurückschrecken!«

»Das ist Stolz«, sagte Mungo der Priester, »und dies ist eine der sieben beklagenswerten Sünden, die aus dieser Welt ein Reich des Teufels machen.«

»Ach was, das ist auch der gesunde Menschenverstand«, sagte der Shirra, »denn der Than, mit dem ich bereitwillig in den Krieg ziehen würde und das auch schon früher getan habe, wie du wohl weißt, ist offen gesagt ein fast ebenso schlimmer Räuber wie die Reiter im Wald. Sobald seine Diebesbande einmal in das Flußtal vorgedrungen ist, würden wir eine weitere, noch blutigere Schlacht kämpfen müssen, damit wir sie wieder hinausbefördern.«

»Dann kämpft doch am Tor der Einpfählung«, sagte der Priester.

»Nein, niemals!« sagte knirschend der alte Krieger. »Wir *reiten* zu jedem Kampf, bei Gott! Und in diesen Kampf will ich an der Spitze meiner Männer reiten, und wir werden uns nicht wie eine Schar von grunzenden Schweinen zwischen den Ställen herumdrücken! Nein! Auf hundert dampfenden Schlachtfeldern habe ich gekämpft, und bei diesem kann ich nun nicht das vorsichtige alte Weib spielen. Wir reiten!«

»Wir reiten!« rief er und saß schon auf seinem Kriegsroß.

Seine Männer jubelten und stießen ihre Speere in die Luft.

Wir reiten! dachte ein jeder von ihnen. Die Soldaten des Turms voller Freude; mit Furcht, die sie nicht zeigen wollten, die bäuerlichen Fußsoldaten, die neben den Pferden marschieren würden.

Wir reiten! dachte der schwarze Somerled — wie viele Köpfe werden wohl mir gehören? Ach, wenn auch Tiere sterben müssen, Freunde sterben müssen und ich selbst sterben muß, den Ruhm, den wir erlangen, der wird gewiß weiterleben.

Wir reiten! dachte der hochgewachsene Donwald — und ist meine Klinge wohl scharf genug? Ich habe das Bier nicht gewählt, doch ich werde den Becher leertrinken.

Wir reiten! — die Worte sangen und tanzten in Fergus' jungem Herzen, und seine Augen schimmerten vor Freudentränen, als er seinen Speer schwang.

Dann hob der alte Priester die Hostie und die Männer bekreuzigten sich und der Priester segnete sie.

In Nomine Patri

»O Gott«, sagte Somerled, der wilde Bulle, »gib mir Nacken, die ich spalten kann.«

In Nomine Filii

»O Gott«, sagte Donwald, das strahlende Schwert, »gib mir Feinde, die des Kampfes würdig sind.«

In Nomine Spiritus Sancti

»O Gott«, sagte Fergus und errötete dabei, »laß meinen Vater stolz auf mich sein.«

Amen

»O Gott«, murmelte ein Fußsoldat, »bring mich unversehrt nach Hause.«

»Amen«, sagten sie alle.

Dann ertönten wieder Rufe. Der Shirra ritt an die Spitze der kleinen Kolonne, die für das Volk des Tals ein großes Heer war, und der stolze edle Hengst tänzelte und schnaubte und scharrte auf dem Boden. Sie ritten den Hang vom Turm zum Dorf hinab, der Shirra als erster, ein dünner scharlachroter Umhang floß über sein Kettenhemd, sein grauer Kopf war in Stahl eingeschlossen. Hinter ihm ritt Somerled auf einem schwarzen Pferd mit dem Banner des Raben: Der rote Wimpel des Turms und der schwarze Rabe im Flug waren daraufgenäht von den Händen schöner Frauen, die schon lange unter dem Hügel lagen. Neben ihm ritt Donwald auf einem fuchsfarbenen Pferd, und seine scharfen Augen waren auf die bedrohliche Silhouette der Bäume gerichtet, sein Gesicht war unbeweglich und ohne ein Lächeln, der narbige Schild lastete schwer auf seinem Rücken und seine freie Hand ruhte auf dem Schwertgriff. Daneben ritt Fergus auf einem Rotschimmel, und als er an der ersten Hütte des Dorfes vorbeikam, warf er den Kopf zurück und begann zu singen, denn dort lebte ein Mädchen, das er heimlich liebte. Und dies war das Lied des Raben:

Ein schottisches Schwert für das schottische Land!
O Gott der Kämpfe, mach zu Stahl uns're Hand!
Gegen die Heiden wollen wir reiten
Und sie schlagen von allen Seiten!

Sechzehn Männer, von denen immer zwei nebeneinander ritten, kamen in den Sog dieser Worte, und auch sie sangen das Lied. Und an der äußeren Flanke jedes Reiters schritt einer der

Männer des Dorfes. Sie hatten gerade das Frühlingspflügen beendet, und hier hatte einer einen Bogen, dort einer eine Sichel, ein anderer hielt eine Keule und wieder einer eine Axt in den Händen, und alle fielen in den Chor der Reiter ein:

O Gott des ruhmreichen Zorns,
Sei Du die Ehre unseres Alters!
O Gott der goldenen Liebe,
Hör Du unsere Worte dort oben
in Deinem Königreich!

Und als der Glanz aus funkelnden Speeren und der Klang von klirrendem Eisen durch das Tor der Einpfählung gezogen waren und den Bach überquert hatten und sich weiter durch die dunklen tauigen Weiden des Tals bewegten, da jubelten die Frauen und Kinder und Alten des Dorfes und winkten ihren scheidenden Männern nach, und die Hunde bellten und Hühner rannten den Weg entlang, den die Pferdehufe hinterlassen hatten. Doch einige aus dem Volk blickten einander schweigend an und fürchteten sich. Und das Mädchen, für das Fergus gesungen hatte, lief den Hang zum Turm hinauf und erkletterte den höchsten hölzernen Wehrgang und starrte mit großen Augen, bis es die Männer nicht mehr sehen konnte, nur noch das Glitzern von Waffen und das Aufleuchten der roten Fahne, die sie in die Mittagssonne hineinführte, und sehr leise den schwachen Klang ihres Liedes im Windhauch hörte, bis sich schließlich die schimmernden Blätter des Waldes über ihnen schlossen und alles still war.

25

Die Gejagten

Die Waldvögel erhoben sich über die Wipfel: Der Zaunkönig stürzte sich von den Zweigen, der rosenfarbene Dompfaff flatterte über dem Bärenpfad. Der rauchgraue Adler strebte den heranziehenden grauen Wolken zu, und der weiße Schwan schlug mit den Flügeln über dem See, bis der Regen zu fallen begann.

Er fiel stetig während des restlichen Tages, und als die Sonne über dem dunstigen Wald unterging, fiel er immer noch.

»Ich habe den Fuchs über die Wiese bellen hören«, sagte Finella, die Alte, die manche eine Hexe nannten.

»Das hat nichts zu bedeuten«, sagte Mungo der Priester. »Ich habe ihn auch gehört.«

»Es war nichts Gutes in seinem Gebell«, sagte die alte Frau.

»Ich habe den Wolf aus der Schlucht heulen hören«, sagte sie eine Weile später.

»Es ist die Art der Wölfe zu heulen«, sagte Mungo.

»Es war kein Hase, den er gerissen hat«, sagte die alte Frau.

In jener Nacht hatte Mungo schlechte Träume. Er erinnerte sich an die Zeit vor vielen Jahren, als er zuerst als junger Priester mit frisch geschorener Tonsur in das Flußtal gekommen war. Die meisten der damals Lebenden waren jetzt tot; Finella war eine hübsche Frau gewesen und der Shirra noch ein Junge. Mungo war mit den Turmwachen in den Wald gegangen, um gegen Reiter aus einem anderen Tal zu kämpfen. Das Gefecht hatte am Wolfsfels stattgefunden und Mungo hatte sich davor versteckt. Später war er über die blutige Lichtung gegangen, um den Toten und Sterbenden beizustehen, und die Männer lagen dort so, wie die Schwerter und Äxte sie gefällt hatten — Männer und das, was von ihnen übriggeblieben war. Ihm war übel gewesen. Die Soldaten vom Rabenturm hatten ihre eigenen Leute begraben. Der Vater des Shirra hatte befohlen, die toten Körper der Feinde liegen und verwesen zu lassen. Sie hatten den Verwundeten die Kehlen durchgeschnitten und waren davongeritten. Ohne Wissen der anderen hatte Mungo Wochen damit verbracht, den Wald bei Mondlicht abzusuchen, bis er den Kampfesort wiedergefunden hatte. Er trug eine Schaufel bei sich, denn er hatte die Absicht, den Gefallenen ein christliches Begräbnis zu geben. Dort lagen sie, auf der Lichtung, umgeben von Steinblöcken, von mächtigen Bäumen und wachsamen Tieraugen. Mungo stand unter einer großen Fichte, und im Schein des Mondes sah er die Toten. Sie alle waren von etwas anderem als bloßen Waffen zerrissen worden, den meisten fehlte das Gesicht oder ein Arm. In einigen Helmen waren die Köpfe nur noch schimmernde Schädel unter dem Licht der Nacht. Mungo schauderte, er bekreuzigte sich und begann zu beten. Um die Augen von dem schrecklichen Anblick loszureißen, wandte er sein Gesicht dem Mond über den Baumwipfeln zu und richtete seine Gebete an ihn, wie an die Mutter Gottes. Dann verdächtigte er sich selbst der Götzenanbetung und seine Angst wuchs noch. Er sah eine Vielzahl von schwarzen Flügeln gegen den Silberhimmel und hielt sie für Dämonen. Schließlich erkannte er, daß es nur Fledermäuse waren. Er nahm seine Schaufel in die Hand und kletterte den Felsen hinab.

Doch die schwarzen Flügel waren nicht die Flügel von Fledermäusen gewesen, sondern die Seelen der Toten. Jetzt, in seinem unruhigen Schlaf, wußte er dies.

Die Lichtung war eine kleine baumlose Mulde, wo Wölfe ihr Lager hatten: ein nackter Nabel inmitten des großen dunklen

Körpers, des Waldes. Zwei Dutzend Männer lagen dort und einige Pferde. Die Tiere hatten sie zerrissen und umhergeschleift, so daß sich die Knochen des einen und die Gebeine des anderen ineinanderverhakt hatten, und zusammen glänzten sie nun wie helle Adern unter der dunklen Decke aus Farn und gefallenem Laub. Mungo schluckte schwer, denn in der Tiefe des Waldes war wenig Luft und es roch wie in einem Leichenhaus, und er kniete mit vor der Brust verschränkten Armen nieder. Durch die leisen Worte, welche die Körper zu Asche und Staub bestimmten, vernahm er ringsum ein Fauchen und Schnüffeln. Über seinem Kopf, gegen die Schwärze der Bäume, war der kreisförmige Felsblock von wilden Augen gesäumt. Er betrachtete sie gelassen und schloß sie in seinen Segen mit ein, doch der kalte Schweiß brach ihm aus und er mußte sich die Hände an seiner Soutane abwischen, bevor er die Arbeit aufnehmen konnte. Zuerst versuchte er, die Knochen und die übriggebliebenen Klumpen von vermodertem Fleisch, das Haar, die verzerrten Muskeln und Eingeweide, die er dort vorfand, zu erkennbaren Formen einzelner Menschen auseinanderzuziehen, um jedem sein eigenes Begräbnis zu geben. Doch obwohl er sich mit einer solchen Kraft an dieser Aufgabe abmühte, als würde die Erlösung daran hängen, gelang ihm dies nicht. Durch die warme Erde waren Baumwurzeln nach oben gekommen, um das Blut zu trinken, und sie hatten sich wie Fangarme um Beine und Brustkasten geschlungen, und ihr Griff war unbezwinglich. Schließlich gab Mungo auf. Seine Schultern hoben und senkten sich von der Anstrengung. Er starrte auf das hinab, was er als sein Versagen ansah, denn er war noch ein sehr junger Mann, und dann setzte er sich auf einen bläulich schimmernden Stein, legte die Hände vors Gesicht und weinte. Als er wieder aufblickte, waren die Augen eines riesigen Wolfes auf ihn gerichtet.

Mungo schauderte und erwachte auf seinem harten Lager. »Sie sind tot«, dachte er. Er lag da und blickte zu der dunklen

Decke hoch, die er nicht sehen konnte. Der feine Geruch von Frühlingserde strömte in seine Nasenlöcher. »Sie sind tot«, dachte er voller Gewißheit.

Auf jener Lichtung, vor all diesen Jahren, hatte der junge Priester, der in einem Haus an der verlassenen und baumlosen Küste geboren war, gelernt, daß der Wald eine Welt für sich war, ein lebendiges Geschöpf mit eigenem Verstehen. Mit der Kante seiner Schaufel scharrte er Laub und Nadeln und Erde zusammen. »Nun gut, dann soll der Wald sie haben«, sagte er. Über das Schlachtfeld breitete er ein rotbraunes und grünes Grabtuch. Es begann zu dämmern. Von irgendwoher zwischen den Bäumen hörte er das leise Wiehern eines Pferdes. Damals kannte er die Legenden Schottlands noch nicht und der Name *Goban* war ihm fremd. Er dachte, daß die Mythen des Gälentums, wohin es ihn verschlagen hatte, ebenso unsinnig waren, wie jene Israels, das er niemals gesehen hatte, von einer schmerzlichen Wirklichkeit. Zwischen den Bäumen erblickte er flüchtig ein schimmerndes weißes Fell.

»Der Mondschein spielt mir sonderbare Streiche.«

Er verließ den Ort, ohne sich umzuwenden. Er vernahm das gedämpfte Tappen von Füßen auf der Lichtung, und der Geruch von Tieren mit spitzen Schnauzen und scharfen Augen verließ ihn nicht, bis er beim Hahnenschrei den Bach am Tor der Einpfählung überquerte.

Als die Dämmerung nahte, fiel der Regen noch immer, und noch immer gab es keine Nachricht von den Männern.

»Macht euch keine Sorgen«, sagte Mungo der Dorfpriester, zu den wachenden Leuten. Doch er dachte: Die alte Frau hat recht gehabt — der Himmel weint.

Der Bach führte Hochwasser. Die Wolken schoßen wie Pfeile quer über den Himmel. Das Volk stand wartend da.

Mungo kniete in der kleinen Holzkirche und betete. Dann hörte er eine Stimme:

»Ein Reiter! Ein Reiter im Bachtal!«

Er lief ins Freie. Ein einsamer Reiter ritt das Tal hinauf. Sie konnten ihn in der Ferne sehen. Eine schreckliche Stille senkte sich auf das Dorf. Menschen standen bei der Einpfählung, am Bachufer, oben auf dem Turm. Kinder hielten sich am First der Dächer fest. Die Jüngeren rangen die Hände, bissen sich auf die Knöchel. Die Alten und Trübäugigen warteten geduldig. Der Reiter bewegte sich langsam. Sie nahmen an, daß er sein Pferd trinken lassen wollte, denn der Rotschimmel streifte am Bachufer entlang und durch das helle Schilfgras. Sie erkannten das Pferd von Fergus. Wäre er einer der einfachen Reiter, einer der Männer aus dem Dorf gewesen, wären sie nun zu ihm hingelaufen. So aber starrte das Volk schweigend.

Langsam kam der Reiter an den Rand des Wassers herab. Der am Bachufer verborgene Biber, das Wiesel blickten aus dem dichten Gebüsch hervor. Jetzt konnten sie Fergus erkennen. Sein Kopf war ohne Helm und rollte wie benommen von einer Seite zur anderen. Weiße Flügel umflatterten ihn. Nessa, das Mädchen, für das er gesungen hatte, preßte ihre Hände vor den Mund. Er gehörte nicht zu ihnen. Mungo, dessen Augen schwach vom Alter waren, wunderte sich immer noch, warum der Mann so langsam ritt.

»Warum reitet er so langsam?« fragte er. »Was fehlt dem Mann denn? Könnt ihr es sehen?«

Am anderen Bachufer, gegenüber dem Tor der Einpfählung, lehnte sich Fergus plötzlich über den Nacken seines Pferdes und fiel aus dem Sattel. Seine leere Schwertscheide klatschte zwischen die Binsen und das fließende Wasser. Einer der Pfeile, die sich in ihn gebohrt hatten, zerbrach; die anderen beiden, mit Federn so weiß wie Flügel, staken über seiner Brust. Sein Blut rötete den Bach, als der sanfte Rotschimmel daraus zu trinken begann.

Das Volk blickte schweigend zu ihm hin und sagte nichts. Fergus bewegte seine Arme und stöhnte. Es betrachtete ihn wortlos. Seine Sporen rissen die Erde der Uferbank auf. Es sagte nichts.

Nessa begann zu schluchzen.

Mungo der Dorfpriester hinkte zu ihm hin. Der alte Mann hatte den Bann gebrochen. Die Leute begannen sich zu rühren. Sie trugen Fergus durch das Tor hinein und verschlossen es fest. Sie trugen ihn zu der kleinen Kirche und legten ihn in ihr kühlendes und nach Holz riechendes Zwielicht. Späher bestiegen den Wehrgang des Turms. Mungo kniete bei dem Verwundeten nieder und wusch sein Gesicht mit Wasser aus dem steinernen Taufbecken. Fergus öffnete die Augen und blickte ihn verstört an. Er versuchte etwas zu sagen, doch Mungo verstand ihn nicht. Dann kam die Dunkelheit wieder über ihn.

In seinem eigenen Raum, der von der übrigen Kirche durch eine Chorschranke aus Weißdornholz getrennt wurde, war Mungo mit seinen Kräuterzubereitungen beschäftigt. Zerlumpte Kinder kamen aus dem Wald mit Armen voller Grün zu ihm gelaufen.

»Vater, was machst du da?«

Er wußte, dieser alte Mann, daß die Erde unsere Mutter ist, daß wir aus ihrem Schoß in die nährende Kraft des Sonnenlichtes gelangen. *Vater Sonne*, so hatte er in seinen Gebeten gesprochen, *Schwester Mond, Mutter Erde* . . . Und nährte eine Mutter ihre Kinder nicht? Er blickte auf den Wald, wo die Tiere keinen Arzt hatten, und auf das Wasser, wo die Fische die Hände des Heilers nicht kannten. Er war alle Wege mit einem Weidenkorb entlanggegangen. Es gab keine Pflanze, von der er nicht wußte, die Wiese hatte keine Geheimnisse vor ihm. Gütiger Jesus, dachte er, Du vermagst alles. Heilige Maria, dachte er, laß diesen Jungen nicht vor der Zeit sterben. Denn Fergus hatte einen Pfeil nahe bei seinem Herzen.

Schon früher hatte das Gerücht über die Gebete dieses alten Mannes Mißvergnügen im Bischofspalast hervorgerufen. Mehr als einmal waren ernste Kirchenmänner mit bleichen scharfen Gesichtern gekommen und hatten nach Häresie geschnüffelt. Was *meinst* du? hatten sie gefragt. Warum *sagst* du das? Was sollen wir davon *denken?* Im Bischofspalast gibt es nicht nur geistigen Trost, sondern auch Kerker. Hüte dich, sonst werden wir dich dort wie eine Dohle in den Käfig sperren und dich schrill durch deine Gitterstangen pfeifen hören. Und sie standen da mit kalten Silberkreuzen um ihre Hälse und mit ihren dünnen bitteren Mündern nannten sie ihn einen Heiden.

Der alte Mann lächelte nachsichtig und erzählte ihnen von seiner Wahrheit. *Meinen, sagen, denken* — sind sie nichts anderes als Keulen, die schlagen, und Eisen, die binden? *Da wurden ihre Lippen noch schmäler.* Darum will ich nicht mehr denken, so sang Mungo, der grauhaarige Dichter, denn Denken macht alles schlimmer; will zu keinen Meistern mehr kriechen, denn sie sind listige Denker auf Thronen der Macht; will keine himmlischen Belohnungen mehr versprechen, womit sich die Ausbeuter dieser Welt bereichern. Doch ich will hinunter durch das Grüne Tor zum Ort meines Ursprungs, wo alle steinernen Gebote zerbrochen sind, wo alle kalten Götterbilder ins Meer geworfen werden, wo kein Kerker steht, wo keine Ketten binden, wo es keine Kreuze gibt. Und ich werde eins sein mit dem Schilfrohr und dem Fingerhut, eins mit der Heide und dem wilden Ginster; ich werde in die Erde sinken und zu Erde werden, mein Fleisch mein Körper mein Blut werden Erde sein; und der blühende Weißdorn wird mich in seinen Wurzeln kennen und die Brachvögel werden nach mir rufen und die weißen Wolken werden meine Gebete sein. Und ich werde nicht mehr ein Diener von dem sein, was sie mich hießen, sondern ganz und gar frei, und ich werde in allen Dingen den reinen Ursprung finden, so wie es am Anfang war, als der Wind zuerst das grüne Haar der Erde zerzauste . . .

Doch Mungo hatte nur wenige Worte von diesen zustande gebracht, bevor seine Zunge stammelnd verstummt war.

Hatten sie verstanden — ein wenig . . . vielleicht?

Nunquam! sagten sie. *Häresie!* dachten sie.

»Ach ja«, sagte Mungo, »ich habe zu arbeiten.« Und er lächelte.

Die scharfgesichtigen Männer aus dem Palast schauderten und bekreuzigten sich und murmelten dunkle Worte.

Mungo, der mit seinen Meßbechern hantierte und Wurzeln und Blätter mit einem hölzernen Stößel zerstieß, suchte nach einem Heilmittel.

Ein kleines Mädchen war neben ihn getreten. Ihre Augen glänzten wie die des Sperlings, ihre Wangen waren so braun wie Vogelbeeren. Sie war vielleicht zehn Jahre alt. Sie war barfuß und konnte seit ihrer Taufe kein richtiges Bad mehr genommen haben. Mungo blickte auf sie hinab.

»Ja, Kleine«, sagte er.

Die siebzig Jahre zwischen ihnen waren ohne Bedeutung. Sie verstanden einander vollkommen.

»Wird der Mann sterben?« fragte sie leise mit ernstem Gesicht.

Aus dem Kirchenschiff klang Stimmengemurmel zu ihnen. Die Augen des alten Mannes folgten dem Klang.

»Vielleicht. Er ist in Gottes Händen. Aber ich will mein Bestes tun.«

Und er mischte die heilende Arznei: Pulver aus Sanikelblättern, einen Breiumschlag aus Wasserschierling, eine kühlende Salbe aus Holunderblüten, Pestwurz vom Bachufer, gekochte Beinwellwurzel, Saft von Gänseblümchen, Wundkraut und Fingerhut. Alle guten Dinge des Waldes, alle Herrlichkeiten des Feldes. Pulver unter seinem Stößel. Gemeinsam gingen sie in die Kirche.

»Warum hassen sie mich?« flüsterte Fergus.

Sie kamen zu ihm, der auf dem Erdboden vor dem grobgezimmerten Altargitter lag. Die meisten der Dorfleute standen um ihn herum oder steckten ihre Köpfe durch die Tür. Nessa stand mitten unter ihnen. Im vergangenen Jahr hatten sie einen Pachtbauern hineingetragen, den ein Wildschwein aufgerissen hatte, und an die gleiche Stelle auf den Boden gelegt. Und die Frauen hatten geweint und die Männer waren zuerst von Sorge gezeichnet und hatten dann einander Vorwürfe gemacht, wie es der Lauf der Dinge ist. Doch die Menschen, die nun auf Fergus blickten, hatten ihre Herzen vor ihm verschlossen. Eine seltsame gefühllose Neugier hielt sie bei dem leidenden Körper fest, keine Liebe erhellte die Kirche — es sei denn von Nessa, und die behielt sie für sich. Keiner kniete, um Fergus' Wunden zu stillen. Es war eine dichte Wand aus schweren gleichgültigen Körpern, die dem alten Priester den Weg freimachte, als er mit einer dampfenden Schale in den Händen hinter der Chorschranke hervorkam, und das kleine Mädchen ging neben ihm.

Warum? fragte sich Fergus, *warum?*

Er lag da und blickte zum Kirchendach hoch. Seine Augen waren voller Angst. Er wollte die Leute nicht anschauen. Furcht und Haß umtanzten ihn in seinem Fieberwahn. Noch nie in seinem Leben war sein Schrecken so groß gewesen. Es war nicht der Schmerz der Pfeile, die in seinem Körper steckten, nicht das Grausige, das er erlebt hatte, kurz bevor sie ihn trafen — dafür gab es eine Erklärung. Nicht aber für die düstere Feindseligkeit des ihn umringenden Volkes. Einen Augenblick lang hatte er geglaubt, sie wollten ihn töten, seinen Körper nach Art eines Rituals in Stücke reißen, als sie ihn unsanft durch das Tor der Einpfählung hineingeschafft hatten.

Nessa, das Mädchen, kam niemals in seine Nähe.

Warum, Vater? Laß sie mich nicht töten.

Mungo wischte das Blut von dem brandroten Gesicht des

Jungen. Behutsam zog er die weißgefiederten Pfeile aus seinem gemarterten Körper, zögernd die qualvolle Geschichte aus seinem gepeinigten Geist . . .

Hinter dem Shirra waren sie das Bachtal hinabgeritten, die Männer des Turms, und das rotschwarze Rabenbanner, das Somerled trug, hatte kühn vor ihnen im Mittagslicht geflattert. Alles war so großartig gewesen, der Himmel war klar und von leuchtendem Blau, die Luft so frisch, daß Fergus immer wieder das Abschiedslied vom schottischen Schwert und schottischen Land gesungen hatte, und die sechzehn Reiter, die hinter ihm ritten, sangen es auch, und die Männer aus dem Dorf, die zu beiden Seiten der Pferde voranschritten, fielen in den Chor ein; und Fergus war von einer derartigen Lebensfreude erfüllt, daß ihm nicht einmal der Gedanke kam, irgend etwas Unrechtes und Schreckliches könnte sich ereignen — nein, nicht einmal dann, als Donwald sich im Sattel umwandte und ihm zornig zu schweigen gebot. Die Reiter des Turms lachten und tauschten Scherze mit dem dahinstapfenden Fußvolk aus, und sie schauten nach ihren Klingen und Bogensehnen und prüften den Griff ihrer Speere. Und alles war gut. Sie waren unterwegs, um einen lärmenden Haufen von räuberischen Heiden zu schlagen — denn Fergus zweifelte niemals daran, daß die Wolfsreiter räuberische Heiden waren, die sie besiegen würden —, und ein oder zwei Tage später würden sie zu einer solchen Siegesfeier zurückkehren, von der noch Jahre später gesprochen würde, wenn das Volk beim Feuer säße und sich an die alten Zeiten erinnerte.

Ah.

Am Waldrand hatte der Shirra die Kolonne anhalten lassen und ihr Schweigen geboten. Er stand aufrecht im Sattel und hielt den Kopf wie ein alter Hund erhoben. In diesem Augenblick flog ein Krähenschwarm mit düsterem Krächzen über sie hinweg. Unfreiwillig folgten die Männer den Vögeln mit den Augen.

»Das ist ungut«, sagte einer.

Donwald ritt vor an die Seite des Shirra. Fergus hörte das Wort »Omen«. Die Zeiten waren abergläubisch. Der Shirra schüttelte den Kopf. Donwald kehrte zurück, sein Gesicht war hart und verschlossen. Die Kolonne betrat den Wald.

Zwei Späher ritten voraus, die Reiter und die Männer des Dorfes folgten ihnen, einer hinter dem anderen, den Bärenpfad hinab. Ulme und Erle schlossen sich über ihnen. Über ihren Köpfen schwand das Himmelsmeer zu einem langsam verrinnenden Quell von fernem Blau. Die Welt des Waldes lag im Dämmer. Bald waren nur noch Waffengeklirr und Pferdehufe zu hören. Unbewußt lauschten sie auf die Geräusche des Waldes. Zweige krachten unter ihnen und sie blickten auf. In einem eigenartig durchsickernden Sonnenlicht glühten die Kätzchen eines Haselstrauchs am Wegrand blutrot. Ein Mann berührte sie vorsichtig, es war jedoch nur das Leuchten auf ihren Blättern. Er grinste, aber ein Unbehagen hatte die Männer ergriffen. Reiter lockerten die Schwerter in der Scheide, Dorfleute umklammerten Sense und Sichel, Heugabel und Axt fester. Sie hörten einen Specht klopfen, einen unsichtbaren Fuchs bellen, als ihre Schilde das Gebüsch streiften. Sie hörten das Lied einer Kohlmeise. Aus irgendeinem Grund stimmte es Fergus traurig. Es gab ein Lied, das sang von dem Helden Finn, der in die Schlacht geritten und kämpfend gefallen war. Seine Mutter hatte es ihm oft vorgesungen, als er noch in der Wiege lag. Jederzeit, so dachte Fergus, konnte er nun den gleichen Gang wie Finn tun, und er hatte noch nichts mit seinem Leben angefangen, als daß jemand ein Lied auf ihn machen würde. Der Gesang der Kohlmeise endete in schrillem Gezeter. Die Zweige ringsum regten sich, Nadeln und Blätter wisperten unter ihren Füßen. Die Männer waren unruhig. Schwarz-Somerled klemmte die Fahnenstange zwischen sein Bein und die Flanke des Pferdes und strich über das Blatt seiner blaugesichtigen Axt. Blond-Donwald zog sein Schwert, küßte das kreuzförmige Heft und prüfte die Spitze auf seiner Zunge.

Weiter ritten sie.

Weiter führte der Shirra seine Männer.

Weiter flog der Krähenschwarm hinter der roten Flagge vom Turm der Raben.

Wo waren die Späher?

Donwald ritt voraus. Aus den Augenwinkeln sah er, daß das Gras zertrampelt und voller Blut war, sah die Hand eines Toten unter dem Farnkraut. Er stieß ein hohes Pfeifen als Warnruf aus und ließ sein Pferd in leichten Galopp fallen, wobei er tief in eine Wand aus Farnen hineinhieb. Ein kalter Schrei stieg von den zerfetzten Stengeln auf.

Sie waren in einen Hinterhalt geritten.

Der Shirra zog sein Schwert und schlug den Räuber nieder, der hervorsprang, um ihn zu erstechen. Somerled schwang seine Axt, sie zerschmetterte Helm und Schädel und der Angreifer sank zu Boden. Plötzlich schoßen die Bäume Pfeile auf sie ab. Der erste Reiter stürzte aus dem Sattel. Seltsame Männer hatten sie umringt, stießen mit Speeren aus dem Unterholz hervor, spannten Bogen von den Ästen, kamen den Pfad herabgeritten, heulten wie *Banshees*. Die Welt war nichts als ein roter Schrei. Fergus rammte seinen Speer in die Kehle eines Mannes, zog ihn wieder heraus, wehrte einen Pfeil mit seinem Schild ab und stach auf den Bogenschützen ein, der rittlings auf einer umgestürzten Fichte saß und taumelnd herabfiel.

»Faol! Faol!« riefen die Räuber: *»Wolf! Wolf!«*

Wer von den Brüdern starb zuerst? Fergus, der sich durch seinen eigenen Schmerz quälte, stellte sich diese Frage und konnte sie nicht beantworten, ballte seine schweißnassen Fäuste und wußte es nicht.

Er hatte gesehen, wie Donwalds Pferd zu Boden ging, und Blond-Donwald lag da mit einem zerschmetterten Bein, ein toter Mann auf jeder Seite, und er kämpfte noch gegen einen dritten, der hervorgekommen war, ihm die Kehle durchzuschneiden. Beide starben dort in des anderen Blut. Schwarz-Somerled lehnte gegen einen Baumstamm. Das Gewicht von zwei Speeren zog ihn nach unten. Er zerriß das Rabenbanner mit den Zähnen und schwang mit einer Hand seine Axt.

Der erste Pfeil traf Fergus unterhalb des Schulterblatts, wo der Harnisch eine schwache Stelle hatte. Er zerbrach seinen Speer am Schild eines Reiters und spürte einen Schwerthieb, der ihm das Kettenhemd von der Brust riß. Dann war dieser Reiter gefallen, umgemäht von der Sichel eines Dorfmanns, dessen Namen er vergessen hatte. Er hörte die Stimme seines Vaters den Kriegsruf des Turms schreien. Der Shirra kämpfte zu Pferd, von einem halben Dutzend Wolfsreitern umringt, nicht mehr als zwei seiner Leute neben sich. Fergus gab seinem Pferd die Sporen, es stürmte vorwärts und trat dabei auf einen Verwundeten, der fürchterlich aufheulte. Der zweite Pfeil traf ihn, als der Shirra stürzte. Fergus ließ seinen Schild fallen und hielt sich mit Mund und Fingern an der Mähne seines Pferdes fest. Überall waren Schreie und Blut. Auf dem Weg drängten sich herrenlose Pferde in Panik. Das große Schlachtroß des Shirra war unter ihm zusammengebrochen, ein Speer hatte seinen Kopf durchbohrt. Es schmiegte sich gegen die anderen Pferde, sein Blut färbte ihre Flanken. Der letzte von den Reitern des Raben und ein Räuber zu Pferd kamen zusammen um. Der triumphierende Wolfskopf tanzte auf seinem Pfahl. Ein dritter Pfeil traf Fergus und das Schwert glitt ihm aus der Hand. Der

Shirra stand in einem Gewirr von Körpern. In seinem Kettenhemd steckte eine Schar von Pfeilen, und sein Kopf trug eine klaffende Wunde von einem Axthieb. Nicht einer von den Männern des Dorfes war noch zu sehen. Die Räuber in den Bäumen begannen zu spotten. *»Pax vobiscum!«* riefen sie, schwenkten ihre Waffen und fuhren mit den Fingern *Sliccck* über ihre Kehlen. Der Shirra hieb nach einem von ihnen, und der Mann sank zu Boden. Dann traf ihn ein Pfeil ins Gesicht. Er taumelte. Zum letztenmal brach der Kriegsruf des Turms aus ihm hervor:

Chlanna nan con thigibh a so's gheibh sibh feoil!

was in der alten Sprache bedeutet: »Kommt her, ihr Hundesöhne, und holt Euch Fleisch!« Dann fiel er. Die Räuber drangen auf ihn ein, um ihn abzuschlachten.

Als einziger von allen, an sein Pferd geklammert, entkam Fergus.

Der Rotdornbusch

So also war es gewesen. Dies war die Geschichte, die Fergus erzählte, als er auf der Erde vor dem Christusaltar in der kleinen Kirche lag. Alle Männer waren tot. In den Augen der Frauen lag der Widerschein ihres aufsteigenden Schmerzes. Fergus' Stimme brach, wurde zu flüsterndem Schweigen.

Sie hofften nicht, denn es gab keine Hoffnung. Sie suchten nicht, denn es gab nichts zu suchen. Der Shirra hatte die jungen Männer vom Dorf weggenommen und die alten und schwachen, die lahmen und gebrechlichen zurückgelassen. Er hatte sie strahlend wie Morgenblumen gepflückt. Nun wußten die Frauen, daß sie und ihre Männer sich in dieser Welt nie mehr begegnen würden.

Der Großneffe der alten Finella, ihr einziger Blutsverwandter, war mit den anderen gestorben, die Linie der Nachkommen erloschen. Sie hatte vorausgesehen, daß es so kam. Es war im Bellen des Fuchses, im Heulen des Wolfes gewesen. Nun fraßen Raben an seinem Kopf. Sie hielt ihre verdorrten Hände über ein kaltes Feuer.

Die anderen Frauen reagierten nach ihrem Alter und dem Maß ihres Leidens. Die eine jammerte und warf sich auf den Boden. Eine andere hockte in stummer Totenklage und wiegte sich auf den Knöcheln. Eine dritte starrte gedankenleer auf die dunkle Baumreihe.

Die übriggebliebenen Männer streiften mit finsterem Gesicht von Hütte zu Hütte. Sie hatten beschlossen, bis Tagesanbruch zu warten und dann in den Wald zu gehen, um die Toten zurückzubringen. Bis dahin blieb ihnen nichts zu tun. Sie sprachen nicht mit den Frauen, die ohnehin jenseits ihrer Worte waren.

Kleine Kinder weinten mit ihren Müttern. Die größeren standen stumm da und betrachteten sie mit furchtsamen Augen.

Wo seid ihr, Coll, Roy und Torcall? Wo bist du, Calum, der mit seinen Geschichten die Schmiede vor Freude und Gelächter widerhallen ließ? Wo bist du, Ranald, der den silbernen Lachs vom Loch heimbrachte?

Tot, alle tot.

Dies hatte sich schon oft zuvor ereignet. Die Geschichte Schottlands war ein Netz aus Liebe und Haß, von starkem Herzen und auch von großer Grausamkeit.

Das Leben war für das Volk der Flußtäler eine schöne und reine Sache, doch manchmal kam Die Sorge. Dann blieb die Ernte aus, der Hunger zerrte an gequälten Bäuchen, das Vieh wurde getötet, damit seine Besitzer den Winter überleben konnten — doch wo waren die Kühe, wenn der Frühling zurückkehrte, um Milch und Käse zu geben, wo die Ochsen, um den Pflug zu ziehen? Es konnte auch sein, daß die schwarzen Ratten kamen mit dem Tod hinter ihren gelben Zähnen, und die Menschen wankten und erbrachen sich, fielen auf die harte Erde und lagen da um Hilfe rufend, als andere vor ihnen zurückwichen, zuckten noch ein wenig und lagen dann still. Oder, in einem Geklirr aus Pferdehufen und Waffen, kamen fremde Männer in das Tal geritten: Lang waren ihre Lanzen, wogend wie das Korn, und ihre eisernen Ähren funkelten im kalten Sonnenlicht. Und sie verbrannten, was zu verbrennen war, und nahmen, was es zu nehmen gab, und vergewaltigten jede Frau zwischen sechs und sechzig, die sie nur finden konnten, und töteten jeden Mann, der ihnen zu widersprechen wagte. Und der Priester kniete zwischen den geschwärzten Grundmauern seiner Kirche und betete: »O Gott, wie lange willst Du Dein Gesicht noch abwenden?« — doch er bekam keine Antwort. Finella, die älteste von ihnen, konnte sich an die Zeit erinnern, als dies ihrem Dorf widerfahren war.

In dem Bewußtsein, daß sie in allem schwach waren, nur nicht an Zahl, schlug das Volk der Bauern und Fischer mit der Bosheit der Schwachen zurück. Einsame Reiter wurden ergriffen und mit Sicheln abgeschlachtet. Die Helden der alten Sagas lagen keuchend da, die Zinken einer Heugabel in ihren Bauch gerammt, und kleine dunkle Männer, die nach Ziegen und Kuhmist rochen, saßen auf ihrer Brust und schlitzten ihnen gelassen die Kehle auf.

Dann kehrte Die Sorge zurück. Sie kam als einfallendes Heer. Seine Späher ritten auf den Bergkamm oberhalb des Dorfes und riefen höhnend nach unten: »Heda, ihr Tölpel! Legt sauberes Stroh auf eure Betten — heute nacht werden wir mit euren Frauen schlafen!« Harte Männer mit grausamen Augen waren es, in Rudeln wie Wölfe.

Um sich vor diesen Wölfen zu schützen, holte sich das Volk die Raben ins Dorf. Der Turm wurde erbaut, ein Kriegsherr ernannt, ihn zu besetzen. Er brachte Männer mit, die Armut von Grund und Boden vertrieben hatte, Männer, die nichts kannten außer dem Kampf — und die nun für das Tal und sein Dorf kämpfen würden. Doch die Dorfleute blickten auf den Turm und auf die Nahrung, die dorthin ging, und auf das rote Banner, das darüber wehte, und auf den unvermeidlichen Hochmut von jenen, die sie dazu erhoben hatten, sie zu verteidigen; und eine tiefsitzende Abneigung begann langsam in ihnen zu schwären, ein Argwohn gegen diese eisernen Männer und alles, was sie darstellten, eine dunkle Freude an ihren Fehlschlägen, eine Bereitschaft, ihnen jedes Unglück anzulasten.

Jene Abneigung war wie eine straff gespannte Schnur, ein Faden aus Stahl. Sie war das Unkraut im Garten, der Schmutz am Grunde des klarsten Teiches. Sie war in jedem von ihnen.

Wo seid ihr, Sim, Niall, Tormod? Wo bist du, Donall? Wo bist du, Frang? Wo bist du, Mata? Wo seid ihr?

Am Rande der Tränen wächst ein Rotdornbusch. Es heißt, er sei rot aus Scham vor der blutigen Grausamkeit der Menschen. Es heißt, er sei rot von dem Blut der Unschuldigen, das auf ihm vergossen wurde. Es heißt, die reinen Herzens sind, können ihn singen hören. Ich glaube, nur wenige haben ihn singen hören.

In jener Nacht trafen sich die Dorfleute in der Schmiede. Calum, der Schmied, hatte einen Reiter mit seiner Sichel getötet — vielleicht war er es gewesen, der dem jungen Fergus das Leben gerettet hatte. Dann waren andere Reiter auf ihn eingedrungen und hatten ihn erschlagen. Jetzt war die Esse nichts als ein kalter Eisenklumpen. Siubhan, seine Frau, hatte wenige Tage vor dem Aufbruch der Männer ein Kind geboren, Mungo hatte den kleinen Eoin getauft. Im Feuerschein des glimmenden Torfs saß Siubhan mit ihrer Mutter und ihrer Schwester bei der Wiege. Sie sangen:

Schlaf, Kindchen, schlaf.
Dein Kleid ist aus vielen Farben,
Schlaf, mein Liebchen, schlaf.
Ich machte es aus Marderfellen,
Schlaf, mein Herzchen, schlaf.
Dein Vater ist ein großer Krieger,
Ein Jäger mit Spieß und Keule.
Keiner ist kühner als er,
Schlaf, mein Täubchen, schlaf.

In den Bergen jagt er das Wildschwein,
Auf den Hügeln den Hirsch und das Moorhuhn.
Aus den Wassern des Inver holt er den Fisch,
Schlaf, mein kleines Mäuschen, schlaf.

Keiner ist kühner, keiner wagt mehr,
Keiner ist stärker mit Schwert und mit Speer.
Wenn du ein Mann bist, wirst du ein großer Jäger
sein —

Schlaf, Kindchen, schlaf

sang Siubhan.

Ihr vaterloser Sohn war eingeschlafen.

Leises Stimmengemurmel erhob sich im gespenstischen Licht. Alle überlebenden Männer des Dorfes waren versammelt. Das waren: Mungo, der alt war und ein Priester; und Tomas, auch er war alt; und Manus, der noch älter war und blind und am Stock ging; und Fearchar, der vierzehn Jahre und fast ein Mann war und der zu seinem Ärger nicht auf den Marsch mitgedurft hatte, weil er der einzige Sohn war und seine Mutter ihn brauchte, so hatte der Shirra gesagt; und Wat, der Holzfäller, der zu den Bäumen und Tieren gehörte und alles überlebte; und schließlich Rob, der grinste und sabberte und ein Gauch war.

Und die Frauen?

Schmerz hielt die meisten von ihnen fern. Sechs waren geblieben. Die drei bei der Wiege: zwei von ihnen Witwe, eine unverheiratet. Mutter, Schwester, Kind — alle Menschenalter. *In diesem Augenblick wurde Calum bereits von einem Fuchs zerrissen.* Und dann, auch sie Witwen: Sine, die unansehnlich wie eine Rübe und fruchtbar war, die Mutter vieler Kinder; Seonaid, die Frau eines Soldaten, von dunkler Schönheit; und Finella, in ihre Tücher gehüllt. Finella, die älteste von ihnen allen, vor der jeder sich beugte.

Sie war gekommen, als das Kind in der Wiege gelegen hatte, die Alte, die in jedem Geburt und Tod sah. Da war die Schmiede erfüllt gewesen von Freude und Fröhlichkeit, von lautem Gelächter und munteren Reden. Sie hatte sich in eine Ecke gesetzt und in die Flammen geblickt. Ihr altes Gesicht war scharf wie das eines Vogels, ihr silbergraues Haar hing ihr lang und glatt über die Ohren. Wenn sie ihre Hände rieb, flüsterten sie miteinander wie welke Blätter. »Pssst«, sagten die Leute dann, »die Alte hat *Das Gesicht*!«

Zwischen ihr und dem Priester lagen Jahrzehnte von Verwünschungen, die nahe an Krieg kamen.

Draußen in der Dunkelheit verstummten die Geräusche des Dorfes. Gewöhnlich war es um diese Zeit ruhig und still und voll von schlafenden Menschen, doch heute nacht schliefen nicht viele. Ein paar alte Frauen, die über den Schmerz hinausgewachsen waren, vielleicht fanden sie friedvollen Schlaf, die ihn am wenigsten brauchten.

Am Rande der Tränen wächst ein Rotdornbusch . . .

Aus einer der weiter entfernten Hütten drang der Klang der Totenklage.

»Wer wird das sein?« sagte Una. Sie lauschten.

»Es wird Nessa sein«, sagte eine andere.

»Nein. Warum sollte *sie* es sein?«

Die Stimme stieg an zu einem Wehgeschrei, dann sank sie wieder in sich zusammen. Seonaid schluchzte laut.

»Ach, um Gotteswillen, mußt *du* denn jetzt wieder anfangen«, sagte Una. Seonaid hatte vorher geklagt und ihr rabenschwarzes Haar zerrauft. An ihrer Schläfe war Blut verschmiert.

»Warum nicht?« sagte Seonaid mit dumpfer Stimme. »Was hast du denn gemacht, als dein Mann starb? Du hast geflennt und geflennt, wenn ich mich recht erinnere.«

»Immerhin war ich eine Ehefrau und keine Dirne.«

Seonaid stieß einen Schrei aus und ließ ihre Nägel aufblitzen.

»Hört auf damit!« sagte der Priester.

»Weiber!« brummte Tomas. Der blinde Manus hatte das Kinn auf den Griff seines Stocks gelegt und schüttelte den Kopf.

»Hört auf«, sagte Mungo noch einmal. »Die Toten sind beim Herrn. Wir müssen uns Gedanken über die Lebenden machen.«

»Was gibt es denn da nachzudenken?« rief Seonaid. »Wir werden alle gemordet werden, und das weißt du auch, wenn die verdammten Wölfe das Tal herabkommen!«

»So darf ein Christ nicht reden«, sagte Mungo streng. Er blickte in einen Kreis von erwartungsvollen Gesichtern. *Was wollen sie von mir? dachte er.* »Wir wissen, daß der Herrgott uns nicht im Stich läßt, so düster die Dinge auch aussehen. Er hat Seine Gründe, vergeßt das niemals. Wenn die Männer tot sind, dann denkt daran, daß sie nur für uns tot sind, aber für sich selbst gehen sie auf der Straße zum Paradies — gelobt sei Gott! — zu dem Ort, wo alles herrlich und großartig ist und wo es keinen Krieg und kein Leiden mehr gibt. Daher wollen wir alle dafür beten, daß ihre Seelen schneller dorthin kommen. Das müssen wir als erstes tun.«

Alle nickten, waren bereit zu glauben, was der alte Mann ihnen sagte — alle außer Finella, die durch die Nase schnaubte und etwas vor sich hin murmelte. Mungo beachtete sie nicht. Er blickte rundum in den Kreis von Augen, und die Furcht nagte an ihm, daß vielleicht auch er am Ende nicht hierhingehörte. Ach, dachte er, sie wollen einen Kriegsherrn, einen Kämpfer! In dunkler Zeit hätte ein Druide sie jetzt in die Schlacht geführt. Blutleere Frömmigkeit, über die sie lachen werden.

»Das zweite«, sagte er, »ist folgendes: Wolf und Rabe, Turm und Räuber sind Gefährten in einem schrecklichen Tanz, und wir sind der Tanzboden. Wer wird über das Tal und sein Volk herrschen? Bis gestern war der Wolf unten und der Rabe oben, der Shirra war unser Schutz auf Erden, seine Männer waren unser Schild und die Wölfe blieben im Wald. Nun sind die

Männer tot und der Tag des Wolfes steht uns bevor. Was sollen wir tun? Unsere Seelen gehören dem Herrn, doch unsere Körper sind sterblich, aus Fleisch und wie Staub: Arbeit beugt sie, Krankheit zerstört sie, Speere lassen sie verbluten.«

Wieder nickten sie. Ja, das verstanden sie: Körper bluten, wenn Speere sie treffen.

»Und wir sind Frauen«, sagte Sine, die unscheinbare. »Ein Dorf von Frauen.«

Sie fürchtet sich vor Vergewaltigung, dachte Mungo.

»Ja, ihr Frauen habt eine andere Last zu tragen«, sagte er. »Diese Räuber sind erfüllt von Fleischeslust, und wir müssen daran denken, wie es einem von ihrer Unzucht befleckten Opfer am Himmelstor ergehen wird. Der Herr ist voller Gnade und Vergebung, doch je mehr Vergebung Er zeigen muß, desto erzürnter wird Er sein; und über all dies sollten wir uns Gedanken machen, denn ich für mein Teil würde Seine Nachsicht nicht allzusehr beanspruchen, so grenzenlos sie auch ist. Daher überlasse ich die Entscheidung euch: Bleiben wir hier und warten ab, was sie mit uns machen werden, oder brechen wir auf und gehen woandershin? Eine andere Möglichkeit kann ich nicht sehen.«

So, dachte er, damit ist es ausgesprochen. Sie blickten ihn immer noch an. Was werden die Frauen tun wollen? fragte er sich, der doch keusch war. Schließlich sind auch die Räuber Mannsleute. Vielleicht werden sie sich ja genauso zufrieden unter sie legen wie unter ihre eigenen Männer.

»Möglicherweise sollten wir zum Than gehen«, sagte Sine, »und ihn darum bitten, daß seine Männer zu unserem Schutz kommen.«

»Der Than!« sagte Seonaid. »Als ob er auf uns hört!«

»Dazu haben wir sowieso nicht mehr die Zeit«, sagte Wat, der sich heimlich hinter die junge Sorcha geschlichen hatte und ihr nun seine Hand auf die Schulter legte; Una, der nichts entging, beobachtete ihn. »Sie verbringen die Nacht damit, ihre

Wunden zu lecken«, sagte er weiter, »und am Morgen werden sie hier sein. Morgen früh werden wir alle tot sein. Noch in der Nacht aber können wir in den Wald gehen. Es gibt viele Plätze, die ich kenne, wo ich euch verstecken könnte.«

»Der Than . . .«, sagte Sine.

»Ach, der Than«, sagte Wat. »Den verfluchten Than können wir uns aus dem Kopf schlagen! Ihr alle wißt, wieviel Vertrauen wir auf den Than setzen können. Glaubt ihr denn, daß es ihn kümmert, ob ein weiteres Dorf in Flammen aufgeht? Wartet nur darauf, seine Männer nächstes Jahr um diese Zeit zu sehen, und die Würmer werden euch bis dahin alle gefressen haben, wenn ihr nicht tut, was ich euch sage und in der Nacht fortgeht.«

»Keine Wölfe morgen«, sagte Rob der Gauch. »Keine Sorge — keine Wölfe. *Faol.*« Und er heulte wie ein Wolf.

»Wölfe fressen gern«, sagte Sine, als Robs Geheul zu albernem Gekicher geworden war.

»Natürlich — sie werden bis zur Ernte warten!« sagte Mungo. In den anderen Flußtälern war die letztjährige Ernte schlecht gewesen. »Selbst Wölfe kommen aus dem Wald, wenn sie Hunger haben. Rob hat uns dies sagen müssen. Gott segne dich, Bruder Rob.«

Rob wand sich in seiner Verlegenheit wie ein Aal.

Und in seinem Waldlager sagte der Anführer der Wolfsreiter, der die Hälfte seiner Männer im Kampf verloren hatte, tatsächlich zu seinem ersten Stellvertreter: »Reiten wir am Morgen, so werden wir feststellen, daß sie abgehauen sind. Warten wir, bis die Ernte eingebracht ist, werden wir sie antreffen und wahrscheinlich alle nichtsahnend überrumpeln«, so sagte er und dabei spuckte er aus.

»Doch ist unser Problem kleiner, wenn die Ernte kommt?« sagte Wat.

»Wir haben ein bißchen Zeit gewonnen — nicht mehr als das«, sagte ein anderer.

Jung-Fearchar stand an der Wand, seine Augen wanderten von Gesicht zu Gesicht. Endlich hatte er eine Bresche gefunden. »Kämpfen!« rief er. »Wir müssen gegen sie kämpfen! Wir können uns selbst Speere aus Fichtenholz machen. Wir können einen Graben außerhalb der Einpfählung ausheben, wo ihre Gäule hineinfallen. Wir können sie am Boden liegend töten!«

Kämpfen?

Mungo blickte ihn an und sog an den wenigen Zähnen, die ihm noch geblieben waren.

»Kämpfen?« sagte Tomas und rutschte auf seinem Sitz hin und her. »Guck' uns doch bloß mal an! O je, was für eine Truppe von feinen Kämpfern! Jesus — mit Verlaub, Vater — das ist der größte Unsinn, den ich jemals gehört habe, und ich habe eine Menge unsinniger Dinge in meinem Leben gehört. Jungchen, Jungchen, begreifst du denn nicht, daß wir Bauern und keine Soldaten sind? Obendrein sind die meisten von uns Frauen. Wie viele von den Frauen könnten wohl einen Speer halten? Und wie viele von den Männern auch nicht, he? Verdammt nochmal! Diese Wolfsreiter, sie haben sich von Blut genährt, sind ihr Leben lang mit Speeren und Schwertern umgegangen, und wir sollen gegen sie kämpfen? Wir werden niedergemetzelt, wenn wir das versuchen.«

»Keiner von euch ist ein Kämpfer«, sagte Seonaid verächtlich. »Wenn jetzt mein Mann noch lebte — aber *ihr!* Guckt euch doch an! Pah!«

Die Männer ließen die Köpfe hängen.

»Hörst du das?« sagte Siubhan zu ihrem Sohn. »Hörst du, was sie sagen?«

»Ich glaube, ich könnte töten, wenn es sein müßte«, murmelte ihre Schwester, die sanfte Sorcha mit der milchweißen Haut. Ihre Worte hingen schwer in der dicken Luft des Torfrauchs.

»Und ich habe meine Axt«, sagte Wat und räusperte sich. Alle dachten ernsthaft darüber nach. Rob der Gauch kratzte sich am Ohr und blickte verdutzt.

»Wir können nicht kämpfen«, sagte Mungo schließlich. »Es gehört sich nicht für unsereins, die Werkzeuge des Todes zu gebrauchen.«

»Was sollen wir dann tun?« fragte Sine.

»Das Tal verlassen«, sagte der blinde Manus über seinen gefalteten Händen, die immer noch auf dem Griff seines Stocks ruhten.

Nein, nein, nein, sagten sie alle.

»Hört zu«, sagte der Blinde. »Ich denke nicht an Tomas und meinesgleichen. Nicht einmal an den Vater hier — nochmals mit Verlaub gesagt, Vater. Wir Alten haben das Leben hinter uns, und ich für mein Teil bin zufrieden damit, hier zu sterben, wo ich geboren wurde. Doch die jungen Leute! Sie haben doch wohl das Recht auf ein Leben, ohne zu töten und getötet zu werden?«

Fortgehen? sagte sich Sine. Fortgehen? sagte sich Una. Fortgehen? dachten sie.

»Es stimmt, daß ich irgendwann einmal ein Kind haben möchte«, sagte Sorcha über der Wiege ihrer Schwester.

Wat grinste linkisch und rieb sich die harte braune Nuß seines Kopfes.

»Dann wollt ihr fortgehen?« sagte Mungo mit der Stimme von einem, der müde geworden ist.

Sie blicken einander an.

»Nein«, sagte Finella aus dem Gewirr ihrer Tücher hervor.

Die ganze Zeit über hatte sie beim Feuer gesessen und ihrem Geplapper zugehört, hatte ihren eigenen Erinnerungen und ihrem Wissen nachgehangen. »Nein«, sagte sie jetzt.

»Du quakst wie eine Kröte, Alte«, sagte Wat, der ihr am nächsten saß.

»Ach, selbst Kröte«, sagte die alte Frau und erhob sich langsam auf ihren knackenden Beinen. »Eine Kröte hat mehr Verstand als das, was ich von euch heute abend gehört habe. Männer!« kreischte sie unvermittelt los und drohte Mungo mit der

Faust. »Ach, ihr Männer! Ihr macht mich wirklich krank, ihr großen Kinder! Ihr seid zu nichts nütze, man sollte euch in den Wald zum Spielen schicken. Und du mit deinem Geschwätz«, und dabei deutete sie mit ihrem krummen Finger auf Manus, dem vor Entrüstung der Mund offenstand, »du bist mit der Allerschlimmste! Ich hatte meinen ersten Mann schon, bevor irgendeiner von euch auf der Welt war, und seitdem hätte ich am liebsten auf euch gepfiffen. Immer bereit zu kämpfen, wenn ihr es nicht braucht, und fortrennen, wenn ihr kämpfen müßtet. Ach! Das Tal wollt ihr also verlassen? Und wohin soll's denn gehen? Das ist das erste. Wohin? Das Tal hinunter, sagt ihr. Und wie lange wird es dauern, bis wir das Tal verlassen müssen? Wir wissen es nicht, werdet ihr sagen, vielleicht nie. Doch ich weiß es, die ich älter bin als ihr alle. Es wird das Jahr danach sein oder noch ein Jahr später, denn wenn ihr einmal losgelaufen seid, werdet ihr immer weiter laufen und schließlich werdet ihr zu den grauen Klippen am wilden Meer kommen — und wohin dann? Sollen wir mit Booten in See stechen? Die Wogen pflügen und ihr Salz ernten? Daran habt ihr wohl nicht gedacht, ihr Trottel! Und nun das zweite: In Schottland gibt es tausend Dörfer wie dieses, und tausend Türme wie den Rabenturm über uns, und so viele Hunderte und Tausende von alten Leuten und Kindern, wie ich mir nicht vorstellen kann. Und wenn dieses Dorf so leicht fällt, was wird dann mit dem Rest geschehen? Glaubt ihr denn, daß sich die üblen Kerle mit einem Dorf zufriedengeben? Sie sind nun einmal nicht so schlaff wie ihr, die Mächte mögen euch beistehen! Sie werden sich die Ernte abholen und die Alten und Nutzlosen töten und die jungen Frauen schänden und das Vieh für den Winter schlachten und eine schwelende Verwüstung anrichten, und im Frühjahr dann werden sie weiterreiten und einen einzigen Trümmerhaufen hinterlassen. Sie sind kein seßhaftes Volk, sondern Kämpfer. So werden sie zum nächsten Dorf reiten und dort dasselbe tun. In Nord wie Süd werden andere Strolche von ihren Erfolgen hören. Ich bin älter als ihr alle, und bevor der älteste von euch hier geboren wurde, ja, da hörte ich Geschichten von früher, als die Nordmänner über das Land herfielen und es kein Gesetz gab und Schottland ein einziges verwüstetes Schlachtfeld war und die Leute auf Knien vor Furcht und zitternd mit einem Strick um den Hals lebten. Und daher würde ich sagen«, laut ertönte nun ihre Stimme, »was auch immer die Gefahr sein mag, es ist besser für uns, auf unseren Füßen stehend zu sterben, als auf unseren Knien zu leben, das Gesicht im Dreck. Es ist besser für uns Frauen, zu den Waffen zu greifen und mit ihnen zu kämpfen, als Spielzeug für brutale Männer zu sein und Kinder in die Welt zu setzen, nur um zu sehen, wie sie voller Scham und Angst aufwachsen und ihre eigenen Mütter wegen all dieser Greuel hassen. Ich habe diese Dinge sich ereignen sehen, und ich will sie niemals wieder erleben.«

Und Finella setzte sich hin und hüllte sich in ihre Tücher.

Im Raum herrschte Stille.

Das Feuer knisterte und fiel in sich zusammen.

Schlaf, Kindchen, schlaf

summte Siubhan leise im Dämmerschein des Torfrauchs.

Sollten sie kämpfen, für den kleinen Eoin?

Siubhan wollte keinen Kampf mehr, doch gleichzeitig wollte sie für Eoin, wenn keine vollkommene Freiheit — davon wußte sie nichts — wenigstens soviel Freiheit, wie jedes Kind östlich der Sonne und westlich des Mondes auf dieser Erde haben kann. Sorcha wollte sie für ihr Ungeborenes, Una für ihre beiden Töchter; Sine dachte an ihre Brut. Sollten sie Futter für Strolche sein? Der Gedanke daran machte sie zornig.

Die Männer waren ihrerseits von dem Ausbruch der alten Frau beschämt. Sie saßen da, während der ersterbende Feuerschein auf ihren Wangen flackerte, Tomas und Manus, Fearchar und Wat. Rob betrachtete sie bekümmert.

»Wenn wir kämpfen sollen, wer würde uns das denn beibringen?« fragte Mungo vom Feuer her.

»Wir könnten uns nach einem Soldaten umsehen«, sagte Jung-Fearchar eifrig.

»Es gibt keine umherziehenden Soldaten«, sagte Wat, »sie stehen alle in festem Dienst. Außerdem habe ich noch nie gehört, daß Schweine fliegen können.«

»Wir könnten aber nach einem Krieger im Wald suchen«, wagte Fearchar einzuwenden.

Die Männer blickten einander an und schwiegen.

Wat schnaubte verächtlich. »Die Zeiten der Helden sind vorbei«, sagte er.

53

Sechsundvierzig Sensen

Als sie ihre Männer auf dem Friedhof hinter der kleinen Kirche begruben, war das ganze Tal in die warme Mittagssonne getaucht und weiße Wolken standen hoch am Himmel. Keine Spur von den Wolfsreitern, von Krieg und Raub. Mungo rezitierte die Totenmesse. Die frischgewaschenen Körper wurden in die Erde gesenkt, der Soldat neben den Dorfmann. Die Wolfsreiter hatten sie ihrer Waffen beraubt. Der Shirra wurde als letzter begraben. Er hatte keinen Kopf mehr. Mungo machte ein kleines Kreuz aus Zweigen und legte es dorthin, wo er hätte sein sollen. Das ganze Dorf war versammelt. Wat und Rob stützten den jungen Fergus, der schwach und weiß wie ein Geist war. Mungo machte ein Kreuzeszeichen über jedem Grab und besprengte es mit Wasser. Dann schaufelten er und Tomas und Fearchar Erde darüber. Die Frauen hielten mit ihrer Totenklage inne und wischten sich über die Gesichter und gingen fort, denn es gab Arbeit und die Jahreszeiten warten ohnehin nicht auf den menschlichen Schmerz.

Surrexit Dominus de sepulcro.

Wie der Winter zum Frühling geworden war, so wurde der Frühling nun langsam zum Sommer. Die Hasen liefen wie stumme Schatten über das sich gelb färbende Land. Die blühende weiße Birke verstreute nun ihren Samen auf dem Boden und die Sommerweide war voller Bienen. Die Erle wandte nun ihre klebrigen Blätter der austrocknenden Sonne zu und junge

Hirsche zupften am zarten Gras der Hügel. Den ganzen Tag über war nun das Gezwitscher von Schwalben zu hören, die aus dunklen Ländern und vom Ort seltsamer Monde zurückkehrten. Aus der kurzen herannahenden Nacht drang nun das Summen der Maikäfer, die durch die milde Abenddämmerung flogen.

Und von einer grünen Baumwand zur anderen war das Bergtal ein einziger leuchtender Sommerteppich. Der Bach sang und stürzte von den Hügeln herab, durch den Sonnenschein und das Sternenlicht auf den Wiesen, und Morgentau lag dick auf ihrem Saum aus grüner Brunnenkresse, und die hohen Schilfgräser drehten sich sacht in der milden Brise des Nachmittags und beugten ihre Köpfe über das klare Kieselbett. Um die kleinen Tümpel am Rande des Wassers wuchsen winzige gelbe und weiße Blumen wie Sterne, und Taumelkäfer sponnen Tropfen gleich Quecksilber auf der schimmernden Oberfläche.

Als einziger von den Dorfbewohnern nahm Mungo etwas davon wahr, weil er kein Bauer wie sie war und nur seinen Garten am Bachufer bewirtschaftete. Manchmal, wenn er seine Arbeit dort beendet hatte und keine andere Pflicht auf ihn wartete, zur Zeit des Abendläutens, wanderte er hinab zum Loch, der im Schoß der blauen Berge lag und in den der Bach mit all seiner Musik hineinfloß. Dort setzte er sich auf einen flachen Stein und betrachtete das Spiegelbild des Mondes, die fließende Silberspur über der ruhigen Wasseroberfläche, und dachte an das Land, woher er in fernen Jahren gekommen war und fragte sich, wie lange es noch dauern würde, bevor ihn die Engel auf die andere Seite der feurigen Wolken in seine Heimat holten.

Mit lautem Ruf watet ein Reiher knietief ins Wasser und bleibt dort reglos stehen. Nach einer Weile antwortet ihm ein Eisvogel und schießt davon, ein leuchtender blauer Pfeil im letzten langen Licht, zum dunkleren Ufer.

Die Felder waren gepflügt worden. Männer, die jetzt tot waren, hatten Furchen durch das Land gezogen. Sie hatten die durchweichten Torfsoden gestochen und aufgeschichtet und die Abflußgräben für den Frühlingsregen geöffnet. Auf ihren eigenen Feldern hatten sie den *Caschrom* benutzt, den sensenähnlichen Handpflug, der einen starken Arm und kräftige Schultern brauchte, doch gut auf einen steinigen Boden ansprach, weil die kurze Pflugschar dünn war und den Torf ganz um die Kanten des Steins drehen konnte, ohne daß sie zerbrach. Auf dem großen Feld des Shirra, dem besten Feld, von dem die Steine durch Schweiß und Blut ihrer Vorväter entfernt worden waren, hatten sie den großen, von Ochsen gezogenen Pflug verwendet, der im Rabenturm streng bewacht wurde. Das Feld gehörte dem Turm, es ernährte seine Männer und alle ihre prächtigen Pferde, die nun tot waren.

Die Frauen blickten zu den Feldern hinüber. Es war schön, fast Sommersonnwende. Der Shirra hatte ihnen die Männer zwischen dem Pflügen und dem Heumachen genommen; nun mußte das Gras geschnitten werden, das die Tiere füttern und die rauhen Winterbetten wärmen würde. Sie blickten zu den Wiesen hinüber, die außerhalb der Einpfählung und jenseits der gepflügten Felder lagen, die sich rund um das Dorf und über das ganze Tal bis hin zum Waldrand ausdehnten. Weite Flächen von Wiesen, wie Seen, so schien es, als sie sich jetzt in der ruhigen Brise bewegten, die der Morgen von den Berghängen herabbrachte. Das Mädchen, das Mungo in der Kirche geholfen hatte, kam Hand in Hand mit dem blinden Manus gegangen. Sie liefen bis zur Grenze des ersten Feldes, wo dieses mit Steinen markiert war, und Manus ließ sich schwerfällig auf einem Holzklotz nieder und holte eine Flöte hervor. Er probierte sie aus, blies lange und hohe, weiche und tiefe Töne darauf.

In jenen Zeiten, Leser, wurde ein Dorf wie dieses nach der Anzahl seiner Sensen gezählt, nicht nach seinen Bewohnern oder Haushalten. Es besaß so-und-so-viele Sensen, deren Zahl unabänderlich im Denken des Than und auf den Pergamentrollen seiner Schreiber feststand. Das Dorf im Flußtal hatte dreiundsechzig Sensen, wenn alle Männer, mit Ausnahme von Mungo, und die jüngeren Frauen damit arbeiteten. Nun warteten fünfundvierzig Sensen am Feldrand. Alle Frauen aus dem Dorf waren da, und außerdem Fearchar, Tomas und Rob der Gauch. Wat war im Wald, wie ein Jagdhund auf der Fährte. Obwohl es sonst nicht üblich war, daß Mungo sich am Mähen beteiligte, steckte er nun seine Soutane bis zu den Knien hoch und nahm eine Sense zur Hand. Sechsundvierzig Sensen. Einige Frauen stießen einander an, zeigten auf seine spindeldürren Beine und kicherten.

Manus klopfte das Wasser aus seiner Flöte und sagte etwas zu dem Mädchen. Mungo konnte sie nicht genau erkennen, aber er wußte, daß sie dastand und auf das am weitesten entfernte Grasland blickte und tief einatmete. Er lächelte ihr einfach zu. Sie stellten sich entlang der Begrenzung in einer Linie auf, an deren Ende Malai, eine große junge Frau, den Anfang machen sollte. Sie stand wartend da, der Sensenwurf lag über ihrer vollen Brust, ihre rechte Hand ruhte auf dem kleinen vorstehenden Griff. Die Stimme des Mädchens erhob sich hell und Manus' Flöte stieg auf, um sich mit ihr zu verbinden.

Willie, o Willie, was macht dich so traurig?
Und die Sonne scheint hell über den Tälern und
allem —
Schwerkrank vor Liebe zu einem Mädchen lieg ich
In den blauen und gelben Blumen und allem.

Andere Stimmen fielen in die letzte Zeile ein, und dabei schwang Malai ihre Sense von rechts nach links und die erste Reihe des seidigen Grases fiel raschelnd zu Boden.

O Willie, mein Sohn, werd' eine List dir sagen,

piepste die Sängerin,

*Und die Sonne scheint hell über den Tälern und
allem —*

antwortete Malai mit rauher Stimme, und die zweite Reihe Gras fiel.

*Wie du kannst täuschen das schöne Mädchen,
In den blauen und gelben Blumen und allem.*

Die dritte Reihe fiel.

Mußt hinlegen dich, als wärest du tot,

Sine, die zweite in der Linie, rückte links hinter Malai auf.

*Und die Sonne scheint hell über den Tälern und
allem —*

Eine zweite Sense hieb das Grün nieder.

*Und über den Kopf ein Leichentuch decken,
In den blauen und gelben Blumen und allem.*

Nach und nach rückten alle Mäherinnen auf und arbeiteten in einer schrägen Reihe, damit sie einander nicht in die Beine hieben. Mungo stand direkt neben Siubhan, die sich ihren Sohn auf den Rücken gebunden hatte. Andere kleine Kinder lagen außerhalb des Feldes in Plaids gehüllt. Die größeren unter ihnen folgten mit Sicheln ihren Müttern und mähten alles ab, was diese übersehen hatten. Zwei lästige Kröten blieben Mungo auf den Fersen.

»Wie stellt sich der Vater denn an?« sagte Eins-hin.

»Ach, nicht *so* schlecht«, sagte Zwei-im-Sinn.

»Nicht *so* schlecht?« sagte Eins-hin.

»Ach, er tut sein Bestes«, sagte Zwei-im-Sinn.

»Tut sein Bestes?« sagte Eins-hin. »Uns würden sie für so etwas den Hintern versohlen!«

»Nun ja, es ist nicht gerade gut«, sagte Zwei-im-Sinn.

»Nicht gerade gut?« sagte Eins-hin. »Es ist einfach schauderhaft!«

»Pedair! Ringean!« rief eine empörte Mutter, »wollt ihr wohl mit eurem verfluchten Lästern aufhören!«

»Aber, Mama«, sagte Eins-hin, »guck doch mal, was für eine Bescherung er hier anrichtet!«

Entlang der Reihe von Frauen war unterdrücktes Gelächter zu hören.

»Junger Herr Pedair«, sagte Mungo würdevoll, »wenn ich gewußt hätte, als ich dich vor ein paar Jahren getauft habe, was für ein frecher kleiner Kerl aus dir werden würde, dann hätte ich dich in das Taufbecken fallen lassen. Zeig' mir also, was ich falsch mache.«

»Du hältst sie zu hoch«, sagte Siubhan ruhig.

»Halt' sie weiter weg«, sagte Pedair, »so!« Der Griff der Sense war auf der Höhe seines Scheitels. Er legte beide Hände um ihn und brachte ihn auf Kinnhöhe. »So«, wiederholte er.

Mungo verneigte sich. »Danke, junger Herr Pedair, und wenn ich nochmals in Schwierigkeiten bin, werde ich nicht zögern, dich um Rat zu fragen.«

»Ja, jederzeit, Vater«, sagte Pedair fröhlich.

»Siehst du«, meinte er dann zu Ringean, »er ist ein Anfänger, aber laß ihm Zeit und er wird es schon lernen.«

In den blauen und gelben Blumen und allem.

Nun waren sie alle bei der Arbeit und Schritt für Schritt, in Einklang miteinander, rückten die sechsundvierzig Sensen vor über das Feld, schwangen von rechts nach links und von links nach rechts, wobei die erfahrenen Schnitterinnen ihren ganzen Oberkörper im Takt mit ihren Streichen hin und her bewegten. Mungo, der am Anfang das Gewicht auf seine Arme verlagert hatte, tat es ihnen nach und stellte dann fest, daß es wahrhaftig so leichter ging. Doch noch immer schmerzten ihn die Schultern und unten am Nacken brannte ein Höllenfeuer, stark genug, seine Knochen zum Sieden zu bringen. Er hörte auf, das alberne Lied von Jung-Willie zu singen, der die Zuneigung seiner Liebsten dadurch gewann, daß er vortäuschte, tot zu sein, und begann statt dessen damit, seinen Rosenkranz durch die wenigen ihm erhaltenen Zähne zu murmeln. Unter der Soutane war sein ganzer Körper naß; der Schweiß rann ihm in kleinen Bächen vom Rücken, verflixt nochmal, die schmutzigen Beine hinab.« »Herr erbarme Dich«, sagte er zu sich selbst und spähte heimlich zu Siubhan hinüber. Sie arbeitete mühelos, glücklich, schwang die Sense, mit präzisen Bewegungen. Ihre Arme waren bloß, weiß über dem Ellbogen, darunter gebräunt. Die Hände waren breit und hart und rot.

Und als sie zum Bett ihres Liebsten kam,
Und die Sonne scheint hell über den Tälern und
allem —
Hob sie das Leichentuch und blickt' auf den Toten,

sang sie.
Schweißperlen standen auf ihrem heiteren Gesicht. Klein-Eoin war wach geworden. »Mein Gott, kann sie ihren Mann denn schon vergessen haben?« dachte Mungo. Dann waren sie schließlich am Ende der ersten Reihe angelangt.

Mungo stellte das Sensenblatt auf den Boden und lehnte sich gegen den Stiel. Er fühlte sich taumelig, doch als er sich aufrichtete, ging das Schwindelgefühl vorbei. Er blickte zurück zur anderen Seite, von wo sie gekommen waren. Ein großer Schwaden von gemähtem Gras, scheinbar dunkler als das übrige, zog sich durch die Länge des Feldes. Er grinste. Na also! Wir werden es schon schaffen, dachte er. Jede fünfte in der Reihe hatte einen Schleifstein. Una nahm seine Sense, um sie zu schärfen. Nun war auch der letzte an das Ende des Feldes gelangt. Manus und das Mädchen kamen quer durch das Gras zu ihnen herübergelaufen. »Was soll ich jetzt singen, Vater?« rief sie und rannte dem Blinden voraus.

»Was soll's denn sein?« fragte Mungo die Frauen, denn er wußte wohl, daß ein Psalm ganz und gar nicht nach ihrem Geschmack wäre. Sie entschieden sich für ein weiteres Lied von Liebe und Zauber. Manus hob wieder die Flöte:

Die Herrin sitzt nähend vor ihrer Tür,
Hei, wenn die Maßliebchen so lustig blühen —
Einen Elf hörte sie in sein Horn blasen,
Am Morgen des ersten Maientags.

Und am anderen Ende schwang eine Frau namens Ealasaid ihre Sense. Sie mähten die zweite Reihe bedächtig und gleichmäßig, während die kleine Sängerin hinter ihnen herlief und in die Hände klatschte.

»O Gott, Du mein Beistand in früheren Zeiten«, keuchte Mungo und stemmte seinen alten Körper gegen die Sense.

Hei, wenn die Maßliebchen so lustig blühen!

»Hilf mir, daß ich bis zum Schluß durchhalte« — doch dies waren nicht die Worte des Liedes.

Am Morgen des ersten Maientags!

Sie kamen ans Ende und wetzten die Sensenblätter von neuem. In der Mitte der dritten Reihe begann der kleine Eoin zu schreien. Siubhan legte ihre Sense nieder und kniete sich auf das gemähte Gras. »Macht weiter, ich werde euch schon einholen«, sagte sie zu Mungo und ihrer Schwester, der sanften Sorcha, die auf der anderen Seite neben ihr arbeitete. Sie öffnete ihre Bluse und gab Eoin die Brust und kniff ihn dabei in die Wangen. »Gott segne euch beide«, sagte Mungo lautlos. Mit einem halben Dutzend rascher leichter Streiche hatte sie ihren Platz neben ihm wieder eingenommen. Sie und ihre Schwester lächelten sich an. Die Mäherinnen schnitten noch eine vierte Reihe und ließen sich dann zur Vesper nieder.

Die Frauen sprachen miteinander. Sie meinten, das Schneiden gehe gut, vor allem im Hinblick darauf, daß so gut wie keine Männer mit dabei waren. Tomas und Manus saßen zusammen, die Beine ausgestreckt, zwei alte Köpfe, die in der Sonne nickten. Rob der Gauch spielte mit ein paar Kindern. Sie jagten ihm hinterher und er sprang mit seinen langen schmächtigen Beinen durch die Luft und flog in alle Richtungen. Dann stand er auf der Wiese und hüpfte von einem Fuß auf den anderen. *»Fraak«*, schrie er, wie ein Reiher. Manche der Frauen lachten. Fearchar stand da und blickte zum Wald hin.

Die Milch war noch warm aus dem Euter. Sie tunkten ihre Haferkuchen hinein.

Als sie wieder zu schneiden begannen, befand sich Mungo neben der alten Finella. Sie schwang ihre Sense ebenso kräftig wie irgendeine der jüngeren Frauen und summte unhörbar dabei.

»Glaubst du, daß wir heute hier fertig werden?« fragte er sie.

Finella zog die Nase hoch. »Das sollten wir eigentlich«, sagte sie, »ob Männer oder nicht. Vielleicht nicht ganz so schnell. Sechsundvierzig Sensen sind keine dreiundsechzig, was ihr auch darüber sagen mögt. O du liebe Sonne!« Sie blickte auf und ihr Gesicht verzog sich beim Anblick des Himmels. »Doch heute nacht wird es regnen.«

Und das Volk sang quer über das Feld, und die Stimmen der Frauen waren zartrot und rötlich gelb und braun im Abendgras, und die der Mädchen waren blau und grün und die der Kinder silbrig; und Pedair und Ringean schliefen wie junge Hunde auf einem Haufen von Tüchern und wischten sich mit kleinen schlafenden Fäusten Fliegen von der Nase. Und niemand von ihnen dachte über das nach, was sie alle wußten, selbst der jüngste — daß vielleicht keiner jemals die Früchte dieses Heumachens sehen würde, daß die kommende Ernte die letzte wäre, denn jederzeit könnten Feuer und Zerstörung aus heiterem Himmel auf sie herabfallen, und sie und ihre Arbeit würden nicht mehr sein.

Das Geschichtenerzählen

Seit Sonnenaufgang waren sie auf dem Feld gewesen, und lange vor Einbruch der Nacht gab es keinen, der nicht müde war. Selbst die Kehle des blinden Manus war so ausgetrocknet wie Herbstblätter, und seine Schultern schmerzten vom Flötespielen. Zwei gute Stunden vor der Dunkelheit, als die Sonne schon auf den Bergen hinter ihnen glühte, wischten und schärften sie ihre Sensen zum letztenmal an diesem Tag und gingen hintereinander zurück durch das Tor und legten den Querbalken vor. Mungo zog sich für eine Weile zu seinen Andachtsübungen zurück. Fearchar lief rund um die Einpfählung, um seine steifen Glieder zu lockern, und bemerkte dabei die Holzpfosten, die gebrochen waren oder fehlten. Der Gauch legte sich unter einen Karren schlafen.

Das erste Feld war geschafft. Und Seonaid, die als einzige von den Frauen nicht an solch eine Arbeit gewöhnt war und sie von allen am schwersten gefunden hatte, drehte sich an der Tür ihrer Hütte noch einmal um und blickte kurz auf die langen grünen Schatten zurück, bevor sie sich hinlegte und sofort, hungrig wie sie war, in Schlaf sank.

»Nichts rührt sich«, sagte Wat, den die Bäume endlich wieder freigegeben hatten.

»Wirklich nichts?«

»Nichts, das nicht sollte«, sagte Wat und nahm sein Abendessen aus Sorchas Händen entgegen. »Sie haben sich wie Schatten aufgelöst.«

Mungo hatte das Kinn auf seine Knie gelegt und rieb sich die Knöchel. Una und Sorcha und Siubhan saßen bei ihm im Haus des Schmieds. Die schwarze Finella hatte sich zu der Katze in ihre eigene Hütte zurückgezogen. Hier in der Schmiede war man zu müde zu essen, zu müde zu schlafen — nur Eoin nicht. Sie stöberten nach einem Stück Torf als Lichtquelle. Hinten in der Kate wimmerte das Kind leise in seiner Traumwelt.

»Am Ende werden sie vielleicht gar nicht kommen«, sagte Una, die sich zwischen Sorcha und Wat gesetzt hatte, damit sie einander in der Dunkelheit nicht berühren konnten.

»Hm«, sagte der alte Priester. »Und es gab überhaupt keine Spur, Wat?« fragte er dann.

»Zuweilen ein Hufabdruck«, sagte der Holzfäller, »der aber schon seit Wochen dort gewesen sein mag.«

»Dann sind sie weitergeritten und haben uns zurückgelassen«, sagte Sorcha, während sie um den Körper ihrer Mutter herum Wat verstohlene Blicke zuwarf.

»Nee«, sagte Wat mit vollem Mund.

»Bist du zum Wolfsfels gegangen?« fragte Mungo.

»Der Platz ist leer. Kein *Faol.* Nichts als der Wind dort«, sagte Wat. »Und das Gefühl«, so setzte er nachdenklich hinzu, »von Augen, die auf mich gerichtet waren — doch keine angenehmen Augen das.«

Von draußen aus der Nacht war ein Klopfen zu hören. Der rastlose Fearchar hatte sich einer Sau in den Weg stellen wollen und dabei die Tür des Schweinestalls aus ihrer Halterung gehoben. Er nagelte gerade ein Sensenblatt über den Türboden. In der Schmiede sprach man noch eine Weile über die Arbeit am nächsten Tag und daß das zweite Feld schwerer sei, weil es teilweise am Hang liege.

»Auch ich habe die Augen gespürt«, sagte Una plötzlich. »An jenem Ort gibt es Sachen, die nicht so angenehm sind.«

»Was hast du gesehen, Mama?« fragte Sorcha, die eine starke Neigung zu solchen Dingen hatte.

»Es ist nicht bloß das Sehen«, sagte Una. »Es ist das Gefühl an einem Ort, selbst wenn man überhaupt nichts Unheimliches sehen kann. Nachts würde ich da nicht mehr gern hingehen, nicht seit jener Zeit, als ich noch ein Mädchen war und noch nicht mit eurem Vater verheiratet, Gott hab ihn selig.«

»Und was ist damals passiert?« fragte Sorcha. Die anderen lauschten schweigend.

»Also«, sagte Una und zog die Knie hoch, »erinnert ihr euch noch an den alten Darrofen, der hinter dem Rabenturm stand, bis sie ihn abrissen? In meiner Jugend gingen wir Mädchen um Mitternacht nacheinander dorthin, bei Neumond im Herbst, um den Namen unseres zukünftigen Liebsten zu erfahren. Ja-ja!« und dabei lächelte sie über der Torfflamme. »Wir kletterten im Ofenschacht nach unten, in die Schlackengrube, wißt ihr, wo es immer stockfinster ist, doch um Mitternacht, beim schimmernden Licht der Mondsichel auf den Bäumen und dem Schrei der Eule — brrr! Wie dem auch sei, als ich nun an der Reihe war in jener Nacht und alle schliefen außer mir und noch zwei Mädchen, die am Tor und außer Hörweite warteten, kletterte ich in den Ofen hinein und setzte mich oben auf die Schachtwand und blickte genau auf die engste Stelle am Grund, wo alles pechschwarz war, und ich saß zitternd im Staub und lauschte. Das Herz schlug mir bis zum Hals, das kann ich euch sagen! Ich betete zu der Heiligen Jungfrau, mir zu helfen und meinen Mann zu nennen. Und dann nahm ich das Knäuel aus blauem Garn, das man dafür braucht, und warf sein Ende in den Schacht hinab und dann sprach ich die Worte.«

»Welche Worte, Mama?« fragte Sorcha atemlos.

»Co e sud th'air ceann mo ropain«, sagte Una: »‚Wer ist dort am Ende meines Fadens?' Ich stellte also die Frage der Finsternis und saß da dicht über dem Schacht, hatte die Ohren aufgesperrt und wartete auf eine Antwort, denn an jenem Ort war sonst nichts von der Welt zu hören. Und dann vernahm ich etwas, ein Kratzen war's, wie von einer Maus, nur daß dies ganz bestimmt keine Maus war — auch wenn ich nicht sagen kann,

was es sonst war! Dann dachte ich: ‚Was ich höre, ist gar kein Kratzen, es ist mehr wie ein Klopfen!'«

Sorcha griff nach der Hand ihrer Schwester und rückte näher heran.

»Klopf-klopf«, sagte Una, »wie Fearchar jetzt, nur war es kein harmloses Klopfen. Und während ich lauschte, wunderte ich mich, was es wohl zu bedeuten hätte.«

»Höchstwahrscheinlich einige Burschen im Schacht, die dir einen Schrecken einjagen wollten«, sagte Wat.

Una nickte. »Das hab' ich zuerst auch gedacht«, sagte sie, »doch dann hörte ich schärfer hin, und da war etwas Unheimliches in diesem Klopfen, was kein Mensch verursachen konnte, und ich saß noch eine Weile länger da und betete alles herunter, was mir so einfiel, und klapperte mit den Zähnen, daß ich mir fast in die Zunge biß. Dann wollte ich das Garn aufrollen und konnte es nicht, dennn etwas hielt das andere Ende fest — also zog ich noch einmal kräftig daran, und dann hörte ich diese Stimme von tief unten, die mich auslachte . . . Da ließ ich das Garn fallen und rannte und rannte, bis ich zum Tor kam, wo die beiden anderen Mädchen auf mich warteten und in einem fort kicherten. Und eine von ihnen sagte: ‚Jaja, und wer war denn jener hübsche Bursche, mit dem du da drinnen gewesen bist, Una?' Und ich sagte: ‚Es war keiner da.' Und da kicherten sie noch mehr und sagten: ‚Allerdings war da einer, du kannst es uns ruhig erzählen.' Und ich wiederholte: ‚Es war wirklich keiner da.' Und sie sagten: ‚Wir haben ihn mit eigenen Augen gesehen. Ein großer, schlanker, hübscher Mann ist im Mondschein hinter dir hineingegangen, und er war ganz in Grün gekleidet.' . . . Nun, was haltet ihr davon?«

»Oh! Und warum hat er geklopft?« rief Sorcha.

»Weiß ich nicht. Vielleicht hat er versucht, die Tür hinter mir zu verschließen und mich dort einzusperren«, sagte Una.

Die anderen waren verstummt.

»Es gibt noch mehr als das zu erzählen«, sagte Una. Es war

Jahre später, im Winter vor dem Tod eures Vaters. Davon habe ich *Das Gesicht* gehabt.«

Ihr Töchter, Siubhan und Sorcha, saßen wie erstarrt da und wagten kaum zu atmen. Wat hörte gespannt zu.

»Es war am *Samhain*-Abend«, begann Una wieder, »und bitterkalt dazu. In früheren Jahren war ich dorthin gegangen und hatte nichts gesehen. So ist es oft: Der Teufel lullt dich ein. Jahr für Jahr siehst du nichts und dann gehst du nicht mehr hin. Aber *sie* kommen, die Geister. Nun gut, es war an *Samhain* — ihr beiden hier habt geschlafen — nirgendwo war ein Licht zu sehen, und ich kam hinten an der Kirche vorbei, Vater, bei Dunkelheit und im Sternenschein, und es lag Schnee, wenn ich mich recht erinnere, und ich stand da mit dem Rücken an der Kirchenmauer und hörte all die raschelnden und knisternden Geräusche der Nacht und sagte zu mir selbst: ‚Das ist eine Eule, Frau, und kein Gespenst. Das ist der Wind und nicht das Klagen einer *Banshee*.' Und der Bach weinte an mir vorbei und der Wald seufzte . . . Oje! Ich fürchtete mich fast zu Tode, bevor noch eine Stunde vergangen war. Ich denke, daß es nun nach Mitternacht war, und alle Geräusche waren verstummt. Und dann sah ich sie.«

Siubhan schluckte hörbar. Sorcha saß mit weit aufgerissenen Augen da. Die beiden Schwestern drückten sich so dicht wie möglich aneinander.

»Du meinst doch nicht etwa . . .?« rief Wat von seiner Seite des Feuers. Mungo rieb sich die Hände über dem Torf.

»Doch, genau das!« sagte Una und nickte dabei mit grimmiger Zufriedenheit. »Genau das habe ich gesehen, Wattie! Dort auf den Friedhof kamen sie, von den Feldern herab und über den Bach, ohne das Wasser zu berühren, knochenweiß waren sie und ihre Augen starr und leer; manche von ihnen waren dünn und abgezehrt, andere zerfleischt von klaffenden Wunden. Das waren die Leute aus dem Dorf, die im nächsten Jahr sterben sollten, und ich erkannte sie alle. Da war ein alter

Großvater, dessen Tod man seit zehn Jahren erwartete, so klapperdürr war er, schon wie ein Gerippe. Doch da war auch der junge Eachunn, der bei bester Gesundheit war, und ich sah ihn in seinem Blut, weil ein Bär ihn eines Tages im Wald zerriß; und auch Maldonuich, der sich beim Pflügen das Bein brach und den das Blut in ihm vergiftete und der daran starb; und dann Neilli, die noch am gleichen Tag mit mir am Butterfaß gestanden hatte, und ihr ganzer Bauch war rot und tropfte, denn sie starb an dem Kind, das sie trug. Sie alle gingen an mir vorbei in die Kirche. Und dann kam auch er selbst, mein Deorsa, euer Vater — Gott hab' ihn selig! — humpelnd und gekrümmt, so als wären ihm alle Knochen gebrochen. ‚O Deorsa, mein Liebster', sagte ich, ‚was ist dir zugestoßen, mein Herz?'«

»Du hast mit ihm gesprochen?« sagte Mungo streng. »Gott bewahre uns, Frau! Das war ein schreckliches Wagnis.«

»Ja, ich habe zu seinem Geist gesprochen — denn er selbst lag tatsächlich zu Hause im Bett — und da blickte er mich an und sagte: ‚Das ist ein tödliches Kalb für mich.' Mehr sagte er nicht und ging dann in die Kirche hinein. Was dies zu bedeuten hatte, konnte ich nicht verstehen. Ich rannte nach Hause und weckte Deorsa auf und erzählte ihm, was ich gesehen hatte — wenn auch nicht, was ich gehört hatte. Zuerst lachte er, doch dann blickte er finster und meinte, daß jemand uns einen Streich spielte; aber als wir gemeinsam zurückgingen und uns den Schnee ansahen, war dort kein einziger Fußabdruck. Nun«, Una seufzte und blickte in das Torflicht, »da stand es für ihn fest, daß ich verrückt war — du warst noch nicht lange geboren, Sorcha-Mädchen, und in solchen Zeiten haben Frauen merkwürdige Ahnungen. Vergeblich warnte ich ihn vor Kälbern, doch er lachte nur bei dem Gedanken, daß ein Kalb den Tod eines Mannes verursachen könnte. Und doch war es so«, sagte Una, »denn im nächsten Sommer, als sie das Vieh hinaustrieben, sprang plötzlich ein Kalb davon und lief in den Wald, und jagte mein Mann ihm nicht hinterher, obwohl das gar nicht seine Sache war? Und Torcall, der jetzt tot ist, folgte ihm dicht auf den Fersen, und er hörte einen Schrei aus den Bäumen und kam zu der Lichtung am Wolfsfels, und dort war mein Deorsa und ein Wolf hing ihm an der Gurgel, und als er unter dem Tier zusammenbrach, schrie er Torcall genau dieselben Worte zu, die ich an der Kirchentür gehört hatte.«

Wat fuhr sich unbehaglich über seine Kehle. »O was für eine schreckliche Geschichte!« sagte er. »Ich kann ihn noch genau vor mir sehen, als sie ihn heimbrachten.«

»Ja — und dann genau dieselben Worte«, fuhr Una fort. »Und doch wollte er mir nicht glauben, als ich es ihm sagte, wollte nichts tun, um es zu verhindern.«

»Da ist nichts zu tun«, sagte Mungo. »Der Tod kommt einfach, man kann ihm nicht entgehen.:«

»Aber ihn so zu *sehen* . . .«, murmelte Sorcha.

»Ich erinnere mich an die Geschichte von einem Mann, der einst in Palästina lebte«, sagte der Priester, »der glaubte, er könnte seinem Ende entgehen, und es doch nicht konnte, weil er die gleiche Art von Warnung erhielt, und es war der Tod selbst, den er sah. Er war ein Diener, und eines Tages schickte ihn sein Herr nach Jerusalem, um dort etwas einzukaufen. An jenem Tag nun war Markt in der Stadt, und mitten unter der lärmenden Menge sah der Diener plötzlich niemand anderen als den Tod höchstpersönlich, der auf ihn zugeschritten kam, und auch der Tod entdeckte ihn und blickte ihn an.«

»Ach du lieber Himmel!« sagte Una.

»Und der Mann drehte sich um und lief wie gehetzt davon«, fuhr Mungo fort, »und er hielt nicht an, bis er zu seinem Herrn gelangte und sagte: ‚Herr, Herr, ich sitze furchtbar in der Patsche! Ich habe gerade den Tod in der Stadt gesehen, und der Tod hat mich erkannt! Ich bin sicher, daß er meinetwegen gekommen ist! Gib mir dein Pferd, damit ich fortreiten und morgen in Bethlehem sein kann!‘ Und der Herr gab ihm sein Pferd und der Diener ritt davon. Nun muß der Herr ein recht mutiger

Bursche gewesen sein, und er nahm es ganz und gar nicht freundlich auf, daß der Tod herumlief und Leute erschreckte. Er ging also in die Stadt Jerusalem, und dort erblickte er den Tod tatsächlich in der Menge, ging zu ihm hin und packte ihn an der Schulter. ‚He, du!' sagt er, ‚Wer, ich?' sagt der Tod. ‚Ja, genau du', sagt der Herr. ‚Was soll das heißen, meinen Diener sinnlos zu erschrecken? Heraus mit der Sprache!' sagt er. Und der Tod blickt ihn an und sagt: ‚Das tut mir wirklich leid, daß ich ihn erschreckt habe, das wollte ich nicht. Ich war nur überrascht, ihn hier zu sehen. Ich habe nämlich morgen eine Verabredung mit ihm in Bethlehem.' Da seht ihr, daß man keineswegs vor ihm davonlaufen kann«, sagte Mungo verdrießlich.

Als er schwieg, herrschte eine kalte und tiefe Stille. Plötzlich drang von draußen ein Laut herein, eines jener jähen unerklärlichen Geräusche des nächtlichen Waldes. Alle fuhren erschrocken zusammen.

»Mögen Gott und alle Heiligen uns beschützen«, flüsterte Sorcha und bekreuzigte sich hastig.

»Ach«, sagte Siubhan dann, »welche unheimlichen Geschichten ihr beide uns aber auch erzählt habt! Es gibt nicht nur böse, sondern auch gute Geister.«

»Das stimmt«, sagte Mungo, »aber ein Sterblicher muß trotzdem vor ihnen auf der Hut sein.«

»Nun«, sagte Siubhan, »einmal ist Finella einer *Glaistig* in der Molkerei begegnet. Erinnert ihr euch noch? Das war in der Zeit, als sie die Butter für den Shirra machte. Sie leckte etwas davon und du meine Güte! Wie schmeckte das gut. Sie probierte wieder davon — und schmeckte es nicht noch besser? Ach, das wird er nie merken, dachte Finella und nahm schließlich fast ein Viertel der Butter mit nach Hause; das meiste davon aß sie selbst und den Rest gab sie ihrer Katze. Am nächsten Tag beschloß sie, nichts mehr zu entwenden, doch als sie da so am Butterfaß stand und drehte und drehte, und der Rahm so köstlich und dick aussah wie nie zuvor, und draußen die Sturmwolken trieben und feiner Regen fiel, da tauchte sie eine Fingerspitze hinein und leckte, und dann nochmal und nochmal, und am Abend hatte sie fast ein Drittel davon gegessen und nahm in einer Schale noch etwas für die Katze mit. Und am nächsten Tag war ihr so warm und sie fühlte sich so satt von dem Zeug, daß sie wieder tief ihren Löffel hineintauchte — denn was sollte schließlich schon passieren? Doch der Verwalter des Shirra, der jetzt tot ist, kam zu ihr herein und sagte, daß die Steuereintreiber des Than am nächsten Morgen da sein würden und sechs Stone von der besten Butter als Zahlungsmittel gebraucht würden. Da wog Finella die restliche Butter, und es war nur noch ein Stone da und fünf fehlten, und wie konnte sie hoffen, fünf Stone Butter bis zum nächsten Tag gemacht zu haben? So setzte sie sich einfach hin und weinte und weinte.«

»Du willst uns doch nicht etwa erzählen, daß sie fünf Stone Butter gegessen hat?« sagte Wat.

»Doch, das hat sie gesagt«, wiederholte Siubhan.

»Unsinn! Das glaub' ich nicht«, sagte Wat.

»Sie war halt versessen darauf«, sagte Una, »und vergiß nicht, da war auch noch die Katze.«

»Wie dem auch sei«, sagte Siubhan, »sie saß da und weinte — denn wie hätte jemand über Nacht fünf Stone Butter herstellen können? — als sie plötzlich diese zarte Stimme neben sich hört, die sagt: ‚Weshalb weinst du, Finella?' Und Finella dreht sich um, und dort in einer Ecke der Hütte sitzt ihrer Erscheinung nach eine Frau mit einem grünen Tuch um ihre Schultern, und sie ist jung und hübsch, doch war sie weder durch die Tür hereingekommen noch hatte man sie schon jemals zuvor gesehen. Da wußte Finella, daß sie eine *Glaistig* war. ‚Ich weine', sagt sie dann, ‚weil der Shirra morgen sechs Stone von der besten Butter will und nur eines für ihn fertig ist.' ‚Wenn das so ist . . .', sagt die *Glaistig* und beginnt das Butterfaß zu drehen. Und sie drehte und drehte, und beim Hahnenschrei war die Butter für den Shirra vollständig da.

Nun gut, sie luden sie auf die Pferde und brachten sie auf den Weg den Fluß hinab zum Sitz des Than. Doch kaum hatten sie das enge Tal verlassen, da wurden sie von vier Männern überfallen, die töteten die Wachen und nahmen die Ladung mit sich fort in ihre Hütte tief in den Wäldern. Dort entzündeten sie ein Feuer und aßen, und danach saßen sie um den Herd und gaben in Gedanken schon das Geld aus, das sie aus dem Verkauf der Butter bekommen würden. Und sie prahlten mit diesem und jenem, bis einer von ihnen aufstand und sagte: ‚Alles, was wir jetzt noch brauchen, sind vier Mädchen, um uns warmzuhalten — dann wären wir nicht weniger glücklich als selbst der König!‘ Und drei von ihnen lachten und hielten das für einen vortrefflichen Wunsch, doch der vierte war vorsichtig und wollte nichts damit zu tun haben.

Dann war Nacht, das Feuer ging langsam aus, und die Männer, die den Wunsch gehabt hatten, legten sich in einer Ecke der Hütte schlafen; doch der vierte, der vorsichtige, blieb dort, wo er war, bei der Flamme sitzen. Nach kurzer Zeit kamen vier Mädchen herein, und drei von ihnen gingen in die Ecke und legten sich dort neben den drei Männern nieder, und die vierte stellte sich vor den Mann, der beim Feuer saß. Der hatte sofort das Gefühl im Magen, daß etwas daran nicht geheuer war. Daher zog er seinen Dolch heraus und begann damit ein Stück Holz zu schnitzen, und immer wenn sie sich ihm nähern wollte, richtete er den Dolch auf sie und zwang sie damit, sich zurückzuziehen. Sie versuchte es mit diesem und mit jenem. Schließlich bat sie ihn um ein Stück Butter, dies schnitt er ab und hielt es ihr mit ausgestrecktem Arm auf der Spitze seines Dolches hin; doch sobald er sah, daß sie nach seinem Arm greifen wollte, richtete er die Dolchspitze auf sie und stach ihr damit ins Gesicht, um zu sehen, ob es eine Wunde davontragen würde. Das Mädchen stieß einen gellenden Schrei aus und sprang zurück und starrte ihn böse von der anderen Seite des Feuers an.

Auf diese Weise verbrachten sie die restliche Nacht, bis der

Hahn oben vom Hügel herabkrähte. ‚Der weiße Hahn ruft', sagte die Frau. ‚Heute nacht hast du Glück gehabt, Dieb, doch glaube nicht, daß du immer so ein Glück haben wirst.' Mehr sagte sie nicht und rannte zur Tür, und ihre drei Schwestern liefen schnell hinter ihr hinaus. Der Mann wartete, bis die Sonne aufgegangen war und ging dann hinüber zu seinen drei Freunden in der Ecke der Hütte — und dort fand er sie alle kalt und tot, mit durchschnittenen Kehlen, und jeder Tropfen Blut war ihnen aus den Adern gesogen! Da wußte der Mann, daß die Mädchen *Glaistigs* gewesen waren. Also führte er die mit der Butter beladenen Pferde selbst zum Sitz des Than und behauptete, er habe sie unterwegs gefunden, und noch vor Anbruch der nächsten Nacht legte er vor einem Priester die Beichte ab und wurde Mönch in irgendeinem Kloster im Süden — woher auch diese Geschichte kommt«, sagte Siubhan, »durch einen Wanderer, der sie Finella erzählt hat. Ihr seht also, wie die Geister auch gut sein können, wenn sie wollen, und die Armen wie uns beschützen, wenn wir sie brauchen.«

Kaum hatte Siubhan geendet, als auch schon ein hoher klagender Laut aus dem Wald herüberdrang und einige Dorfhunde zu bellen anfingen. Wat stand auf und trat nach draußen. Sorcha, welche die ganze Zeit über den Arm ihrer Schwester festgehalten hatte, verbarg ihren Kopf in den Falten von Siubhans Umschlagtuch.

»Vielleicht ein Wolf«, sagte Wat, als er zurückkam. »Es sei denn, es war Finella, die ihre Gestalt verändert hat«, fügte er hinzu.

»Ich habe oft angenommen«, sagte Siubhan, »daß die *Glaistig* vielleicht ihre Katze gewesen ist.«

»Das ist gut möglich«, stimmte Una zu. »Es gibt solche Wesen mit der Macht, ihre Gestalt zu verändern. Das weiß doch jeder.«

»Man sagt auch, daß sie einmal ein Fuchs war«, fuhr Siubhan fort, »und sie wurde gejagt und ein Jäger traf sie mit einem Stein am Bein. Und das Tier rannte geradewegs in Finellas Hütte, und als der Jäger an die Tür kam und hineinschaute, sah er dort Finella mit einem blutenden Bein, und die Katze funkelte ihn wild an und zeigte ihre Krallen.«

»Das ist wahr«, sagte Wat. »Ich weiß, daß es wirklich so gewesen ist.«

Alle schwiegen. Mungo stocherte mit einem Zweig im Feuer herum.

»Vielleicht werden die *Glaistigs* uns helfen, wenn die Wolfsreiter kommen«, flüsterte Sorcha aus dem Tuch ihrer Schwester hervor.

»Vielleicht«, sagte Mungo. Er hatte einen Gedanken, der seltsam und furchteinflößend zugleich war.

»Es gibt auch Bäume«, sagte Wat, »die sich in Menschen verwandeln und umhergehen, wie ich wissen müßte, da ich mitten unter ihnen lebe.«

»Der *Uruisg*«, sagte Una.

»Ja, und darüber kann ich euch etwas erzählen«, sagte Wat, und im Schatten der Flamme sah sein müdes Gesicht wie das eines *Ghul* aus.

Alle blickten ihn an.

»Es war an einem warmen Sommerabend, wenn ich mich recht erinnere«, sagte er, »und auf den Bäumen hing ein feiner Nieselregen, als ich zum Lochufer hinabging, um dort mein Abendessen zu fischen. Ein paar Forellen, dachte ich — mit zweien wäre ich schon zufrieden, und mit dreien werde ich wie der Shirra selbst speisen! So hockte ich mich mit den Fersen auf die Felsen und mit dem Hintern auf einen Büschel Heide und warf die Angel aus. Heilige Jungfrau! Kaum hatte der Haken das Wasser berührt, als schon ein Fisch anbiß! Ich warf sie noch einmal aus — und wieder dasselbe. Bald holte ich einen so reichen Fang von Forellen ein, daß ich keine Zeit hatte, sie an einer Schnur aufzuhängen, sondern sie nur auf das weiche Gras schleuderte, die Angel von neuem auswarf und Gott dafür dankte, daß er mich derart reich belohnte. So besorgt war ich, mir nichts von diesem Segen entgehen zu lassen, daß die Nacht schon ziemlich weit fortgeschritten war, bevor ich es bemerkte, und das Sternenlicht auf dem Wasser glitzerte, schön sah das aus; und als ich da saß und es so betrachtete, da landete — platsch! — plötzlich ein weiterer Fisch neben mir im Gras, und wer sonst fischte mir da zur Seite als ein großer *Uruisg*, der es Forelle um Forelle mit mir aufnahm und sie neben meinem eigenen Fang auf das Gras warf!

Ich sah ihn mit eigenen Augen«, sagte Wat, »halb Mensch war er und halb Tier, mit Haaren wie Schilfgras, Zähnen und Klauen. Da war nichts zu machen, denn ich wußte nur allzugut, weshalb er da war. Wir saßen dort nebeneinander und angelten weiter, bis der größte Teil der Nacht vorbei war.

Dann rief der *Uruisg*: ‚Es wird Zeit, daß wir aufhören, Wattie-Mann, und die Fische teilen.' ‚Nein, Nein', sage ich, ‚es ist noch längst nicht die Zeit dafür, wo sie gerade so gut anbeißen.' Der *Uruisg* sagte nichts mehr, sondern kehrte zu seiner Angel zurück. Eine Weile später rief er wieder: ‚Laß uns jetzt aufhören, Wattie-Mann, und die Fische teilen.' ‚Nein, gedulde dich noch', sage ich, ‚nicht jetzt schon, wo sie so gut anbeißen.' Da begann der *Uruisg* wieder zu fischen, doch nicht freiwillig, denn der Tag kam rasch näher, und vor dem Hahnenschrei hatte er noch eine andere Art von Fischzug zu tun. Einen kurzen Augenblick später rief er mir zum drittenmal zu, daß ich aufhören sollte, und ich erkannte an seiner Stimme, daß ich diesmal keinen weiteren Aufschub erreichen würde. Daher sage ich zu ihm: ‚Willst du die Fische einsammeln oder aufteilen?' Und er sagt zu mir, der *Uruisg:* ‚Ich will die Fische einsammeln, und du teilst sie auf, Wattie-Mann.' Da sage ich zu ihm: ‚Es ist ärgerlich, aber ich muß gestehen, daß ich mir nicht vorstellen kann, wie ich sie aufteilen soll.' ‚Ach', sagt der *Uruisg* ziemlich verächtlich, ‚das ist doch nicht schwer, Mann! Eine Forelle für dich und eine Forelle für mich, eine Forelle nach unten und eine nach oben, eine Forelle hierhin und eine dorthin — und die letzte große Forelle gehört mir.' Nun gefiel mir diese Regelung ganz und gar nicht, wußte ich doch, daß die letzte große Forelle, mit der er rechnete, nichts anderes als meine eigene süße Seele war, und auf die hatte er es abgesehen, bevor der Tag kam und er in den Wald zurückkehren mußte.

Ich wollte daher versuchen, mit meiner Arbeit bis zum Hahnenschrei nicht fertig zu werden — und noch nie in meinem Leben habe ich mich so sehr danach gesehnt, daß er endlich kräht! Ich ging so langsam wie möglich vor und achtete darauf, aus dem Aufteilen ein heilloses Durcheinander zu machen. Manchmal glitt mir ein Fisch aus der Hand, manchmal hatte ich mich verzählt und mußte von vorne beginnen. Die ganze Zeit über stand der *Uruisg* da und blickte mich finster an; und wenn er die Fische herunterfallen sah, stampfte er mit den Füßen auf und schrie: ‚Willst du wohl aufpassen, du Störenfried! Willst du wohl aufpassen!' Und wenn er sah, daß ich mich verzählt hatte, schüttelte er mich an den Schultern, daß mir die Zähne klapperten und meine Knochen fast unter seinen Klauen brachen. Seht nur«, sagte Wat und zog sich das Hemd von der Schulter, und da waren tatsächlich fünf blaue Striemen auf seiner Haut zu sehen. »Ich war dem Tode nahe«, sagte er, nachdem die anderen ihr Entsetzen darüber bekundet hatten, »aber gerade dann, als er schließlich die Geduld mit mir verloren hatte und die Faust hob, um mir den Garaus zu machen, da erwachte der rote Hahn genau rechtzeitig und krähte auf dem Hang hinter uns, und im Handumdrehen war der *Uruisg* aus meinem Blickfeld verschwunden.«

»Und bist du jemals wieder dorthin gegangen, Wattie?« fragte Mungo, der gespannt zugehört hatte.

»Nur keine Angst!« sagte Wat. »Ich werde nie wieder nachts am Lochufer fischen gehen.«

Mungo sagte nichts mehr, sondern stocherte wieder im Feuer herum.

»Und wenn du nun in den Loch gesprungen wärest, um fortzuschwimmen, dann hätte dich vielleicht das Wasserpferd geholt«, plapperte Sorcha mit einer unnatürlich lauten und zitternden Stimme.

Siubhan versuchte sie zu beschwichtigen.

»Aber das weiß doch jeder!« protestierte Sorcha. Durch die Geschichten, die sie gehört hatte, war sie immer aufgeregter geworden, und nun wollte sie auch ihre eigene Geschichte erzählen.

»Da war jenes Mädchen aus Achantore«, sagte sie, »und jeder weiß, was ihr geschah mit dem Wasserpferd. Wie sie es zuerst sah, eine großes schönes Tier, das mit dem Vieh auf der Wiese graste, und der Sattel auf seinem Rücken und das Zaumzeug glitzerten so silbern wie der Fluß. Und sie dachte bei sich, dies müßte ein großes Kriegsroß sein, das aus den Ställen irgendeines feinen Herrn ausgerissen sei, denn es war das größte schwärzeste Pferd, das man sich nur vorstellen konnte, und wie schön es wäre, nur ein einziges Mal darauf zu reiten. Und sie ging über die Wiese auf das Pferd zu, und es wandte seinen großen Kopf und blickte sie an. O Gott, welch ein Feuer war in seinen Augen! Und sie stand da wie angewurzelt vor Scheu. Dann aber kam das herrliche Tier auf sie zu und der Schrecken wich aus seinen Augen, bis sie nur noch eine eigenartige Sanftmut darin sah; und es rieb sich den Kopf an ihr, und Schönheit lag über seinem Kopf und der Blick seiner Augen war wie der von einem Reh. Da verschwand die Furcht des Mädchens, sie streichelte den schimmernden Kopf, und dann war auch schon ein Fuß im Steigbügel — und sie saß auf«, sagte Sorcha, »und das große Pferd wieherte, daß die Bäume erbebten, und tauchte wie der Blitz in den Loch von Spey, und von ihr wurde nie mehr etwas gehört!«

»*Puh!*« sagte Wat. »Es ist manchmal schlimm genug, auf Mittel-Erde zwischen Himmel und Höllenfeuer zu hängen, ohne auch noch auf dieser schmalen steinigen Klippe gehen zu müssen — verloren zwischen *Uruisg* und Wasserpferd. Warum muß es so etwas geben?«

»Es gibt überall viele Dinge, von deren Ursprung wir nichts wissen«, sagte Mungo.

»Und doch heißt es«, rief Una aus, »daß man von jenem Mädchen wieder etwas gehört hat. Man sagt, daß die Stelle, wo das Pferd sie hinbrachte, niemals zufror, auch dann nicht, wenn der übrige Loch dickes festes Eis trug und die Wasserfälle bis auf den Fels zugefroren waren. Außerdem sagt man, daß Leute die Stimme des Mädchens im Winter hören konnten, wenn es kalt war und der Wind heftig blies und der Schnee von den Hügeln herabgeweht wurde. Dann konnten sie ihre Stimme unter dem Wasser rufen hören: ‚Mir ist so kalt, o mir ist so kalt!' Da holten die Leute eine alte Frau, die mit den Gespenstern sprechen konnte, und sie stellte sich an den Rand des Wassers und rief: ‚Was fehlt dir, Mädchen?' Und das Mädchen sagte ihr, daß seine Seele keine Ruhe finden würde, bevor nicht sieben Messen für sie gelesen würden. Und die Leute lasen die Messen, und danach wurde ihre Stimme nie mehr am Ufer von Spey gehört.«

»Und glaubt ihr, daß sie nun im Himmel ist?« fragte Sorcha.

Mungo nickte. »Weit fort von allen Sorgen«, sagte er, »an dem Ort, wo alles jung und grün und glücklich ist.«

»Aber stimmt es denn«, fragte Wat, »daß auch manche Lebenden einen kurzen Blick darauf tun können — wie der Mann, den das Volk der *Glaistig* mit sich in das Innere ihres Hügels nahm?«

»Davon weiß ich nichts«, sagte Mungo. »Es ist seltsam, das Friedliche Volk.«

»Robs Mutter wurde von einem *Glaistig* erschreckt, als sie ihn in ihrem Schoß trug«, sagte Una. »Er ist als Gauch auf die Welt gekommen, und ein Gauch ist er seitdem geblieben.«

»Möge Gott uns vor all solchen Dingen beschützen«, sagte Siubhan und gähnte.

»Möge Gott uns alle beschützen«, sagte Mungo.

Dann schwiegen sie.

Geschichten aus einer Nacht in den Highlands . . .

Plötzlich blies ein Windstoß von kalter Nachtluft in den Raum hinein. Das Torffeuer glühte für einen Augenblick auf und erlosch dann.

Zwei kleine Augen betrachteten sie von der Tür aus. Dort stand das Mädchen, mit seinen zehn Jahren, ein Hemd um ihre schmutzigen Knie, und blickte sie mit verschlafenem Gesicht an.

»Ich konnte nicht schlafen«, sagte sie.

»Kleine«, sagte Mungo zärtlich.

»Ich war allein und habe mich so gefürchtet«, sagte sie.

»Schläft Fergus?« sagte der Priester und erhob sich mit steifen Gliedern.

»Ihn hat das Grauen gepackt«, sagte sie. »Er schreit und redet mit sich selbst. Da habe ich mich gefürchtet.«

Mungo legte seinen mageren Arm um sie. »Jetzt auch noch?« fragte er.

Sie schmiegte sich an seine Schultern. »Nein — jetzt nicht mehr«, sagte sie.

Sie hieß Mairi.

Der alte Mann und das kleine Mädchen gingen gemeinsam durch die Nacht zur Kirche hinüber.

In der Hütte verlosch das Gespräch mit dem Feuer, und zuletzt schliefen sie alle vier, Sorcha und Siubhan, Una und Wat. Doch Una lag zwischen Wat und Sorcha, ihrer Tochter.

Mairi

Kikeriki!

Der bunte Hahn, der Wat, den Mann des Waldes, vor dem *Uruisg* bewahrt hatte und den vorsichtigen Dieb vor der mordlustigen *Glaistig*, läßt die Sonne aufgehen, die wie immer seinem Ruf gehorcht, und die *Ghuls* flüchten sich zu dem Sommertag eines anderen Gottes in die Unterwelt westlich der Baumgrenze, und die langbeinigen Tiere kriechen aus den Alpträumen hervor und wieder in das knackende Holz und die unaufhörlich bröckelnden Steinmauern, und langsam kommt die Nacht zur Ruhe, wenn die Morgendämmerung mit allem Glanz in ihren grünen Hafen zurücksegelt. Ah, die Frösche des Zwielichts verstummen am Ufer, der Dampf des Viehs steigt über den sich erwärmenden Feldern auf, die Geräusche des Waldes verklingen zu seinen verborgenen inneren Orten. »Zurück in eure Gräber!« ruft Der Böse, wenn der kurze Lebensatem aus den Toten weicht, und sie zerfallen wieder zu Staub und Asche, bevor die ersten Strahlen der aufgehenden Sonne sie treffen.

Dann wird der himmlische Hahn, der auf der Giebelwand der Welt sitzt, jeden Heidestrauch wie einen Brennenden Busch auf dem sich weit ausdehnenden Land der Gottsuche erglühen sehen. Und die herrlichen Pferde der Sonne kommen herangaloppiert: Gelb sind sie, goldgelb auf der Wiese, wie die Sänger sie rühmen, und purpurrot auf den Bergen, und wolkenweiß und von der Farbe des immerblauen dahintreibenden Himmels. Und ihre schimmernden Hufe rascheln und versinken in dem Meer des langen wehenden Grases. Daher sagen die Leute: »Der Wind galoppiert«, und die Alten behaupten, daß sie ihn gesehen haben — den nackten Jungen, der auf dem Rücken des Windes reitet und die Pferde mit magischen Namen anruft, die nicht ausgesprochen werden dürfen.

Und dort, wo sie schlief, auf der Bank hinter der Weißdornwand, regte Mairi sich in ihrer Welt des Schlafes. Wovon träumst du, Mairi?

... O hier bin ich gleite frei wie ein Schwan und übermütig dahin in ein grünschäumendes Land mit herrlichen Wildfrüchten und allen warmen Dingen, und ein Pferd kam zu mir und sagte wo gehst du denn hin Mädchen an diesem singenden Erdenmorgen, und ich sagte wenn Ihr nichts dagegen habt mein Herr gehe ich nach Hause zu meinen Eltern die sind König und Königin in einem Palast aus Gold auf der anderen Seite der Berge wohin der Mond geht, und er sagte bist du denn jemals in den Mondbergen gewesen, und ich sagte nein mein Herr aber ich würde gern sehen wohin der Mond geht wenn er schlafen will, und das ist das Traumland hat der Vater gesagt es liegt im Osten des Paradieses, und das Pferd sagte steig auf steig auf Mädchen sagte es und es hob mich auf seinen Rücken und wir galoppierten frei ...

»Frei!« rief sie zu dem von Flöhen heimgesuchten Strohbett, zu dem rauchgeschwärzten Holzgewölbe über sich, zu dem taufeuchten Erdboden des Hochsommers.

... durch den schwingenden Wald die mondheiße Nacht und den sonnenkalten Tag bis wir zum Land des roten Hahns kamen der auf der Giebelwand umherstolzierte, und der Hahn sprach mich an und sagte sieh mal Mädchen und spreizte seine Federn ich bin Gottes Händler und ich kann dir deinen Herzenswunsch erfüllen, und ich sagte bitte mein Herr ich möchte gern aufbleiben beim Mitternachtsfeuer und ein Band um mein Haar hochzubinden das ist alles was ich im Augenblick haben will ...

Und sie drehte sich um auf der schmalen Grenze des Schlafes, als der Hahn, der weder im Traum noch im Himmel umherstolzierte, sondern nicht weiter als ein paar Meter von ihrem zehnjährigen Kopf entfernt, sich räusperte, um Glocke und Weckruf für den nächsten Tag des Heumachens zu sein.

Kikeriki!

Und Mairi schlug die Augen auf und blickte zur Decke, sah eine Wolke, die durch das Rauchloch hereinguckte, sprang aus dem Bett, rieb sich den Schlaf aus den Augen, verschluckte fast ihre Faust beim Gähnen, tunkte zwei Finger in einen Tonkrug mit Bachwasser von gestern — Reinlichkeit kommt gleich nach Heiligkeit — und wischte sich damit einmal, vorsichtig, über die Augen und hinter jedes Ohr. *Brrr.* Sie zog sich das Hemd über den Kopf, griff nach dem Melkeimer und lief hinaus. Draußen streckte sich gerade der Gauch.

»He, Robbie!«

»He, Mairi!« — Nettes Mädchen, dachte der Gauch, eine, die mich nie aufzieht, nicht einmal, wenn die anderen mit Steinen nach mir werfen.

»Heda, Mairi!« rief Una aus ihrer Tür. Wat war schon lange aufgebrochen. Mairi nahm den Eimer von der Schmiede und lief damit weiter.

»He, he!« kam es von Nessa und Malai, von Seonaid und Sine, und ein Schnattern von Sines Kindern, die schon kunterbunt durcheinanderpurzelten.

Auf dem Feld wurde sie bereits von der Kuh Sprenkel erwartet, die früher dem Shirra gehört hatte und nun der Kirche und der Schmiede zusammen. Zuerst der Eimer des Vaters . . . Gähnend griff sie nach dem Euter, Mairi mit dem schmutzigen Gesicht und einem Blumenmund, den Morgen in ihren Augen. Überall war frischer Tau auf dem Boden, nur dort dunkle Fußspuren auf der lichten Wiese, wo Nessa unweit von ihr saß und dem Euter des nächststehenden Tieres kleine zärtliche Stöße gab. Jetzt Unas Eimer . . . Seonaid summte munter, während

Nessa schon wieder schluchzte, das dumme Ding. Das ganze schlafende Dorf war nun erwacht, als Mairi den einzigen Weg entlangklapperte. Der alte Tomas früh auf den Beinen, mürrisch wie immer. Zur Schmiede — war das möglich, kein einziger Tropfen aus Unas Eimer verschüttet! — dann wie ein Wirbelwind nach Hause. Und das Dorf, das der Vernichtung entgegensah, frühstückte Grütze und Haferkuchen und dachte an das bevorstehende Tagewerk und — ach, wenn doch bald wieder Abend wäre! — und — ojemine, mein Rücken bringt mich um! — und — schlag dich mit Ampfer, es gibt nichts Besseres gegen den schreienden Rücken! — und Tomas, der den roten Hahn in die Hölle wünschte: Ich werf' dich in den Topf, mein Bursche! — und das dumpfe Klingen von Eisen, als die erste Sense hervorgezogen und geschultert wurde.

»Vater«, rief Mairi an der Tür in der Weißdornwand, denn das Frühstück war fertig. Und rief ins Schweigen.

»Vater!« Sie kratzte am Holz.

»Vaa-terrr!«

Keine Antwort. Öffnete die Tür. Blickte hinein. Nichts. Der Raum des Priesters war leer. Das Stroh auf dem Bett nicht verwühlt. Das neue Talglicht, das sie ihm gestern auf den Tisch gestellt hatte, nicht entzündet. Sie betrachtete das Kruzifix an der Wand, den bemalten Jesus aus Holz, die Schale mit dem Weihwasser. Nichts brach das Schweigen dieser Kammer.

Mairi trat langsam zurück, die Wand schloß sich hinter ihr. Auf ihrem Gesicht stand ein Ausdruck von Verwirrung. Sie besann sich: Ja, in der letzten Nacht war er zusammen mit ihr nach Hause gekommen. Dann war er zur Kirche gegangen, nur eine Tür weiter, um nach Fergus zu sehen, der dort in dem süßlich brandigen Geruch seiner eigenen Wunden schlief. Mairi stellte das Essen auf den Altar und neigte sich zu dem Mann auf der Erde. Fergus, hast du den Vater gesehen? Zwischen kleinen Schlucken wimmerte er leise und schüttelte den Kopf. Nein, heute noch nicht. Wo ist er denn?

Sie suchte ihn. Während des vormittäglichen Schneidens sang sie nur sehr unaufmerksam, und als sie eine Essenspause einlegten, suchte sie ihn überall im Dorf und das Bachtal hinauf und hinab bis hin zu den Schatten des Waldes. Sie fragte jeden nach ihm, den sie traf, denn sie fürchtete, daß er in einem plötzlichen Schwächeanfall unerwartet an einem abgelegenen Ort gestürzt sein könnte, wo er nun hilflos lag. Sie suchte ihn, doch als sie ihn wider Erwarten nicht fand, kehrte sie niedergeschlagen zurück. Die Frauen wollten sie aufheitern, sagten, daß der Vater wahrscheinlich, nach Art der Priester, an eine einsame Stelle in den Wald gegangen sei, um dort für ihre Rettung zu beten, sagten, daß er am Abend sicherlich mit Wat heimkommen werde. Doch auch sie blickten stirnrunzelnd zu der Silhouette der Bäume hin, und wenn sie dachten, daß Mairi es nicht bemerkte, sahen sie einander an und schüttelten den Kopf.

Warum nur war er ohne ein Wort gegangen?

Der blinde Manus griff wieder zur Flöte. Sine tat den ersten Schnitt, und zweiundvierzig Frauen und Tomas und Ferchar folgten ihrem Beispiel. Mairi wurde von ihrem Anteil an der Arbeit — dem Singen zu den sausenden Sensen — nicht befreit und hätte dies auch gar nicht gewollt. Eingebracht werden mußte das Heu, wenn die Tiere den Winter überleben sollten, und keiner, weder Frau noch Mann, nicht einmal Gottes eigener Diener, war wichtiger als das. Denn sie wollten überleben. So war es von den Frauen beschlossen. Sie würden das Vieh tief im Wald verbergen und von den Kindern bewachen lassen. Auch wenn sie dann selbst zweifellos vergewaltigt würden und die Hüttendächer abgebrannt, die jüngeren vielleicht entführt und die älteren getötet, so würde doch etwas für die Zurückkehrenden erhalten bleiben. Ihr Verstand und die wenigen Männer sagten ihnen, daß keiner überleben würde — aber der Schmerz in ihrem Bauch sagte das Gegenteil.

Und so schnitten sie das lange Gras zu dem zitternden Lied des kleinen Mädchens. Doch als dann die letzte Sense in ihrer

Bewegung innehielt und die Frauen sich umwandten, um einen Blick über das Feld dieses zweiten Tages zu werfen, da rannte sie davon. Wartete nicht ab, bis Wat von der Jagd zurückkehrte und ein Dutzend Hasen in seinem Gürtel baumelten und eine Hirschkuh über seinen Schultern lag; wartete nicht ab, ihn seinen braunen Kopf schütteln zu sehen oder ein »Nein« aus seinem Munde zu hören. Sie suchte bereits in jedem Graben und jeder Rinne, in jeder Erdfalte des Hügels, unter jedem Farn, hinter jedem Ginsterbusch, und ihre Stimme und die der anderen Kinder ertönten über dem Land wie die Rufe von Zugvögeln.

Wo war er nur?

Sie kehrte allein in das Dämmerlicht der Kirche zurück, wo Ruadh, ein schwächlicher Junge, der sonst für nichts zu gebrauchen war, den ganzen Tag über bei Fergus hatte wachen sollen. Mairi fand Ruadh als schlafendes Bündel hinter der Tür. Sie weckte ihn mit einem Klaps und schickte ihn weinend nach Hause. Geschäftig rieb sie sich die Hände, bereitete das Abendessen für Fergus und wechselte dann die Umschläge auf seiner Brust. Der Verwundete folgte ihr mit angstvollen Augen und dankte ihr und dem Vater und der Heiligen Jungfrau flüsternd dafür, seinen gequälten sterbenden Körper zu retten. Als sie die Schwäche bemerkte, die jetzt auf ihm lag, nachdem die Schmerzensschreie aufgehört hatten, wußte sie, daß er sterben würde. O wie wünschte sie doch den Vater herbei! Dann lächelte Fergus sie kraftlos an, hob eine Hand und strich ihr damit über das Haar. Mit einem schweren Seufzer zog Mairi das schmutzige Stroh unter ihm hervor und ersetzte es durch frisches. Dann wusch sie ihm das Gesicht und schaute ihn an — so jung, so alt für sie.

Während Fergus in einen Alptraum von Glanz und Ehre

glitt, kniete Mairi am Fuß ihres Lagers nieder und plapperte ihr Abendgebet. Dann kroch sie ins Bett. Noch war am Himmel über dem Rauchloch ein grauer Lichtfleck zu sehen. Sie lag wach und dachte nach; und irgendwann einmal schlief sie ein, aber daran konnte sie sich nicht erinnern.

Sie hatte bei dem alten Mann seit damals gelebt, als er sie gefunden hatte. Doch wann das gewesen war, hätte Mairi nicht sagen können. Seit damals hatte sie immer den Vater darüber ausgefragt. Da war Mungo siebzig gewesen und Mairi ein wimmerndes kleines Ding, in ein Tuch gehüllt.

Vor zehn Jahren war der harte alte Mann gebrechlich an einem Stock umhergehinkt, sein Rücken war vornübergebeugt, sein hageres Gesicht zeigte einen Ausdruck von heiliger Bosheit. Er haßte die Menschen, verfluchte sie, glaubte, dafür ausreichend Grund zu haben, und vielleicht hatte er das auch. Er liebte die Vollkommenheit von Christus, und die Unvollkommenheiten, die ihn umgaben, verabscheute er. Die Leute kamen zitternd zu ihm. Er pflegte ihre kranken Körper mit sanften Händen, aber seine Worte waren dabei streng und scharf, so daß sie die nachsichtige Behandlung der Hexe Finella bevorzugten. Selbst die Soldaten des Turms begegneten ihm mit Respekt und unterließen ihr Fluchen in seiner Gegenwart. Er liebte Tiere und den grünen Mantel der Erde, wanderte allein an seinem Stock in die Wildnis und blickte jeden unmutig an, der in seine Nähe zu kommen wagte.

Vor zehn Jahren nun, an einem warmen Sommerabend, beschloß Mungo, der tiefer als gewöhnlich in den Wald hineingegangen war, weil er ein besonders seltenes und heilendes Moos suchte, aus der Laune des Augenblicks heraus, auf einem unbekannteren Weg nach Hause zurückzukehren. Und er lief dort, wo seit dem Schöpfungstag scheinbar noch nie jemand gegangen war, denn er befand sich tief im Innern des unberührten Waldes, und selbst Wat kam selten hierher. Der alte Mann kämpfte sich mühsam durch die raschelnden Wogen von Farn an den Stellen, wohin das Sonnenlicht reichte, und durch eine dicke, Jahre um Jahre alte Schicht von gefallenen Blättern und Nadeln, die Wurzeln bedeckten, wohin die Sonne niemals drang, und er bückte sich unter den tiefen Ästen und Zweigen, die an seinem spärlichen grauen Haar zerrten, und der auffliegende Staub ließ ihn niesen. Im warmen Schweigen des Waldes war nichts zu hören außer seinen eigenen Geräuschen.

Der alte Priester war, wie immer, auf der Hut, denn dies war ein heidnischer Ort, und wer wußte schon, welch grausiges Wesen dort lauern oder wo die Hölle eine ihrer allzu zahlreichen Pforten verbergen könnte? Nach links und rechts äugte er, wie ein einherstolzierender Vogel, mit seinem kräftigen Stock und dem Sack voller Moos.

Horch.

Ein Singen lag in dem Schweigen, ja, ein Singen von Wasser, und unvermutet gelangte er aus der grünen Falte von Rinde und Farn und Blätterdach in ein enges Tal, und der Himmel darüber war ein schmaler blauer Fluß und Abendwolken lagen wie Inseln darin, und unten rieselte der Bergbach und sang zwischen seinen Steinen. Mungo blieb stehen und lehnte sich auf seinen Stock und lauschte. Einige verspätete Wildgänse flogen über ihn hinweg gen Norden. Er blickte mit seinen schwachen Augen zu ihnen hoch. »Siebzig Jahre bin ich nun«, dachte er, »die mir zukommende Lebensspanne auf Gottes Erde.« Im Unterschied zu den Wildgänsen hatte er keine Gefährten. Die Einsamkeit in seinem Herzen schrie auf wie eine Möwe auf einer öden Landzunge. Doch dann lächelte er über seine eigene Torheit und schaute wieder auf das Wasser, das silbrige Wasser unter dem matten blauen Himmel am dunkelnden Wald, und da freute er sich an seiner Einsamkeit, daß er dies ohne Störung durch das Geschnatter von Menschen erfahren konnte.

Horch.

Es war ein sehr kleiner Bach, kaum mehr als ein heller Wasserfaden, der sich durch den Boden zwischen den Wurzeln der Heide schlängelte, und Mungo kniete sich steif daneben, streifte seine braunen Ärmel bis zu den Ellbogen hoch und ließ das klare Wasser über seine erdigen Hände spülen, mit denen er das Moos abgekratzt hatte. Ah. Es war schön, die kühlen Kiesel am Grunde zu berühren, und als er sie spürte, tat der alte Mann etwas Seltsames — er hob einen Stein auf, der wie weißes Kristall leuchtete, schüttelte die Jahre von sich ab wie Wasser und warf ihn mit aller Kraft wie ein Junge in den nächsten Ginsterbusch, hockte sich dann auf seine Fersen und lächelte glücklich, als er sah, wie der Stein dort aufprallte und zwischen Farnstengeln verschwand.

Dann drang ein Schrei aus den Tiefen des Waldes — horch! — war es der Schrei eines Tieres, eines Vogels — horch! — war es . . . Mungo rappelte sich auf, Furcht und Zorn jagten durch seine Augen.

Ein Uruisg!

Es gibt viele Geschöpfe auf der Welt, und die rote Schale allein macht noch keinen Apfel aus — *Uruisg* — das Geschöpf, das Mensch war und doch nicht Mensch, sondern aus Erde und Baum, der oft gestürzte Engel des Waldes — *Uruisg* — das Geschöpf, an das er als Christ nicht glaubte, aber das er als Mensch trotzdem fürchtete in der Stille, in der Dunkelheit, in der plötzlichen Unmenschlichkeit dessen, was ihn umgab. *Uruisg* — war dies der Erzfeind, den er bekämpfte . . . und der ihn jetzt rief?

»*Uruisg*, du Ausgeburt des Teufels, komm' nicht in meine Nähe!« drohte Mungo und schwang seinen Stock gegen die Baumstämme.

Der Schrei wurde zu einen leisen Wimmern. Mungo ließ den Stock sinken. Die zornige Furcht verschwand aus seinen Augen. Eine Stimme aus seiner Vergangenheit rief ihn. Es war die

Stimme einer Frau, die »Mungo« sagte, doch er konnte sich nicht daran erinnern, wem sie gehörte. Es war eine Stimme aus einem fremden und wunderbaren Garten. Er überquerte den Bach mit einem großen Schritt und zog den Schreier aus dem Gebüsch hervor. Es war ein Tuch, unansehnlich und rauh, und mittendrin ein winziges Gesicht, voller Runzeln und weinend. Die Furcht des alten Mannes verflog. Der schwere Knüppel fiel unbemerkt zu Boden und blieb auf einem Büschel Heide liegen — und soviel ich weiß, wird sein Staub heute noch dort unter dem Purpur liegen. Ein Säugling? dachte er, ein Säugling hier im Wald? An dem Ort, wo er herkam, hatten Mütter ihre Kinder zärtlich geliebt. Hier aber — und obwohl er dagegen wetterte, wurde es dennoch getan — waren verzweifelte Eltern dafür bekannt, ungewollte Münder den wilden Tieren zu überlassen. Er spähte nach irgendwelchen Zeichen. Das lange Licht des Tages schloß sich über den Bäumen. Irgendwo klopfte ein Specht, und in der stillen Luft war das Flügelschwirren von Nachtfaltern. Auf einem flachen Felsen in der Nähe hatte ein einzelner Hufabdruck Wasserspuren hinterlassen, die trockneten und verschwanden, noch während er hinschaute. Nach und nach, wie Dorflichter, kamen die Sterne hervor.

Langsam, langsam breitete sich die Nacht über dem versinkenden Himmel aus. Langsam ging die Abendsonne über der Schulter des fernen Berges unter. Langsam schwammen die feurigen Wolken in das trübe Meer der Dämmerung und lösten sich darin auf. Mungo blickte das Bündel an. Was weiß ich denn schon von Kindern? fragte er brummig. Noch ein weiterer Mund im Dorf zu füttern, dachte er, als er das Tuch um die kleinen Glieder zurechtzog. Wenn jemand glaubt, daß ich mich mit diesem Balg herumplage, dann irrt er sich aber gewaltig! dachte er und hörte den zarten Atem, sah die winzigen geballten Fäuste. Es gibt keinen Grund auf der Welt, dachte er abschließend, weshalb ich mir Gedanken über dich machen sollte!

»Wie soll ich dich denn bloß nennen?« sagte er zu dem Bündel, als er mit ihm in den Armen weiter bachabwärts lief.

Und so kam es, wie bei den Heiligen der alten Tage, daß Mungo auf sein steinernes Herz gestoßen war und die harte Schale aufbrach und eine klare Quelle hervorsprudelte auf die verdorrte Erde und der alte Mann in die Sünde der Menschlichkeit fiel.

Unter dem Schutz der Dunkelheit betrat er das Dorf. Der Wachposten oben auf dem Rabenturm schritt unter dem Sommermond auf und ab. Ein Hund bellte einmal im Schlaf, als Mungo mit festem Schritt zur Tür von Finella ging, die einzige, die ihn nicht auslachen oder für verrückt halten würde, denn weder die Heiligen noch die Engel, die im Namen der Kirche Wunder wirkten, hatten ihm gesagt, wie man ein schreiendes Kind trockenlegt und füttert. Doch ein Wunder war es, sagte Mungo, und gab ihm den Namen Mairi.

Gemeinsam wachten sie darüber, wie Mairi heranwuchs. Finella schnaubte verächtlich über die kniebeugenden Gebete, die der Priester dem Mädchen beibrachte, während Mungos Frömmigkeit grob verletzt wurde durch die Zauberformeln und Verwünschungen der Hexe. Als er eines Tages Finellas Hütte betrat, mußte er hören, wie die alte Frau gerade zu Mairi sagte, saß sie niemals einer Spinne ein Leid zufügen sollte, wie schaurig dieses Tier auch sei, denn Schwester Spinne tue Wunder und bringe Glück. Und sie sang:

Laß jede Spinne nur lebendig laufen,
Dann wirst du alt und kannst dir alles kaufen.

»Papperlapp!« sagte Mungo. »Jeder weiß doch, daß es deshalb ist, weil eine Spinne ihren Faden um die Höhle wob, in der sich die Heilige Familie auf der Flucht nach Ägypten versteckte, und das rettete sie vor den ägyptischen Heiden, die nicht weitersuchten, als sie das unversehrte Netz vor dem Eingang sahen.«

»Und wenn du eine Gabel fallen läßt«, sagte Finella zu Mairi, »wird dich eine Frau besuchen, und wenn du ein Messer fallen läßt, wird es ein Mann sein. Und wenn du einen Löffel fallen läßt«, sagte sie und warf ihren Holzlöffel vor Mungos Füße, »dann wird dein nächster Besucher ein tatteriger alter Gauch sein.« Mairis Silberlachen umgab sie wie Spinnennetze.

Ein anderes Mal kam Finella in die Kirche, wo der alte Priester Mairi gerade den Altar erklärte. Das Kreuz, an dem Christus gestorben sei, bedeute das Versprechen der Auferstehung, so sagte er, und die Hoffnung auf die jenseitige Welt; und deshalb sei das Kreuz ein Schutz, und selbst Donner und Blitz könnten einem Haus nichts anhaben, in dem sich das Kreuz befinde. Und er summte:

Es war kein Galgenbaum aus Holz,
Wo Jesus siegte für uns stolz.

»Was für ein Blödsinn!« rief Finella. »Jeder weiß doch, daß es deshalb ist, weil dein Kreuz aus Eiche ist und die Eiche der Baum des Hammermanns, der den Donner in den Bergen macht und herabschickt, wenn die Menschen ihn ärgern.«

»Und wenn du eine Eichel nimmst und deine Ohren damit reibst«, sagte Mungo zu Mairi, »wird das Ohrenschmalz herausfallen. Und wenn du einen Haselzweig nimmst und nach einer Hexe wirfst«, und dabei holte er das Holzstückchen aus seinen Zähnen, auf dem er herumgekaut hatte, und warf es nach Finella, »dann wird sich das dumme alte Weibsbild in Luft auflösen — *puff*!« Mairi erstickte fast vor Lachen.

Und die Leute bemerkten, daß auch Mungo mehr lachte, daß seine Worte sanfter wurden und die Falten des gerechten Zorns auf seiner Stirn sich glätteten. Er lief ohne Stock umher und sang sogar, wenn er seine Heilmittel zubereitete. Mairi begleitete ihn mit ihrem Weidenkorb. Zusammen gingen sie in den nachmittäglichen Wald, um nach Kräutern und Flechten zu suchen. Finella hackte mit ihr Rüben und Lauch für die Suppe klein und murmelte geheimnisvolle Worte über siedenden Töpfen. Ein bärtiger Turmsoldat machte ihr Puppen aus Holz und Stoffetzen. Und Mairi sang bei allem, und wer ihr zuhörte, dem wurde das Herz leichter. Im Haus sang sie wie eine Taube, auf dem sonnigen Feld wie ein Hänfling, auf der windumtosten Wiese wie ein Brachvogel. Die Zugvögel kannten sie ebenso wie die Hausschwalben auf den Dachgiebeln. Bald teilte sie ihren Raum mit einem Fuchswelpen, einer verkrüppelten Ringeltaube und einem Igel.

Und wenn Mungo vor dem Altar stand, unter dem Schatten des Kreuzes, und wenn er, obwohl milder geworden, immer noch den Altar umklammerte und sagte: »Wir sind verdammt, wir sind in der Irre«, und sagte: »Herr errette uns, Herr sei uns gnädig« und dies mit einer Zunge sagte, die feurig blau flackerte wie Arkturus — dann blickte er plötzlich mittendrin auf und hörte sie mit geduldiger Stimme sagen: »He, Vater, nebenan ist jetzt aber die Suppe für das Abendbrot fertig.«

An ihn dachte Mairi in jener Nacht, als sie zwischen Schlafen und Wachen im Bett lag und die Sterne zählte, die über dem Rauchloch durch den Sommerhimmel vorbeizogen.

Wem Faidh unterwegs begegnete

Am nächsten Tag, dem dritten des Heumachens, fehlte auch die alte Finella in der Reihe der Mäherinnen. Ihre Hütte war leer, die Essensschüssel hing kalt am Kaminhaken. Selbst ihre Katze war spurlos verschwunden.

Du lieber Himmel, sagten die Frauen und wunderten sich. Waren die beiden zusammen fortgegangen, um mit magischer Zauberkraft gegen den Anführer der Räuber zu kämpfen? Die Männer nahmen an, sie wären vielleicht von Plünderern gefangengenommen worden, doch wie hatten irgendwelche Fremden das Dorf unentdeckt betreten können? Die Kinder glaubten, daß sie zusammen in einer Eierschale zu dem fernen Schloß davongesegelt wären, wo der König oben auf einem goldenen Berg lebte, und daß sie bald an der Spitze eines Heeres zurückkehren würden. »Ich wette«, sagte Jung-Fearchar, »es war niemand anderes als sie, die ich in der letzten Nacht mit ihrer Katze auf einem Besenstiel über den Mond fliegen sah«, und dabei lachte er und blickte in die Runde. Doch keiner sonst lachte mit ihm. Wat schaute finster zum Wald hinüber und schwor Stein und Bein, daß er ihn durchsuchen würde, bei Gott, das würde er, doch man könnte die himmlischen Heerscharen selbst in seiner unermeßlichen Weite verlieren. Keiner kam auf den Gedanken, daß die beiden Vermißten vielleicht fortgelaufen waren, um ihre eigene Haut zu retten.

Es hatte während der Nacht geregnet und jetzt nieselte es. Nein, es nieselte nicht einmal, denn ein sichtbarer Regen schien überhaupt nicht zu fallen. Es lag eher ein feuchtes Kribbeln in der Luft und eine rauchige Trübheit über der Sonne, die alle Farben des sommerlichen Feldes verdunkelte. Das Gerücht des Regens durchlief den kühlen Morgen, das lange Gras der Heufelder nickte heftig und die Bäume wisperten undeutlich, als es sich zwischen ihnen bewegte. Die Wasseroberfläche des Baches prickelte von seinen winzigen Tropfen, das Vieh trug Mäntel aus glänzendem Tau, und die Sensen der Frauen, die sich wieder in einer Linie quer über das Feld aufgestellt hatten, schwangen blitzend durch die schimmernde Feuchtigkeit.

Sie mähten das dritte Feld, das anstrengender als die anderen war, da sie hier ihre Sensen hangaufwärts benutzen mußten. Aber schließlich ist nasses Gras, vorausgesetzt, daß es nicht zu naß ist, leichter zu mähen als trockenes, und so fiel es schwer und grün und duftend über die Sensenblätter und die Frauen stiegen mit ihren nackten Beinen hindurch, während der blinde Manus Flöte spielte und Mairi sang — und dabei ihre Augen auf den Wald geheftet waren, aus dem er nicht hervortrat.

Der Sommer hatte nahezu seinen Höhepunkt erreicht, gab das Versprechen von blauem Himmel und weißen Wolken. Trotzdem beschlossen sie, mit dem Aufladen zu beginnen, denn schließlich kann auch aus heiterstem Himmel ein Regenguß kommen, und welch ein Jammer wäre dies für das gemähte Heu! Während einige Frauen weiter auf dem dritten Feld arbeiteten, begannen andere und die Kinder damit, den Schnitt der beiden letzten Tage auf einen Karren zu laden, und Rob der Gauch trieb den schwerfälligen Ochsen über den Bach ins Dorf zurück. Dann sammelten sie sich, um ihre Haferkuchen zu essen. Mairi saß da, ihre Hände im Schoß, und sagte nichts.

»Willst du mein Band tragen, Mairi?« sagte die schöne Seonaid. Sie holte das grüne Band hervor, das der tote Soldat ihr gegeben hatte, und wand es um das Haar des kleinen Mädchens. Alle Frauen bewunderten Mairi. Una umarmte sie mütterlich — doch Mairi war ein Stück Holz. Fearchar tröstete sie großspurig, sie brauche keine Angst zu haben, er sei ihr Bruder — doch Mairi war ein Klumpen Erde. Der blinde Manus rief ihr die Frage zu, ob sie für die anderen singe wollte, wenn sie die Arbeit wieder aufnahmen — doch Mairis Mund war ein gespaltener Stein. Langsam rannen ihr die Tränen über das sommersprossige Gesicht. Die Frauen sahen sich ratlos an.

Es war ein milder Abend, als Mairi nach Hause ging. Die Schönwetterwolken hatten sich aufgelöst und der Stern Wega, den die Leute *Telyn Arthur*, die Harfe des Artus, nannten, stand wie ein schwach glimmendes Feuer hinter der Dunkelheit. In der Kirche zeigte ein Licht die Stelle an, wo Ruadh bei Fergus saß. Der Junge schlich sich weg, Mairi beachtete ihn nicht. Sie wusch Fergus, wechselte seine Umschläge und versuchte ihn zu füttern. Er hatte an diesem Tag nicht gegessen. Sie tauchte ein Stück Haferkuchen in Milch und steckte es ihm zwischen die Zähne — umsonst. Fergus sah an ihr vorbei, sein Atem glich einem rostigen Kratzen. Sie sagte ihm, daß der Vater bloß hinausgegangen sei und gleich zurückkomme; sagte ihm, daß es ihm bald besser gehe, da er nun keinen Schmerz mehr spüre; sagte ihm, daß Nessa, die nicht ein einziges Mal zu ihm gekommen war, dort neben ihm sitze — dort, Fergus. Seine Augenlider flatterten leicht. Sie hob seinen Kopf in ihren Schoß und legte ihre Arme um ihn.

O wie gut geht's mir mit meinem Habicht,
Weil er fliegen und auch sprechen kann!
Er soll mir einen Brief zu meiner Liebsten tragen
Und einen anderen von ihr zurück!

Doch wie nur kann ich deine Liebste finden,
Wie soll ich sie erkennen?
Hört' ich doch nie ein Wort aus ihrem Mund
Und hab' sie auch noch nicht gesehen.

O meine Liebste wirst du wohl erkennen,
Sobald du sie erblickst!
Denn von allen Blumen in ganz Schottland
Ist die allerschönste sie!

Da war Fergus eingeschlafen, und sie legte seinen Kopf nieder, deckte ihn zu und ging in ihre eigene Kammer.

Es roch nach Fuchs dort. Ein Paar helle Augen betrachteten sie. Das war *Sionnaich*, das rotbraune Fuchsjunge. Sie hatte ihn in diesem Frühling gefunden, als sie mit dem Vater umherstreifte — der einzige Überlebende eines ganzen Wurfs, der irgendeinem Raubtier zum Opfer gefallen war, und er war blind und hilflos und weniger als zehn Tage alt. Als sie ihn fand, gab er kleine wimmernde Töne von sich und stupste an den toten Körper seiner Mutter, und Mairi hob ihn hoch und blickte in seine blinden Augen. *Tha mi fuar*, mir ist kalt, sagte das Junge — oder das glaubte sie jedenfalls zu verstehen, denn es war ein rauher Frühlingstag, und ein Fuchswelpe wird gewöhnlich erst nach der vierten Woche aus dem warmen Bau herauskriechen. Mungo hatte seine Stimme nicht gehört, wohl aber Mairi, das Kind des Waldes, und daher nannte sie ihn *Faidh* — was soviel heißt wie »Prophet«. Sie nahmen ihn in ihrem Korb mit nach Hause, und dort wusch Mungo ihn mit Wasser aus der Kirche und sprach ihn von dem Fluch frei, den die Bauern auf den Clan des roten Diebes legen. Und tatsächlich zeigte Faidh keinerlei Interesse an den Dorfhühnern, wenn auch Wat murrte: »Die Zeit wird schon noch kommen« und dem Tier dabei finstere Blicke zuwarf.

Faidh wuchs heran. Sein Gesicht veränderte sich von der runden Form mit den flachen Ohren, wie sie der vier Wochen alte Welpe hat, zu der langen Schnauze und den spitzen Ohren des zehnwöchigen Rüden. Seine Augen waren wachsam. Er schnappte nach jedem außer Mairi. Tagsüber folgte er seiner Nase in den Wald. Nachts schlief er gewöhnlich an ihrem Bett, doch manchmal blieb er die ganze Nacht lang fort und Mairi sorgte sich um ihn. Sie versuchte, ihm Worte beizubringen, wie *ith gu leor* — iß gut und *gabh deoch* — trinke. Faidh blickte sie verwundert an. »Hast du ihn noch nicht dazu gebracht, sich zum Gebet niederzuknien?« fragte Mungo, der gerade hereinkam. Mairi beachtete ihn nicht. *»Is fhasa a bhi bruidhinn na a bhi deanadh«* — »Es ist leichter zu reden als zu handeln«, sagte sie zu dem Fuchs. Mungo lachte und zog sie am Ohr.

Faidh war der Wald — wie sie selbst. In allen Dingen war er sein Geschöpf, geboren unter seinen immergrünen Zweigen und den weißen Winden, die über die wilde Himmelswiese tosten.

Nun sah der Fuchs sie an. Sie nahm ihn in die Arme. Das rote Gesicht rieb sich an ihrem Ellbogen. Sie flüsterte in sein Ohr.

Kein Buch kann die Worte aufzeichnen, die sie sagte, doch als sie eingeschlafen war, trottete das Fuchsjunge hinaus in die Nacht.

Faidh lief quer über den Friedhof, schlüpfte durch die Einpfählung und gelangte an den Bach außerhalb des Dorfes. Er kroch den abschüssigen Hang hinunter, sprang auf einen großen bemoosten Stein, der das Wasser teilte, und dann weiter auf einen schmalen Vorsprung aus Kies und Wurzeln am Fuße des anderen Ufers.

Ein Fuchs läuft mit raschem, sprunghaftem Trab, bewegt sich in verschlungenen Zickzacklinien, hält den Kopf tief und die Schnauze vorgestreckt, schnüffelt in der vielfältigen Geruchswelt nach Beute und Gefahr, wühlt im Boden nach Larven und Käfern, hebt die Pfote nach allem, das eßbar sein könnte, und wird sich, trotz seiner gewundenen Pfade, immer in der gleichen Richtung bewegen — zum Wind hin. Faidh lief mit herabhängendem Schwanz und aufgerichteten Ohren das Bachtal hinab. Eine sanfte Brise strich über das gemähte Gras, er hielt ihr seine Nase entgegen, und so näherte er sich dem Wald auf einem langen, quer verlaufenden Weg.

Wir Menschen, die wir durch unsere Augen leben, fürchten uns vor Dunkelheit, denn unsere Ohren und Nasen sind nicht mehr als verschlossene Fenster, durch die nur ein ganz schwaches Raunen von draußen eindringen kann. Die Tiere des Waldes sind nachts nicht in ihren Höhlen und Nestern und Erdlöchern, so wie wir in unserem warmen Bett liegen. Für viele ist unsere Nacht ihr Tag. Es gibt Blumen, die sich nachts öffnen und die Dunkelheit wie Wasser trinken. Es gibt Insekten, die nachts fliegen und die Köpfe der Abergläubigen mit flüsternden Geistern bevölkern. Es gibt Augen, die nachts leuchten und vermutlich jene Dämonen in die Welt gesetzt haben, wie sie von zitternden Heiligen bei ihren Nachtgebeten gesehen wurden. In jenen Tagen gab es auch die mächtigen Mörder des Waldes, die Bären und vor allem die Wölfe, und für sie war die Finsternis ein unsichtbarer Schild, ein entscheidender Verbündeter in jedem Kampf mit dem Menschen. Und daher sagte der Mensch, das Dunkel sei böse und die Hölle sei schwarz.

Durch den dunklen Wald also folgte Faidh seinem Weg, schnüffelte hier und dort, war auf der Spur von Dachs und Hase, Wolf und Biber, einmal sogar von einem Wildschwein — doch nicht auf der Spur, die er suchte. Schließlich, als bald schon der Mond unterging, sah er ein blasses Licht, das trüb zwischen ein paar Schilfgräsern glühte. Vorsichtig hob Faidh seine Schnauze näher heran. Am Ende eines langen Stengels saß ein Glühwürmchen schmausend in der Öffnung eines Schneckenhauses.

»Hallo, Schwester«, sagte Faidh. Glühwürmchen sprechen zwar nicht wie Füchse, doch es gibt im Wald eine einfache gemeinsame Sprache, gewöhnlich als Warnruf, die von den meisten Lebewesen dort beherrscht wird.

Das Glühwürmchen leckte sich die Überreste des Schneckenmahls aus den Kinnbacken und blinkte ihn an.

»Hallo, du Rotgesicht«, schnatterte es, denn Glühwürmchen reden am ehesten wie alte Klatschbasen. »Nun denkt euer Ehrwürden doch nicht etwa daran, mich mit all den fauligen Schneckeneingeweiden in meinem Bauch zu fressen, *hä, hä?*« und dabei lachte es bösartig.

»O nein danke«, sagte Faidh höflich. »Doch da ist etwas anderes. Hast du vielleicht einen *Duine*-Menschen hier in der Nähe gesehen? Ich bin dem Geruch eines *Duine* hinterher.«

»Und weshalb?« fragte das Glühwürmchen.

»Nun, ich würde ihn gern fressen«, sagte der listige Fuchs, »weil er ein Zauberer ist, der Füchse verhext, so daß sie niemals mehr einen Hasen fangen, und der Glühwürmchen verhext, so daß sie schon beim bloßen Gedanken an Schnecken krank werden.«

»Waaas?« kreischte das Glühwürmchen, und sein Licht ließ den ganzen Stengel aufflammen, »soll ich etwa um meine Leibspeise gebracht werden?«

»Das wäre der Gipfel«, sagte Faidh, »wenn ich den Schuft nicht vorher erwischen kann. Hast du ihn denn überhaupt gesehen?«

»O, ich habe ihn sehr wohl gesehen«, sagte das Glühwürmchen verbittert. »Vor zwei Nächten und zwei Tagen, er polterte wie ein Wildschwein herum, redete mit sich selbst, der komische Kauz! Fing dann an, zu den Bäumen zu sprechen. Hat fast eine Heuschrecke flach gemacht. ‚Hau ab, du Saukerl!‘ schreit die Heuschrecke. ‚O welch eine herrliche Musik!‘ sagt der Narr da, und mit einem albernen Lächeln auf dem Gesicht legt er seine Hand ans Ohr. Ach, wenn ich nur gewußt hätte, was er im Schilde führte, dann hätte ich meine Eier in seinem Ohr ausgebrütet und sein Hirn ausgesoffen, ja wirklich!«

»Ja, sie sind ein seltsames Volk, diese *Duines*«, sagte Faidh. »Und was würdest du sagen, welchen Weg er dann gegangen ist?«

»Dorthin!« sagte das Glühwürmchen und spuckte einen Strahl Schneckensaft in die Richtung.

»Zu den Wölfen«, sagte Faidh und ihm sank das Herz.

Das Glühwürmchen kicherte.

»Ja, *Faol*«, sagte es. »Vielleicht hast du deine Mahlzeit am Ende schon eingebüßt, Rotmaul. Ich denke, er war ohnehin ein bißchen zu groß für dich. *Hä, hä, hä!*«

Faidh schnappte nach ihm, doch es war schneller und hatte sich schon in das Schneckenhaus zurückgezogen. Er hielt die Schale einen Augenblick lang zwischen seinen Zähnen. Raupen, dachte er, Larven, Heuschrecken, die meisten Käfer — aber dieses schlaffe Etwas? Schneckenhirn, dachte er und ließ das Schneckenhaus fallen. Es landete auf einem Grasbüschel, mit der Öffnung nach oben, und er konnte es hell darin glühen sehen. *Hä, hä, hä!*

»Dreckiges kleines Scheißding«, sagte Faidh zu sich selbst und trottete zwischen den Bäumen davon. »Zwei Nächte und zwei Tage. Die Fährte ist eiskalt. Und obendrein noch die Wölfe. O je!«

Morgengrauen. Die Bäume reckten sich der Sonne entgegen. Faidh trabte weiter, schnüffelte, war ein- oder zweimal auf Wats Spuren gestoßen, wußte jedoch, daß es die falsche Fährte war. Er fragte jedes Tier, das ihm über den Weg lief und das nicht zuviel Angst vor einem Fuchs hatte oder zu flink für ihn war, als daß er es hätte fangen können. Manche hatten einen *Duine* gesehen, andere nicht, einige erkannten ihn an seinem Geruch und wußten, daß er harmlos war. In jenen Tagen sollten die meisten Geschöpfte des Waldes das Volk der *Duines* erst noch fürchten lernen, denn damals gab es von jenen noch nicht viele in Schottland, und nur wenige, auf der Suche nach Weideland und Nutzholz, hatten sich ihren Weg in den Wald hineingebahnt. Selbst Wildschwein und Reh hielten den Zweibeiner für nicht mehr als ein weiteres Raubtier, eine lästige Ungelegenheit in ihrem Leben — und nicht für den Todfeind, der ihre Vernichtung plante.

So schnüffelte Faidh sich an jenem ersten Tag durch den Wald, die Nase dicht am Boden, und immer führte ihn seine Fährte, welche Umwege sie auch nehmen mochte, in der Richtung des Wolfsfels — an den Ort, wo er am allerwenigsten hinwollte. Eine weitere Nacht kam, sie war wolkenlos und warf riesige weiße Lichtflecken auf den Waldboden. Faidh hatte eine dicke Schnepfe getötet und sich ein wenig ausgeruht. Nun stand er oben auf einem umgestürzten bemoosten Stamm und ließ den Blick über die Lichtung schweifen. Ein Käuzchen flatterte auf den Ast über ihm.

»Auf der Jagd, Bruder?« sagte es.

Faidh hob die Nase. Das Käuzchen war unerreichbar für ihn.

»Nicht auf dein Volk, Bruder«, sagte er, denn ein ausgewachsener Fuchs kann durchaus ein Käuzchen töten, wenn sich ihm die Gelegenheit bietet, doch nur Mensch und Wolf und Adler haben die Macht, einen Fuchs zu töten.

»Warum kommst du nicht herunter«, fragte er dann und legte den Kopf etwas schief, »damit wir ein Schwätzchen halten können?«

»*Ki-witt*«, kreischte das Käuzchen. »Hält mich der rote Hund denn für verrückt?«

Faidh seufzte, und die beiden Fleischfresser grinsten einander an. Sie sprachen über dieses und jenes, Faidh kratzte sich und die kleine Eule schiß Kügelchen von ihrem Nachtmahl aus: Federn, Fell und Knochen. Faidh schnupperte mißtrauisch daran.

»Hast du heute vielleicht die Augen eines *Duine* gegessen«, sagte er, »oder seine Haare?«

Das Käuzchen schnaubte verächtlich. »Bleib' lieber bei den Waldmäusen, Bürschchen«, sagte es, »das ist eher deine Größe.«

»Ich wollte es bloß mal wissen«, sagte der listige Fuchs. »Ich habe nämlich meine Mami an einen jagenden *Duine* verloren.«

»Vor zwei Nächten ist ein *Duine* hier gewesen«, sagte das Käuzchen, »doch er hat nicht gejagt.«

»Nein?«

»Nee! Ich habe keine Ahnung, was er machte — aber er und jagen!« Wieder schnaubte das Käuzchen. »Unter uns gesagt«, tuschelte es dann vertraulich, »er war ein rechter Trottel. Das habe ich schon einmal erlebt, weißt du? Vor langer Zeit war ein ganzer Schwarm von *Duines* im Wald, die sich gegenseitig jagten, aber ich kann noch immer nicht verstehen, daß die Stärkeren ihre eigenen Toten aufhoben und mitnahmen, um sie zu fressen, doch ihre Beute einfach für uns dort liegen ließen. Verrückt, das.«

Faidh stimmte ihm zu.

»Ich habe es von meinem Ast aus beobachtet«, fuhr das Käuzchen fort. »Einer von den *Duines* hatte sich in einem hohlen Baum versteckt, und nachdem die anderen fort waren, kletterte er hinaus. Doch er war verloren, die arme Seele, und er lief immer im Kreis und heulte und sprach zu der Luft, und dann setzte er sich hin und begann sich Tannennadeln über den Kopf zu streuen, und dabei packte ihn dann ein Wolf. Ich habe mir das geholt, was übrigblieb«, sagte das Käuzchen und strich sich stolz den harten schwarzen Schnabel.

Bei der Erwähnung des Wolfes hatte Faidh schwer geschluckt. Jetzt hustete er, um seine Kehle zu säubern.

»Hm, hm«, sagte er, »und nun zu dem anderen verrückten *Duine* — könntest du mir sagen, welchen Weg er gegangen ist? Vielleicht habe ich ja diesmal das Glück.«

»Du willst ihm doch wohl nicht etwa folgen, mein Sohn?« sagte das Käuzchen und schielte auf Faidh hinab.

»Und ob ich das will«, sagte Faidh und blickte starr zu ihm hoch.

»Nur vorwärts dann«, sagte das Käuzchen und wies ihm die Richtung — und die führte geradewegs mitten in das Hoheitsgebiet der Wölfe hinein.

»Ich bin dir sehr verbunden, Bruder«, sagte er forsch.

»Das ist mir schnuppe«, sagte das Käuzchen. »Und du willst wirklich dorthin gehen, Rotgesicht?«

»Cha 'n eil an corr 'g am dhith«, antwortete der kleine Fuchs heroisch, und das bedeutete soviel wie »es gibt nichts, was ich lieber täte« und ist in jeder Sprache eine Lüge.

»Ja, dann . . .!« kreischte das Käuzchen. »Ich glaube, ich werde dir auf den Fersen bleiben, und wenn die Wölfe dir dann deinen Kopf abbeißen, will ich darunter gucken und sehen, was du die ganze Zeit über als Hirn benutzt hast.«

Und ehe Faidh noch irgend etwas sagen konnte, war das Käuzchen davongeflattert, und der kleine Fuchs hörte sein heiseres Lachen durch die Nacht heulen.

Während der dunklen Stunden setzte Faidh seinen Weg fort. Er war nun so weit unter das sich hoch auftürmende Dach des Waldes eingedrungen, daß — setzt man das nächtliche Sehvermögen eines Fuchses voraus — der Unterschied zwischen Nacht und Tag, zwischen den Welten von Mond und Sonne, nicht mehr existierte, und was in dem blauen Himmel dort oben das hellste Mittagslicht war, das war hier unten nicht mehr als ein blasses grünliches Rieseln, das langsam zwischen den schwärzlichen Massen des Waldes durchsickerte.

Es war etwa um die Mitte seines zweiten Tages im Wald, und Faidh hatte sich unter einem Geflecht von Baumwurzeln einen

Lagerplatz bereitet, der auf einem Hang im Gegenwind des bewußten Pfades war und einen Fluchtweg nach hinten offenließ. Er lag zusammengerollt da, den Schwanz über der Nase und die Augen fest geschlossen. Jeder, der ihn sah, hätte ihn vermutlich für tot gehalten, doch tatsächlich döste er nur mit äußerster Wachsamkeit vor sich hin. Sein ganzer Instinkt sagte ihm, daß der Teil des Waldes, in dem er sich nun befand, unsicherer Boden für Füchse war — für ausgewachsene Rüden, ganz zu schweigen von einem großen Fuchswelpen, wie er es war, der nach dem normalen Gang der Dinge noch immer vor dem Bau seiner Eltern spielen würde. Faidh hatte noch nie einen Wolf gesehen, doch er kannte den Geruch des Tieres und die Empfindung der merkwürdigen Schnauze, die über ihm geschnüffelt hatte, nachdem der Schreckensschrei seiner Mutter verstummt war. Diese Erinnerungen lösten seine Furcht aus. Bewegungslos und unsichtbar lag er unter den dicken Wurzeln.

Plötzlich begann seine Nase zu zucken und er öffnete die Augen. In einiger Entfernung näherte sich eine junge Hirschkuh zwischen den Bäumen. Faidh beäugte sie von seinem Lager aus. Ei, ei, Mädchen, dachte er, wärst du doch nur ein Kitz von einer Woche, dann würde ich einen Happen von dir nehmen. Doch wie die Dinge nun einmal liegen, fügte er hinzu, bist du dummerweise viel zu groß. Und der kleine Fuchs starrte sehnsüchtig auf das rotbraune Tier, das nun heraufgesprungen kam und dann stehenblieb und beiläufig an einem Farnbüschel zu äsen begann.

Als Faidh sich nun all die guten Mahlzeiten ausmalte, die ihm da entgingen, war da plötzlich eine Bewegung, eine ganz ganz leichte Bewegung hinter einem Baum am Fuße des Hangs. Das Reh hatte der Stelle den Rücken zugewandt und nichts war zu hören, doch Faidh war sofort auf dem Sprung. Ja, ganz sicher, da hatte sich ein Tier bewegt. Er richtete seine Ohren nach vorne, doch da war immer noch kein Laut, und auch kein Geruch drang zu ihm. Das Reh zupfte zufrieden am kärglichen Strauch. Dann sah Faidh etwas: Ein Schatten, nur unmerklich dunkler als die übrigen Schatten, bewegte sich hinter einer alten Fichte. Er beobachtete, wie dieser sich von dem schwärzlichen Stamm löste und vorwärtskroch, genauso wie Faidh es selbst tun würde, langsam und vorsichtig, wobei sein Bauch fast die Erde berührte. Der kleine Fuchs sah die spitzen Ohren und die hungrigen kalten Augen eines Hundes, der weitaus stärker war als er selbst. Da wußte Faidh, daß er zum erstenmal in seinem Leben einen Wolf sah.

Nun ist der graue Hund kein Fabelwesen: Er besteht aus Fleisch und Blut, aus Instinkten und einem gesunden Appetit, er liebt sein Rudel und ist mutig — doch für jedes Tier, das seine natürliche Beute sein kann, ist er der stärkste und am meisten gefürchtete Feind. Ebenso wie er in den Alpträumen der Menschenkinder herumspukte, so lebte er auch in den Ängsten von Reh und Fuchs und der meisten anderen Geschöpfe als der furchtbare Schreckenshund, listiger als das Wildschwein und schneller als der Bär, gegen den sofortige Flucht der einzige, wenn auch unsichere, Schutz war.

Der Wolf kroch langsam hinter das ahnungslose Reh, nahe genug für einen raschen Sprung, und dann — — —

Ohne zu wissen warum, brach Faidh aus seinem Versteck hervor und sprang vor die Hirschkuh.

»Wolf! Wolf!« bellte er. »Lauf — versteck' dich — *falaich* — schnell, schnell!«

Das Reh schreckte zusammen, sah mit einem Blick, daß der Fuchs nicht groß genug war, um es anzugreifen — und witterte dann den Wolf. Mit einem kleinen Entsetzensschrei sprang es vorwärts, doch obwohl ihm der Wolf schon hinterherstürzte, kam es nur mühsam in dem wirren Gestrüpp voran. Das hier war nun ganz und gar kein vertrautes Gebiet für das Reh. Es war zu tief in den Wald hineingeraten, die Bäume standen zu dicht für seine langen zierlichen Beine, um es rasch aus der Gefahrenzone fortzutragen. Als es sich den Abhang hinaufzog, wurde sein Rücken von einem tiefen Ast gestreift, und seine Vorderhufe strauchelten über die Wurzeln, unter denen Faidh sich verborgen hatte. Der Wolf grinste und spannte seine Muskeln zu einem letzten Sprung an.

In diesem Augenblick tauchte unversehens der kleine Fuchs vor ihm auf und begrüßte ihn mit einem munteren »Hallo«.

Was zum — — —? Der große Wolf wurde am Absprung gehindert.

»Na, wie geht's denn?« sagte Faidh und gab dem Wolf einen freundschaftlichen Schubs mit seiner Vorderpfote. »Ich würde mich nicht mit dem Reh da abgeben — das Luder ist noch nicht soweit!«

»Wovon zum Teufel redest du?« sagte der Wolf.

»Ich sage nur«, fuhr der Fuchs unbeirrt fort, und dabei hatte er die Ohren gespitzt und folgte dem Geräusch der Rehhufe, »daß es viel zu mickrig ist, um sich damit abzugeben — nichts als Haut und Knochen, weißt du? Und wenn du meinen Rat hören willst«, sagte er hastig, während das Reh sich immer weiter entfernte, »dann kann der nette Junge hier dir ein oder zwei Sachen über solche langbeinigen Mordsdinger erzählen. Es gibt so'ne und solche Hirschkühe, Jim, und ich meine, du mußt einfach lernen . . .«

Hinter ihnen krachte ein Ast, und das Reh war aus ihrer Sicht verschwunden. Plötzlich ging dem Wolf ein Licht auf. In den Geschichten werden Wölfe immer von Füchsen überlistet, und das nahm er übel.

»Dieses Reh da ist meine Mahlzeit«, zischte er und spannte erneut seine Muskeln an.

»Aber Jimmy, das ist doch nur ein Haufen Unrat«, sagte Faidh. »Und wenn du nun mal auf den hören würdest, der wirklich Bescheid weiß . . .«

»Geh mir aus dem Weg, verdammt nochmal!« rief der Wolf.

». . . dann würde er euch grauen Flohsäcken erzählen, daß ihr euren Hintern nicht einmal von einem Loch untersch . . .«

»Das sollst du mir büßen, du verflixter kleiner Bastard!« brüllte der Wolf und wollte sich auf Faidh stürzen.

Doch Faidh war schon nicht mehr da. Er rannte bereits wie der Blitz fort von dem Wolf — und auch nicht in die gleiche Richtung wie das Reh. Der Wolf hatte die kleine Hirschkuh schon ganz vergessen und jagte knurrend und schnappend dem roten Schwanz hinterher. Faidh war so schnell wie ein Wolf, doch er war auch kleiner und wendiger. Wenn ich das durchhalten kann, dachte er, werde ich den Schurken abhängen, aber wenn ich irgendwo stürzen sollte . . . Doch darüber wollte er nicht nachdenken. Hau bloß ab, Faidh, sagte der kleine Fuchs zu sich selbst. Du rennst jetzt um dein Leben.

Auch der Wolf rannte um Faidhs Leben. Er wußte, daß der Fuchs flinker war, aber schließlich war dieser hier nur ein großer Fuchswelpe und er selbst ein kräftiger ausgewachsener Wolf mit eigenen Welpen und der Kraft so manch einer Jagd in seinem breiten Rücken. Du wirst vor mir müde sein, Freundchen, dachte er, und dann zieh' ich dir das Fell über die Ohren. Ich beiß' dir die Eier ab und fresse deine Därme.

Faidh galoppierte zwischen den Stämmen von Fichte, Birke und Erle, durch das lange Gras und über den Farn, ein fliegender Schatten. Doch die Beine des Wolfes waren länger.

Faidh galoppierte wie ein Fuchs, der sich an jenen ersten und berühmtesten Fuchs erinnert, den Vater aller Füchse, den Hund des großen Hengstes Goban, unter dem sich die Gräser nicht neigten und die Heide nicht raschelte. Doch der Rücken des Wolfes war immer noch stärker.

Faidh galoppierte, bis der Schmerz in seinen Beinen ein einziges schreckliches Brennen war. Der Atem kam rostig aus seiner Kehle, der Boden schien unter ihm zu wogen und ihn verschlingen zu wollen. Doch der Wolf saß ihm im Rücken, sein Atem war tiefer und sein Schritt wurde nicht müde.

Dann lag sie plötzlich vor ihm, die Schlucht, die sich wie eine Narbe einige Meilen weit quer durch den Waldboden zog —

an manchen Stellen tiefer, an anderen bloß eine Aushöhlung, wo ein alter Bach schon lange nicht mehr floß. Die Wände dieser Schlucht waren aus schwarzem Gestein, mit Felsspalten hier und dort, bewachsen mit purpurfarbener Heide und harten trockenen Grasbüscheln. An dieser besonderen Stelle, und dies hatte der Wolf von Anfang an gewußt, fiel sie tief und steil ab und war zu breit, als daß der erschöpfte Fuchs hätte hinüberspringen können. Faidh mußte am Rande des Abgrunds anhalten und blickte entmutigt in die tödliche Tiefe und dann auf die gegenüberliegende Wand, wo es weder für ein Eichhörnchen noch für einen Spatz, geschweige denn für einen Fuchs einen festen Halt zu geben schien.

»Nur vorwärts, Kleiner«, ertönte die Stimme des Wolfes hinter ihm. Faidh blickte zurück. Der Wolf schlenderte auf ihn zu und hatte ein leutseliges Grinsen aufgesetzt. »Nur vorwärts, du kleiner roter Scheißer! Du bist ja so schweigsam geworden, he? Was fehlt dir denn, du kleine Rotznase?«

»Ich dachte, daß du vielleicht außer Puste kommen könntest«, sagte Faidh heiser. »Und da wollte ich einen schlappen alten Knacker wie dich nicht übervorteilen.«

»Ach, das ist aber nett«, sagte der Wolf, und kam dicht an Faidh heran. »Das ist ja wirklich sehr rücksichtsvoll, Freundchen. Und das auch, du verdammter Lump!« — und damit schnappten seine riesigen Zähne nach Faidhs Kehle.

Doch auch dies hatte Faidh kommen sehen. Mit letzter Kraft hatte er sich vom Rande der Schlucht abgestoßen und flog durch die Luft und landete etwas tiefer, auf der gleichen Seite des Felsens, auf dem Schößling einer Esche, der dort aus einer Spalte herauswuchs. Verzweifelt hielt er sich daran fest und spürte, wie das biegsame Holz unter ihm nachgab. Brich nicht, sagte er zu sich selbst, o bitte brich nicht. Die schlanke Esche bog sich und bog sich — doch sie hielt. Er zog sich mit Zähnen und Krallen an ihr entlang, und das Holz bog sich immer weiter, bis es auf einen kleinen Vorsprung in der gegenüberliegenden Wand wies. Es bog sich und knackte — aber es hielt. Dann, fast an seinem äußersten Ende angelangt, tat Faidh einen zweiten Sprung und kam mit seinen Vorderpfoten auf, strampelte, um auch seine Hinterbeine hochzuziehen, und kletterte dann ganz nach oben, wo er keuchend dastand.

Der Wolf starrte auf den kleinen Baum, blickte zu dem Fuchs hinüber, sah wieder auf den Schößling. Er hielt eine Pfote über den Abgrund und tastete eine Weile suchend herum, dann aber besann er sich eines Besseren und begnügte sich damit, alle unflätigen Schimpfworte auszustoßen, die ihm nur in den Sinn kamen. Doch der kleine Fuchs hatte sich hingelegt und kümmerte sich nicht mehr um ihn. Ich habe es geschafft! dachte er. Ich habe den grauen Hund geschlagen! Und bis zum heutigen Tag nennen die Leute jene Stelle, wo Faidh über die Schlucht sprang, *Creag an t-Sionnaich*, der Fels des Fuchses.

Schließlich war es der Wolf leid, und da er immer noch hungrig war, drehte er sich um und sprang den Weg zurück, den sie gekommen waren. Faidh lag ganz ruhig da, doch er lauschte und schnüffelte unverwandt für den Fall, daß der Wolf beschloß, einen Bogen zu schlagen und die Schlucht an einer anderen Stelle zu überqueren. Aber da war nichts zu hören, so daß Faidh schließlich aufstand und sich vorsichtig streckte.

»He«, sagte eine schüchterne Stimme hinter dem nächsten Baum. Faidh fuhr herum. Es war das junge Reh. »Ist er fort?« fragte es.

»Wer? Ach, *er?*« sagte Faidh großspurig. »Ja ja, diese grauen Hunde blasen sich immer so auf. Da ist nichts dahinter. Wenn man ihnen entgegentritt, können sie es nicht mit einem aufnehmen.«

»Das war imponierend«, murmelte die kleine Hirschkuh.

»Nicht der Rede wert«, sagte Faidh.

»Ich habe solch eine Angst gehabt«, sagte das Reh. »Vor einigen Tagen habe ich mich verirrt und bin auf einen falschen Weg geraten. Das ist aber auch ein teuflisches Labyrinth hier.«

»Das ist verdammt wahr«, pflichtete Faidh ihm bei.

»Und ich wäre noch nicht wieder aus ihm herausgekommen, wenn mir nicht ein *Duine* die Richtung gezeigt hätte.«

»Na, das hat er ja prima hingekriegt«, sagte Faidh. »War das ein klappriger Alter mit einem dünnen grauen Bart, der sich reichlich verrückt aufführt?«

»Nie und nimmer! Er war ein wirklich hübscher alter Herr mit einem grauen Scheitel, absolut vornehm, und er verhielt sich so, als . . . hm, als wäre er heilig, verstehst du?«

»Ach, das wird schon der gleiche sein«, sagte Faidh. »Weißt du, wo er jetzt ist?«

»Sagte, er würde zum Wolfsfels gehen«, antwortete das Reh. »Weißt du, wo das ist?«

»O ja.«

»Meinte aber, da wäre es nicht gut für mich.«

»Sind doch wirklich schlaue Kerle, diese *Duines*«, sagte Faidh.

Das Reh fand das gar nicht lustig. »Er war freundlich«, sagte es ruhig. »Es ist ein Jammer, daß ihr Mörder das für einfältig haltet. Er legte seine Hand auf meine Nase, ganz zart, und redete mit mir.«

»Und hast du ihn denn verstanden?« sagte Faidh.

»Nein«, gab das Reh zu. »Aber es klang so sanft.«

»Nun, wenn ich an deiner Stelle wäre«, sagte Faidh, »dann würde ich jetzt verduften und mich von nichts mehr aufhalten lassen. Diese verdammten Wölfe sind nämlich nicht besonders sanft.«

»Ich habe eben Hunger gehabt«, sagte das Reh.

»Das haben die Wölfe auch, Mädchen.«

»Hast ja recht. Bin schon weg. Und du weißt wirklich, wie du zum Wolfsfels kommst?« fragte es schon im Davonspringen.

»Nichts leichter als das«, sagte der kleine Fuchs. »Man muß nur dem Wolfsgestank folgen, dann kann man gar nicht fehlgehen.«

Faidh erreichte den Wolfsfels noch am gleichen Abend. Er war immer entlang der Schlucht gegangen, genau durch das Gebiet, wo jeder Busch nach grauem Wolfspelz roch. Mehr als einmal waren Pfoten, die nicht seine eigenen waren, zwischen den Bäumen umhergetappt, und hinter ihm war *Faol*-Geheul ausgebrochen. Doch er war jeder Verfolgung entkommen und gelangte schließlich ans Ziel.

Wolfsfels — der Nabel des Waldes.

Zuerst roch er ihn, dann sah er ihn auch, den dünnen Rauchfaden, der in der milden Abendluft sich kräuselnd über den Baumwipfeln aufstieg. Kurz hörte er den Klang von *Duine*-Stimmen. In den Ästen über ihm begann ein Steinschmätzer ihn auszuschelten:

Stein schmatz!
Teufel tatz!
Wer raubt mein Nest,
Hat keine Ruh',
Den trifft die Pest!
Nimmt er meine Eier,
Gibt der Teufel
Ihm den Rest —
Tatz, tatz!

Faidh schob sich nach vorn bis zum Rand der Bäume. Der Felsen war hoch, aber nicht steil abfallend. Sein Eisgestein verlief in ausgezackten Stufen bis hinab zur Mulde der Lichtung. Hinter der Kuppe der Felsen bildeten hohe alte Fichten eine dichte Mauer, während zu ihren Füßen die dunklen Löcher der Wolfslager waren. Faidh spürte den Kreis der beobachtenden Augen um sich, die Waldvögel hoch oben in den Zweigen — Kreuzschnabel und Tannenmeise, Goldhähnchen und Specht. »*Kiwitt*«, kreischte das Käuzchen, »du hast ja immer noch deinen Kopf, Rotschwanz?« Ein Eichhörnchen und ein Baumläufer hielten sich an demselben Stamm fest und starrten wie gebannt in die Tiefe. Und der kleine Fuchs preßte seine Nase zwischen den tiefsten Ast und einen mit Gras bewachsenen Felsen und folgte ihren Augen nach unten.

In der Mulde brannte ein Feuer, da war ein scharlachrotes Lichtgeflimmer in der Dunkelheit und ein laut widerhallendes Knacken von Zweigen und trockenen Wurzeln. In einiger Entfernung, am Fuße des Felsenhangs, konnte Faidh die Augen der lauernden Wölfe wahrnehmen. Er hörte wieder die *Duine*-Stimmen und spähte in die Dunkelheit hinein, um Mungo zu erkennen, und er fragte sich, wer wohl die anderen sein könnten, die an einen derart seltsamen Ort gekommen waren und ein solches Publikum in Bann hielten. Der Mond ging über dem Wald auf und langsam ergoß sich sein Licht zwischen den Bäumen, versilberte die fernere Felswand und malte die scharfe schwarze Silhouette der Baumwipfel darauf. Es waren ein paar Wolken am Himmel, doch ein Strahl stahl sich direkt in die Lichtung hinunter, fiel auf das verschlungene Gewirr von Heide und Farn und alten Wurzeln und umschloß dann das Feuer, bis die schwach flackernde Flamme von dem größeren Licht des weißen Planeten verschluckt war. Und da sah Faidh sie, zwei in tiefes Brüten versunkene Gestalten bei der Rauchwolke, während neben ihnen auf der Erde etwas lag, was er zuerst für einen umgestürzten Stamm hielt, doch dann als den größten *Duine* erkannte, den er jemals gesehen hatte . . .

Mairi wachte vor dem Hahnenschrei auf, am Himmel war noch Nacht. Sie blickte sich um und wunderte sich, was sie aufgeschreckt hatte. Die Ringeltaube mit dem gebrochenen Flügel scharrte an dem Balken über ihr. Sie nahm den Vogel auf ihre Hand und strich ihm über den Kopf. »Was fehlt dir denn, Kerlchen?« murmelte sie. Er gurrte einmal klagend, und als sie ihm ein paar Körner hinhielt, verweigerte er sie.

Sie trat hinaus. Die Morgendämmerung war eine dünne bleiche Woge auf den Bäumen im Osten. Sie blickte gleichgültig darauf und rieb sich den Schlaf aus den Augen. Im Gras des Friedhofs hörte sie eine vertraute Bewegung: Ihr Igel kehrte heim in sein Nest unter ihrem Bett. Sie strich ihm mit einem Finger über die Schnauze. »Hast du wieder die Kuh gemolken?« sagte sie. »Die alte Una wird Igel-Pastete aus dir machen, wenn du nicht aufpaßt!« Sie ging hinüber zur Einpfählung. »Wo ist denn unser Faidh?« fragte sie und lehnte sich dagegen. »Und wohin ist der Vater gegangen?« Die Frage hing über der Dunkelheit des Bachtals.

Die Dämmerung war wie ein silbernes Boot aus einem fernen Land, ein weißer Reiter, der das schwarze Ufer erklimmt.

Bald war es hell genug, daß sie den Morgennebel vom Boden aufsteigen und sich in Mannshöhe auflösen sah. Der Bach war völlig von ihm verborgen, und die ersten Bäume, die sichtbar wurden, schienen keine Stämme zu haben, sondern saßen beinlos auf dem Hügel, und ihre unteren Äste bildeten Wellen im Dunst. Mairi zog die Luft durch die Nase ein. Sommernebel, die tief am Boden aufsteigen und rasch zergehen, verheißen schönes Wetter — für den letzten Tag des Heumachens, für das Aufsetzen und Trocknen vor dem Winter.

Eine zweite Welle der Dämmerung erhob sich und überspülte die dunkle Baumreihe.

»Es wird ein strahlender Tag, Vögelchen«, sagte Wat hinter ihr und gähnte ausgiebig. Er hatte die Axt auf der Schulter und war für sein Tagewerk gerüstet.

Mairi drehte sich um. »Nimm mich mit, Wattie«, sagte sie.

Sein Mund wurde hart, doch er brachte ein schwaches Lächeln für sie zustande. »Ach, Mädchen«, sagte er traurig. Und eigentlich hatte er noch sagen wollen: Was nützt das denn? — doch schon beim ersten Wort hielt er inne und sah starr über ihren Kopf hinweg. Mairi fuhr herum. Sie hörte das hohe Kläffen eines jungen Fuchses.

»Faidh!«

Wats Hand umklammerte ihre Schulter und hielt sie auf der Stelle fest. Sie wollte sich aus seinem Griff winden.

»Wattie«, bat sie, »du tust mir weh. Laß mich los, Wattie.«

Doch Wat antwortete ihr nicht und sah sie auch nicht an. Er starrte unverwandt geradeaus, und in seinen Augen lag etwas wie Panik.

Auf der anderen Seite des Tals, wo der Nebel gerade zwischen den Bäumen hing, bewegte sich ein Mann auf das Dorf zu. An der Stelle, wo er eben vorbeigegangen war, Kopf und Schultern über dem Dunst, wuchs ein gelbblühender Holunderbusch. Wat kannte den Busch gut, kannte seine Höhe genau, und daher wußte er, daß der Mann, den er betrachtete, mindestens drei Meter groß sein mußte — wenn er nicht auf Stelzen lief.

Wie Mungo einen Engel traf

In jener Nacht, die schon einige Nächte zurücklag, als Mungo mit Mairi die Schmiede verlassen hatte, war er rasch in die Kirche gegangen, wo Fergus im Sterben lag. Dieser hatte Fieberphantasien, rief Befehle und Warnungen und schlug die Luft mit seinen Fäusten. Mungo blieb bei ihm sitzen, bis der Anfall vorüber war, und Mairi saß neben ihm. Beide blickten schweigend auf den gequälten Körper. Mairi griff nach der Hand des alten Priesters. Er spürte ihre warmen weichen Finger auf seiner alten runzeligen Haut. Was würden die Wolfsreiter mit ihr machen? Immer dachte er mit Bedauern an seine kinderlose Vergangenheit. Nun sah er voller Furcht einer ebensolchen Zukunft entgegen.

Fergus stöhnte, bis sein Gesicht schlaff und kalt wurde und er das Bewußtsein verlor.

Armer Junge, dachte Mungo und wischte ihm den Schweiß ab. Arme Frauen. Arme Kinder. Jeder Mensch arm. Die Sinnlosigkeit eines erbärmlichen Lebens nahm ihm den Atem.

Schließlich war Fergus ruhig, seine Ohnmacht zu Schlaf geworden.

»Ab ins Bett mit dir, Mädchen«, sagte Mungo. »Ich gehe noch etwas an die frische Luft.«

Er stand in der Kirchentür. Mairis Schritte verloren sich wie das Kratzen einer kleinen Maus in der Wand. O wie sehr liebte er sie!

Langsam ging er zurück durch das Dorf in Richtung des Turmes. Er war achtzig und die Last der Jahre zerrte an ihm. Er hatte nicht geschlafen, doch darauf kam es nicht an.

Worauf kam es denn an?

Auf nichts! zischte eine verzweifelte Stimme in ihm.

Was zählte also?

Der Grundstein jedes Hauses ist der Tod.

Mungo betete, und wie stets entsprang das Gebet seiner Phantasie über eine Gerechtigkeit jenseits dieses Ortes, wo es keine gab. Doch wie viele Gebete hatte er wohl in seinem Leben gesprochen?

Was nützen Gebete denn schon? Wir müssen handeln!

Aber wie?

Er blickte auf. Der Nachthimmel war wie dunkles Silber. Der Erntevollmond breitete seine Schwingen über das schlafende Land. O grausame Schönheit der Welt! Mungo betrat den Turm der Raben. Er war verlassen, die Tore unbewacht. Nein, eine Seele war noch da: Luath, der alte Wolfshund, war dorthin getrottet und suchte nach seinem toten Herrn. Mungo streichelte den Kopf des Hundes. Es gab keine Fackeln. Mungo, der jede Stufe kannte, stieg die Treppe hoch. Hier war die Wachstube. Hier hatten die Männer gegessen und Feste gefeiert. Hier war die große Halle, wo der Shirra gesessen hatte — so voller Leben, so reich an Blut, wie er war. Wo war er jetzt? Wo waren sie alle? Graues Mondlicht sickerte durch die Schießscharten. Bald würde dieser Ort von Spinnweben und Fledermäusen erfüllt sein.

An der Spitze des Turms trat er unter den freien Himmel und setzte sich zwischen die Sterne.

O Schottland, du armseliger Traum von Ruhm! Torffeuer bei Nacht und schwerste Arbeit bei Tag. Jesus erbarme dich unser. Keiner sonst wird es jemals tun.

Vom Dorf drang kein menschlicher Laut herauf. Die Männer waren tot und die Frauen schliefen.

Ja, Mungo hatte sich diese Frauen genau angesehen. Sie waren alle so stark und kräftig beim Sensen gewesen, und das hatte in Mungo den Gedanken keimen lassen, daß sie vielleicht doch Schwerter und Speere ergreifen und, sollten die Wolfsreiter kommen, sich gegen diese zur Wehr setzen könnten. Doch als er am gleichen Abend dann ihren Geschichten über *Glaistig* und *Uruisg*, über Zauberei und Wunder zugehört hatte, da wußte er, daß sie niemals dazu in der Lage wären — denn was waren sie schließlich, was war ihre Liebe und ihr Wunderglauben gegen eine Horde von bewaffneten Männern? Gewiß waren sie dazu bereit, sich bei der Verteidigung ihrer Kinder töten zu lassen — aber konnten sie selbst töten? Sicherlich nicht ohne einen Anführer. Vermutlich überhaupt nicht. Und was war mit ihm selbst? Er vergrub den Kopf in seinen Händen. »O Gott, woran denke ich?« rief er laut. *»Töten!* Bin ich denn nicht ein Priester der christlichen Liebe? Gott, sag mir, was zu tun ist!«

Der Grundstein jedes Hauses ist der Tod.
Sag mir, was zu tun ist!

betete seine Stimme mechanisch nach.

Nacht. Die Bäume knarren, die Zweige singen sich selbst eine uralte Melodie. Ein schwanenweißer Hengst galoppiert durch den mitternächtlichen Wald. Sein Hufschlag wird gedämpft vom Schweigen der weichen Erde. Sein Atem peitscht die kühle Luft wie zwei große Flügel. Er hat keinen Reiter. Niemand kann ihn reiten, seitdem die Täler sich aufgetan haben. Kein Sattel hat je auf seinem stattlichen Rücken gelegen, seitdem die Berge zuerst erbebten und zum Himmel emporwuchsen. Unter den Ästen des uralten Waldes galoppiert er, und Geschichten entstehen auf der Spur seiner Hufe. Man sagt, er sei der Geist von Schottland. Er ist der Geist seiner toten Helden. Er ist die Seele, die heidnische Seele, seiner verlorenen Sache.

Und was bin ich? dachte der christliche Priester. Ein Fremder in meinem eigenen Land?

»Was ist denn das, Mann — du weinst ja?« sagte eine Stimme, denn Mungo weinte tatsächlich.

»O glaub nur nicht, daß dies Tränen des Schmerzes sind«, sagte Mungo mürrisch. »Ich liebe diesen kleinen Acker, den Gott uns gegeben hat, und ich liebe jeden einzelnen von diesen verflixten eigensinnigen Taugenichtsen, die darauf leben. Und weil ich alles das liebe, weine ich.«

Und er wischte sich über die Augen und drehte sich nach der Stimme um — doch da war niemand.

Er holte tief Luft, aber eigentlich war er gar nicht sonderlich überrascht. Er schien sich in dieser Zeit häufig Dinge einzubilden, und das hier war bestimmt ein Ort, an dem es spukte. Er wandte sich müde ab und stieg wieder nach unten. Nun gut, habe ich halt Selbstgespräche geführt. Er ging den Weg zurück, den er gekommen war. Keine Seele regte sich, nicht einmal Luath. Hinter der Weißdornwand murmelte Mairi leise im Schlaf. Er hielt ein schwaches Licht über sie und lächelte gedankenschwer. Ging nach nebenan, strich die Decke von Fergus glatt, befühlte seine Stirn, setzte sich wieder neben ihn. Würde der Morgenhahn nicht schon bald krähen? Er wollte bis zum Tagesanbruch aufbleiben. Holte seinen Rosenkranz hervor, hielt ihn einige Minuten lang zwischen den Händen, sagte nichts, begann dann, in dem Raum auf und ab zu laufen.

»Wohin gehst du, Mungo?« sagte die Stimme.

Wohin gehst du, Mungo? sagten die Wände. *Wohin gehst du?* sagten die Dachbalken, wo die Worte hingen und dann verklangen.

Mungo blickte sich um. Er sah niemand.

»Ach, das Alter«, sagte er. »Ich werde langsam verrückt.«

Er drückte die Kerze aus und setzte sich wieder auf den Hocker. Er war hart wie Eisen, und seine alten Knochen taten ihm weh. Es kam ihm in den Sinn, daß er körperliche Beschwerden früher tatsächlich einmal begrüßt hatte, als er ein junger Priester gewesen war und stundenlang — oder so erschien es ihm jedenfalls — mit einem glücklichen Geist bei seinen vielfältigen Andachtsübungen gekniet hatte. Das ist nicht erst gestern gewesen, Junge. Er ächzte und verlagerte das Gewicht von einer Hinterbacke auf die andere. Er konnte seine Knochen krachen hören. Ach du lieber Gott, seufzte er, meine Seele ist mir in den Hintern gerutscht. Er schloß die Augen.

»Was tust du, Mungo?« sagte die Stimme.

Was tust du, Mungo? sagten die Wände. *Was tust du?* sagten die Dachbalken.

Mungos Augen waren weitgeöffnet. Hinter dem Lager von Fergus, in der Schwärze der entfernteren Wand, sah er einen Lichtpunkt, der größer und größer wurde. Zuerst dachte er, daß es in der Kirche brennen würde, aber es rauchte und knisterte nicht — und was konnte an einer Lehmwand schließlich schon brennen? Doch das Licht wuchs, und immer noch war da nichts zu hören und nichts zu riechen. Mungo schluckte schwer und bekreuzigte sich und machte die Augen zu wie ein kleiner Junge.

»Mungo«, sagte die Stimme.

Als er wieder hinschaute, bedeckte das Licht die ganze Wand wie goldener Dunst, und mitten darin war eine kleine vollkommene Gestalt, so klein, daß er sie zunächst für eine gelbe Katze hielt. Doch dann sah er, daß sie mehr wie ein Mensch aussah und durchsichtige Flügel hatte, die bis zur Erde reichten. Mungo bekreuzigte sich abermals.

»Im Namen Gottes, wer stört so die Nacht?« sagte er mit ehrfürchtiger Stimme, denn natürlich wußte er, daß er sich in der Gegenwart eines Engels befand.

»Du weißt sehr gut, was ich bin«, sagte der Engel.

Mungo ließ sich steif auf seine Knie nieder.

»Du wirst auch wissen, daß die Stimme Unseres Herrn durch mich spricht«, sagte der Engel.

Mungo gab zu, daß er es wußte.

»Ihr seid in großer Bedrängnis«, sagte der Engel.

»Das sind wir gewiß«, sagte Mungo. Und als der Engel schwieg, setzte er hinzu: »Üble Männer haben sich zu unserer Vernichtung zusammengetan.«

»Der Herr weiß alles«, sagte der Engel, »und daher bin ich ausgesandt, um euch zu helfen.«

»Was sollen wir machen?«

»Hör zu: Ihr könnt weder kämpfen noch fortlaufen. Der Herr wird ein Wunder für euch tun.«

»Ach, das haben wir nicht verdient!«

»Hör zu!« sagte der Engel. »Du wirst in den Wald gehen, an seinen innersten Ort, den du ja kennst, und dort wirst du einen Krieger machen — jawohl, dessen Aufgabe es sein wird, für euch zu kämpfen und euch in den schlimmen Tagen, die kommen werden, zu beschützen.«

»Ein Krieger?« keuschte Mungo. »Aber wie denn?«

»Du wirst ihn aus Baumrinde machen«, sagte der Engel, »und aus der Erde der Lichtung und aus dem Feuer des Holzes und aus dem Wasser des Berges. Und du wirst ihm dieses Kreuz um den Nacken legen, und er wird dein eigener Krieger sein.« Und damit nahm der Engel ein kleines goldenes Kreuz von seinem Hals ab und gab es Mungo in die Hand. »Und du wirst nie mehr sagen, daß der Wald heidnisch ist«, sagte der Engel dann noch, da er Mungos Gedanken lesen konnte. »Denn ein und derselbe Gott hat alle Dinge unter dem Himmel erschaffen, auch die Hölle und die Teufel darin.«

»Vergib mir, ich bin ein unwissender Mensch«, sagte Mungo bebend.

»Bald wirst du in den Himmel kommen«, sagte der Engel, und etwas wie ein Lächeln lag auf seinem Gesicht. »Doch vergiß nicht: Der Krieger darf nur für einen guten Zweck gebraucht werden. Wenn ihr ihn für etwas Geringeres als das benutzt, seid ihr für immer verloren.«

Für immer verloren, sagten die Wände. *Für immer verloren*, sagten die Dachbalken.

Langsam wurde das Licht schwächer, wurde zu einem Punkt, verschwand schließlich ganz.

Mungo war allein in dem dunklen Raum. Er fühlte sich wie betäubt. »Vielleicht habe ich geträumt«, dachte er. Er ballte seine Faust, doch da war es: Kalt und hart und sehr wirklich — das Kreuz, das der Engel ihm gegeben hatte. Er dankte Gott für das Wunder dieser Nacht. Ich muß in den Wald gehen, an seine tiefste Stelle, zu seinem Nabel.

Er kannte den Ort, den der Engel meinte: den Wolfsfels.

Die Heiligen mögen uns bewahren! Warum ausgerechnet an jenen heidnischen Platz?

Doch da erinnerte er sich an die Worte des Engels und schämte sich zutiefst. Bin ich derjenige, welcher die Macht Gottes nachahmen und mit meiner eigenen Schöpfung beginnen will? Nur Dein Wille geschehe, sagte er.

Und er ging in die Nacht hinaus.

Die Geschichte von der Mondfrau

Eine Geschichte, die während der langen Winternächte in den Hütten erzählt wurde — doch niemals in Gegenwart eines Priesters.

Es war einmal, daß die Mondfrau auf die Erde fiel, und das war, nachdem die Berge erschaffen waren und die Seen, die Flußtäler und die Wälder, doch als es noch keine Menschen gab. Die Geschichte, so erzählte es sich das Volk in den Hütten, wie Mann und Frau auf die Welt gekommen waren.

Der Sumpfkönig war die Ursache dafür. Als die breiten Flußtäler geschaffen wurden, da entstanden mit ihnen auch viele kleine Schluchten, und das Wasser von den Bergbächen wurde in einigen dieser Schluchten aufgefangen und konnte nicht weiterfließen, und die beiden, Wasser und Erde, vermischten sich, und so entstanden die Sümpfe. Und der Schwarze Sumpfkönig saß am Grunde unter dem Schilfgras und dem Schlamm und dem zähen grünen Schlick und herrschte darüber, und die Sümpfe waren voller Dämonen und Geister, Gespenster und Schreckensgestalten, die in der Nacht umherkrochen. Da lernten alle Geschöpfe die Sümpfe fürchten, denn wenn immer ein Rehkitz oder ein Wildschwein, ein Dachs oder ein Pferd, selbst der arglose kleine Igel in dunklen mondlosen Nächten dorthin kamen, erhoben sich die Geister und heulten aus ihren Löchern hervor, und die Irrlichter flackerten, und die glitschigen Hände der toten Schreckensgestalten unter dem Schlamm griffen nach den Beinen der armen Tiere und zogen sie unter jämmerlichen Schreien hinab in den furchtbaren Tod, der dort am Hofe des Sumpfkönigs grinsend auf sie wartete.

Nun war der Sonnenmann fern und wollte sich nicht wegen des Tiervolkes in Bewegung setzen. Doch als die Mondfrau von all dem Unheil hörte, das sich im Sumpfland zutrug, wenn sie ihm den Rücken kehrte, da beschloß sie, selbst hinabzusteigen und nachzusehen, was zu tun sei. Daher verbarg sie ihren leuchtenden Körper unter einem dunklen Mantel und zog eine schwarze Kapuze über ihr schimmerndes Haar, betrat das Sumpfland und schritt mit Hilfe des Lichtes ihrer weißen Füße mühelos von Grasbüschel zu Grasbüschel. Und wenn immer die Dämonen und Geister heulend hervorkamen und nach ihr schnappten oder sich die Gespenster und Schreckensgestalten erhoben und mit krabbelnden kalten Fingern nach ihr greifen wollten, da warf sie ihre Kapuze zurück, und das Licht ihres herrlichen Gesichtes überflutete die ganze Landschaft, und alles Tote ergriff schreiend die Flucht.

Mungo, der den Bach überquert, die Füße rutschen auf den nassen Steinen, die Finger suchen zwischen dem Wassergras und den Bachbungen nach einem Halt, er rennt, geht, rennt wieder wie ein Gehetzter.

Doch es war ein riesiger Sumpf, und der glucksende Schlamm schien sich endlos auszudehnen, und schließlich wurde die Mondfrau müde, sich ihren Weg hindurchzubahnen. Sie setzte sich daher, um sich auszuruhen, auf einen alten Baumstamm, der umgestürzt und halb versunken im Schlick war. Sie lehnte sich dankbar zurück und legte ihre Füße auf einen Ast und ihren Kopf auf einen anderen. Da begann sich der Baum zu bewegen! O je, es war überhaupt kein Baum! Nein, es war der Sumpfkönig selbst, der dort im Schlamm lag, und die beiden Äste waren seine Arme. Er packte ihre Füße mit einer Hand und warf die andere um ihren Hals, und so sehr sich die Mondfrau auch wehren mochte, sie konnte sich nicht befreien. Dann zog der Sumpfkönig sie nach unten, hinab in den Morast, unter das Torfmoos, hinab in sein eigenes dunkles Reich, und ein oder zwei schwarze Blasen zerplatzten noch an der Oberfläche, und dann war die Mondfrau verschwunden.

Ich brauche kaum zu erzählen, wie groß die Freude bei den Geistern war, als sie feststellten, daß ihre verhaßte Feindin fort war und daß von nun an jede Nacht völlig finster wäre und nur der schwache Sternenschein am Himmel ihrem üblen Treiben zuschauen würde. Sie hüpften umher und lärmten und kreischten vor Freude, so daß die Zweige der Bäume unter ihrem Geschrei bebten und dröhnten. Sie wurden kühner in ihren Raubzügen aus dem Sumpf heraus. Nachts krochen sie über das Moorland und mordeten jedes Lebewesen, das ihnen über den Weg lief. Die Eulen und Adler und Raben setzten sich auf immer höhere Äste, um sich vor ihnen in Sicherheit zu bringen, die Eichhörnchen und Dachse gruben sich tiefer in die Erde; die Rehe und Wildschweine, die Otter und Biber, selbst die kleinsten Tierchen, die Käfer, Glühwürmchen und Spinnen, zogen sich immer weiter von den Grenzen des Sumpflandes zurück, und Finsternis und Tod lagen auf dem Antlitz der Erde.

Da stampfte Goban der Schöpfer mit seinen Hufen auf und die Bäume — die wahren Bäume Schottlands — begannen sich zu regen und zu sprechen. Im Wind pfiffen es sich die Blätter einander zu, in der Stille knarrten ihre Körper und ächzten in Baumsprache. Wo ist die Mondfrau? fragten sie. Sie drehten ihre Köpfe von der einen zur anderen Seite. In den Tagen, die später auf der Erde Herbst genannt werden sollten, schickten sie ihre Blätter auf die Suche. Findet sie! sagten sie zu den Blättern, und diese wirbelten und schwirrten die Flußtäler entlang. Die Vögel suchten in der Luft, die Wühltiere gruben in der Erde, die Fische erkundeten die Tiefen der Lochs. Doch die Mondfrau war nirgendwo zu finden.

Und Mungo erklettert das unbebaute Land an den Hängen, betritt den Wald, als der erste Vogel erwacht, spürt — eher als daß er sie sieht — die aufgeschreckten Jäger im Farn, das unter dem Saum seiner Soutane laut raschelt und kratzt. Mungo, der an seiner Aufgabe verzweifelt.

Neben dem Sumpf wuchs ein kleiner Weißdornbaum. Er war so nah am Moor und so klein, daß ihn das Sumpfvolk völlig vergessen hatte. Dieser Weißdorn nun blieb solange stumm, bis alle anderen Bäume ihre Meinung gesagt hatten. »Hm, Leute, ich glaube, daß ich vielleicht weiß, wo unsere Mondfrau sein könnte«, piepste er dann, mußte sich jedoch mehrfach wiederholen, bevor alle ihn gehört hatten. Wo denn? sagte die Eberesche. Wo denn? sagten die Birke, die Eibe und die Fichte, die Erle und die Tanne. Wo denn? knarrte die alte Eiche als letzte. Und da berichtete ihnen der Weißdorn, er habe gesehen, wie die Mondfrau von dem Sumpfkönig in die Tiefe gezogen worden sei. Als sie dies hörten, marschierten die Bäume in großer Zahl, ja, zog der ganze Wald die Berghänge herab und die Flußtäler entlang, bis sie den Sumpf von allen Seiten umringt hatten. Dann senkten sie ihre Wurzeln tief unter das Schilfgras und in den Schlick und Schlamm hinein, bis sie die Halle des Sumpfkönigs gefunden hatten und an seinem Dach zu klopfen begannen. Zuerst war es ein leises Pochen, das aber lauter und lauter wurde, bis es sich schließlich so anhörte, als wäre der Donner selbst auf der Suche nach der verschwundenen Mondfrau unter die Erde gestiegen, so laut ertönte dieses Hämmern.

Und genau das nahm auch der Sumpfkönig an. »Wer schlägt denn derart auf meinem Dach herum?« rief er, und die Fichte antwortete: »Ich, *Guithais*, mit dem Donner in meinen Wurzeln und will unsere Mondfrau.« »Scher dich zur Hölle«, sagte da der Sumpfkönig und lachte.

»Wer poltert denn so auf meinem Dachboden?« schrie er als nächstes, und die Erle entgegnete: »Ich, *Fearn*, mit dem Donner in meinen Wurzeln und will unsere Mondfrau.« »Mach, daß du fortkommst«, grollte da der Sumpfkönig.

»Wer lärmt denn da so meinen Schornstein herab?« fragte er eine Weile später, und die Eiche sagte: »Ich, *Darach*, mit dem Donner in meinen Wurzeln und will unsere Mondfrau.«

Da bekam es der Sumpfkönig mit der Angst zu tun, daß sein Dach und die Wände ihm über dem Kopf zusammenbrechen würden, und er löste die Fesseln, welche die Mondfrau gebunden hielten. Und die Bäume sahen das sonderbar schöne Gesicht der verschwundenen Mondfrau über den fauligen Wassern des Sumpfes aufsteigen, und einen Augenblick später strahlte ihr Licht wieder vom Himmel auf sie herab, und alle Geister, Dämonen und Gespenster flohen schaudernd vor ihr zurück. Doch von diesem Tag an bis heute ist das Gesicht der Mondfrau immer dann, wenn sie sich an ihren Aufenthalt am Hofe des Sumpfkönigs erinnert, von Schatten bedeckt.

Mungo, gegen einen Stamm gelehnt, erhebt sein Gesicht, als der Hahn in dem für ihn unsichtbaren Dorf kräht und denkt an die schlafende Mairi. »Gibt es irgendeine Sünde, die ich nicht begehen würde, um ihr Leben zu retten?« Es gibt keine und er weiß es und lächelt.

Nun hatte die Mondfrau dem Sumpfkönig Zwillinge geboren. Der Junge hieß Nechtan und das Mädchen hieß Mongfinn, und beide waren sehr schön. Da sie aber zum Teil aus dem kalten schwarzen Schlamm des Sumpfes gebildet waren, konnten sie nicht mit ihrer Mutter zum Himmel auffliegen. Daher blieben sie hier in Mittel-Erde, in unserer Welt, und manchmal blickten sie zum Himmel hoch, um das leuchtende Gesicht ihrer Mutter zu sehen, und manchmal blickten sie auch nach unten in das dunkle Reich ihres Vaters. Sie waren die ersten Menschen, groß und schlank und biegsam wie junge Bäume, doch weder waren ihre Wurzeln so tief wie bei jenen in der Erde verankert noch hatten sie ihre Köpfe so hoch in den Himmel gestreckt. Sie hatten Beine wie das Reh und Augen wie der Falke und die Kehle eines Singvogels, waren hungrig wie der Wolf und stolz wie der Adler und listig wie der Fuchs.

Auf diese Weise kamen Mann und Frau zuerst auf die Welt.

Nun gut, Gras wächst, Wasser fließt, der Mensch ist geil, und eines Tages war Mongfinn schwanger mit dem Kind ihres Bruders. Es wurde ein Junge, doch als Mongfinn und Nechtan den kleinen Schreihals mit dem Stolz und der Freude betrachteten, die alle Eltern seitdem verspürt haben, da hatten sie eine Art Vorahnung, daß die Dinge nicht so waren, wie sie hätten sein sollen. Und da etwas wie ein Schatten über ihnen lag, was sie überhaupt nicht verstehen oder sich erklären konnten, gaben sie dem Kind den Namen *Schatten*, weil es wie ein Schatten in der Nacht zwischen sie getreten war.

Und Mungo riecht den Morgen im Wald, den herrlichen Sommermorgen, und steht inmitten von blauen und gelben Blumen, die sich langsam unter dem ersten Sonnenstrahl öffnen, und plötzlich seufzt er, voller Heiterkeit, atmet den Morgen ein, und seine Ängste bekommen Fledermausflügel und fliegen mit der schwindenden Nacht davon.

In jenen Tagen bewegten die Berge sich noch, die Donnerriesen wälzten zum Zeitvertreib riesige Steinblöcke umher und warfen einander große warme Felsplatten über gähnende Schluchten zu. An einem klaren Vormittag, als der Regenbogen hoch zwischen den Wolken stand und das Wasser von den Heideblüten tropfte, da fielen plötzlich hundert und mehr Tannen auf die Knie und neigten sich wie junge Novizen, und als sich die Erde abermals schloß, da schloß sie sich um ihre obersten Zweige, und alles darunter war wieder in die Erde zurückgekehrt: Baum und Blatt, Eichhörnchen und Nest, und auch Mongfinn und Nechtan, die nicht mehr im Licht der Welt wandelten.

Was wurde aus ihrem Sohn? Obwohl Mensch, hatte er den Hunger eines Wolfes, und das Wolfsvolk fand ihn auf der Jagd.

Seltsamerweise töteten sie ihn nicht, denn sie hielten ihn für einen der ihren, und daher zogen sie ihn wie ein Wolfsjunges auf. Schatten wurde stark, er besaß die Klugheit des Waldes und war verstohlen. Er tötete um der Nahrung willen und auch zu seinem Vergnügen. Doch manchmal kam ein Gefühl von Schicksalhaftigkeit und Verlorenheit über ihn, das seine vierbeinigen Brüder nicht kannten, und da empfand er Abscheu vor sich selbst und seinen blutigen Händen. Dann wanderte er fort in die Einsamkeit, fort vom Blut und vom Geruch des Blutes, und sprach mit sanfter Stimme zu den Bäumen und zu den Tieren, und manchmal preßte er auch sein Gesicht in das weiche Moos um die Baumwurzeln und weinte. Da betrachtete ihn das Waldvolk verwundert.

Alle — mit Ausnahme des Raben. Der Rabe ist ein weiser Vogel und versteht Dinge besser, die unausgesprochen bleiben. Eines Tages, als Schatten verzweifelt unter den Ästen umherlief, ließ sich der schwarze Rabe über seinem Kopf nieder und sprach zu ihm: »Schatten, Schatten, was macht dich so traurig?« Und Schatten antwortete ihm: »O ich bin ganz allein, Schwester, und da ist niemand, der die Last des Lebens mit mir teilt.« Da sagte ihm der Rabe, er solle zu einem bestimmten Baum, einer Birke, gehen und sich aus ihrem weißen Holz eine Frau machen, und Schatten befolgte diesen Rat. Und weil ihr Körper so weiß wie das Kernholz des Baumes war und ihr Haar so blond wie ihre Schößlinge, nannte er sie *Bas-Barra-Geal*, die Prinzessin Helle Hand. Aus dem Stamm ihrer Liebe ist das schottische Volk, sind alle Völker der Erde hervorgegangen.

Und die Sonne scheint warm im grünen Laub über ihm, und in jede Lichtung ergießt sich der Wasserfall ihrer goldenen Äpfel. An solch einem Tag, denkt Mungo, weiß ich, was das ewige Leben ist. Und bestärkt durch das Wunder, von dem er umgeben ist, drängt es den alten Mann weiter, dort in der Tiefe des Waldes sein eigenes kleines Wunder für die Menschen zu tun.

Uruisg

Warten. Warten.

Die Bäume neigten sich über ihn. Warten. Bruder Fichte stand dicht bei den Felsen; seine langen Beine waren dick und schuppig, rötlichbraun bis schwarz, seine Brust zeigte ein leuchtendes Rotgelb, und viele Meter hoch in der Luft nickte er mit seinem breiten, kurzen Kopf. Schwester Birke an seiner Seite schüttelte ihre weißen Flechten, und früh herabfallende Sporen trieben über den Rand des Wolfsfels und ließen sich auf den altersdunklen Tannenzapfen und dem Farnkraut nieder, auf den verschlungenen Wurzeln der Lichtung und dem Kalkbett darunter, wo die Knochen von Mensch und Tier im Tau der Erde vermoderten.

Warten.

Das Baumvolk starrte auf ihn. Ja, auch wir warten, Bruder. Das Schwarzplättchen hörte zu schelten auf, trällerte statt dessen ein kurzes *Hi-ti-wito* und verstummte dann. Ebenso knapp antwortete ihm ein Rotschwänzchen, und rund um den Fels wurde der Warnruf ausgegeben, doch es war eher die Aufforderung, sich zum Zuschauen zu sammeln als zu fliehen. Die Köpfe von Eichhörnchen tauchten hier! und da! aus Baumlöchern auf, und ein Blatt — und noch eines — eine Fülle von staubigem Moos fiel herab, als eilige Pfoten von einem Ast sprangen. Mungo blickte auf. *Si-si-si* sagte ein Goldhähnchen.

Warten.

Wolfsaugen waren auf ihn gerichtet, und er sah sie ohne Furcht. Ein junger Wolf kam zu ihm getrottet und schnüffelte wie ein Hund an seiner Soutane. *Prak!* rief der Rabe hoch oben von der Fichtenwand. »Da seid ihr ja alle, Kinder«, sagte Mungo. »Jetzt muß ich aber anfangen.«

Er berührte die Erde und die Erde zitterte. Aus dem Teppich von Tannenzapfen und Nadeln unter seinen Füßen zog er den Arm einer umgestürzten Erle hervor und betrachtete ihn prüfend.

Du wirst ihn aus Baumrinde machen.

Aber . . . ich weiß nichts darüber.

Mungo hielt den Ast in Armlänge von sich fort. »Komm' hervor, Krieger, und sei ein Mann«, befahl er.

Er zählte Eins, Zwei, Drei — doch nichts geschah. Er zählte zuerst bis sieben, dann bis zwölf, doch nichts geschah. Er betete das Vaterunser, zuerst in Latein, dann in Gälisch, und noch immer geschah nichts. Er steckte den Ast aufrecht in den Boden und versuchte es nochmals. Nichts geschah. Er kauerte sich nieder und kratzte sich am Kopf. Dann erinnerte er sich, daß es die *Rinde* und nicht das Holz des Baumes war, aus dem das Leben entstehen sollte, und er erhob sich wieder. Es gab so viele Bäume im Wald wie Tropfen im Ozean, und da er von den Geschehnissen der vergangenen Nacht derart überrascht worden war, hatte er auch nicht daran gedacht, eine Axt mitzunehmen, um damit die Rinde abhauen zu können. Doch er trug ein kleines Gärtnermesser im Gürtel, und damit kletterte er die Felsen hinauf und schnitt ein ziemlich großes Stück Rinde von einer Fichte ab, die dort oben auf den Steinen wuchs. Er legte die Rinde auf der Erde aus. »Komm' hervor, Krieger, und sei ein Mann.«

Nichts.

»Ach, wußte ich doch, daß es sich zu einfach anhörte«, brummte Mungo.

Den ganzen weiteren Tag über arbeitete Mungo voller Hingabe an seinem Wunder, doch dieses weigerte sich entschieden, sich zu ereignen. — *Erde!* Er formte eine kleine und bröckelige puppenähnliche Gestalt aus Bodenkrume und

Graswurzeln, murmelte eine Zeitlang darüber, kam sich reichlich albern dabei vor, und als sich das Gebilde trotz all seiner Beschwörungsformeln nicht rührte, stieß er es zornig beiseite, so daß es zerbrach. — *Feuer!* Aber wie konnte denn überhaupt etwas aus Feuer gebildet werden? Trotzdem verwendete er die Rinde weiter, rieb emsig mit einem Stock auf ihr hin und her, bis sich die Stelle zu schwärzen begann und ein schwacher Rauchfaden von ihr aufstieg; und als sein Rindenstück schließlich brannte, da hielt er es hoch und zeichnete damit Kreuzformen in die Luft und forderte den Krieger auf, daß er hervorkomme — so wie die drei wunderwirkenden Juden an jenem heidnischen Ort Babel aus dem brennenden Feuerofen hervorgekommen waren. Es glühte und sprühte Funken und rauchte, und dann war nichts mehr von ihm übrig als ein süßlicher Geruch und die Asche schwarz in seiner welken Hand. — *Wasser!* Er wandte sich wieder der Erde zu und grub wie ein Hund darin, fand natürlich viele Knochen, aber unter diesen auch Wasser, denn die ganze Gegend war feucht und grün. Dann formte er eine größere Gestalt und schöpfte das Wasser in seinen Handflächen aus, bis alles zu festem Schlamm geworden war. Sie lag da und stierte ihn an: ein riesiger Leichnam. — *Wind!* Der Mensch ist aus dem Wind entstanden. Mungo versuchte, seiner Schöpfung den Lebenshauch einzuatmen. Als er neben dem Wasserloch kniete, das er gegraben hatte, und die nasse Erde aus seinen Zähnen spuckte, stellte er sich die Frage: Habe ich Den Herrn vielleicht durch meine Spielereien gekränkt? Doch jeder Mann, der ein Kind zeugt, spielt Gott, und jede Frau, die in sich die Schöpfung trägt, spielt Gott. Wie viele Taufen hatte Mungo zu seiner Zeit nicht schon feierlich vollzogen, und war nicht jede einzelne von ihnen ein den Geist herausforderndes Wunder?

»Ach, warum gibt man jemand das Schloß ohne den passenden Schlüssel?«

Er spürte, daß er alle Teile des Geheimnisses besaß, doch wie diese Teile zusammengehörten und was sie dann bewegte — das wußte er nicht. Er bat seinen Gott, ihm zu helfen. Er betete, o ja, er betete, und schließlich war nichts mehr zu hören außer dem Klang seines eigenen Gebetes. Da hielt er inne in seinem Latein, denn es kam ihm der Gedanke, daß seine Worte nicht aus dem Wald herausdringen sollten. Ich habe den Baum, die Erde, das Feuer, das Wasser, selbst den Atem — doch den Mann habe ich damit noch nicht! Er seufzte, setzte sich hin und blickte mutlos auf seine Hände. Von einem hohen Baum über ihm flog eine Fledermaus davon.

Es war die Zeit des Übergangs von der Dämmerung zur Dunkelheit in jener ersten Nacht, als Mairi wach lag und sich wunderte, wo denn der Vater sei; alle Dorfbewohner waren erschöpft vom Heumachen, und Una und Siubhan und Sorcha schlossen ihren müden Geist vor hellwachen Gedanken über die Zukunftsangst, und Wat und Fearchar lagen mit offenen Augen in ihren Betten und dachten an das kommende Gemetzel, und Tomas und Manus, die beiden Alten, hatten das Glück, an überhaupt nichts zu denken, und Pedair und Ringean und alle anderen Kinder waren schon lange im Traumland, und Nessa schluchzte, und die schöne Seonaid rieb ihren fülligen nutzlosen Körper. Dann begann der Regen zu fallen.

Und mit ihm flog Flattermaus, die Fledermaus, durch den Wald und stieß jenen dünnen schrillen Schrei aus, den die Leute, die ihn hörten — und die sich dabei bekreuzigten — als *Gu la bais* verstanden: »bis zum Tag des Todes!« In ihrer Sprache nannten sie die Fledermaus *Badharan dubh*, den Dunklen Wanderer. Früher einmal war sie sehr schön gewesen. O ja, in den Tagen, als die Welt noch jung war und die Arglist unbekannt, da war sie blau wie der Eisvogel und weiß wie der Schwan gewesen, und ihre großen und wunderschönen hellen

Augen waren wie ein blinkendes Feuer, das zwischen den Baumstämmen des vollkommenen Landes umherschoß — so wie Flattermaus jetzt, wenn die Zeit der Eulen war. So schön war die Fledermaus damals gewesen, daß sie sich am Tag der Kreuzigung über den Todeskampf Unseres Jungen Helden lustig machte, und während das Rotkehlchen versuchte, Ihm die Nägel herauszuziehen und dabei seine kleine Brust von dem kostbaren Blut getränkt wurde, hatte die Fledermaus Ihn umkreist und gespottet: »Sieh nur, wie schön ich bin! Sieh nur, wie flink ich bin!« Und Christus wandte ihr seine gemarterten Augen zu und betrachtete sie, und da trockneten das herrliche Blau und das Weiß weg wie Wasser aus einem Teich, und die Fledermaus wurde blind und schwarz und torkelte hilflos davon, bis sie dem Anbruch der Nacht begegnete und für immer darin ertrank. Und darum wandert sie nun wie ein Geist in der Dunkelheit umher und ruft mit dünner Stimme: »Seht nur, wie blind ich bin! Seht nur, wie häßlich ich bin!« *Gu la bais.* Und die Sänger nannten sie *Dealan dubh badhalaiche choille* — die kleine schwarze umherwandernde Flamme der Wälder.

Nicht ein Licht war im Dorf zu sehen, als Flattermaus mit ihrem leisen Schrei über die Dächer flog, und das einzige Geräusch war das stetige Pladdern des Regens auf dem Dachstroh, sein lauteres Singen auf den anschwellenden Wasserfluten des Bachs, sein Rauschen in den noch ungemähten Feldern. Flattermaus fand das Dach, das sie suchte, und schlüpfte geschickt durch das Rauchloch hinein.

Die Schwarze Finella saß ohne Schlaf im Dunkeln. Tatsächlich war sie so alt, daß sie — wie Mungo — fast überhaupt nicht schlief. Nacht für Nacht saß sie auf ihrem einzigen Hocker, ihre rissigen Lippen bewegen sich, ihre trüben Augen starrten geradeaus. Sie dachte an alles oder nichts, wer weiß das schon? und ihre Katze lag zusammengerollt neben ihren Füßen. Nur für die letzte Stunde vor der Dämmerung mochte es sein, daß sich die alte Frau unter ihren Tüchern hinlegte.

Flattermaus flog auf einen Dachbalken und ließ sich dort nieder. Die Katze öffnete ein Auge und blickte zu ihr hoch. Unter dem aufgehängten Eisenkessel war das Feuer ein schwelender Dunst.

»Gu la bais«, sagte Flattermaus ruhig.

Ungehörte Geräusche lagen in der Luft. Seltsame, unbekannte Stimmen stürmten auf die kleine Fledermaus ein, machten sie unsicher und traurig. Ihr Kopf schoß hin und her. In dem nachtdunklen Raum war kein lebendes Wesen außer der alten Frau und der einäugigen Katze, den Käfern in der Wand, der Spinne über der Feuerstelle, den Würmern, die sich wie das Schicksal unter dem Erdboden drehten. An einer Stelle glitt ein Teil der Fachwerkwand lautlos aus den hölzernen Stützbalken heraus. Flattermaus seufzte — ein Pfeifen in der Sprache der Fledermäuse. Wie jede Nacht. Finella rührte sich nicht, und die Katze, durch lange Erfahrung unzugänglich geworden, tat so, als hätte sie nichts gehört.

Von draußen kam die milde, frische, tiefschwarze Luft in den stickigen, dunklen Raum mit einem Geruch von . . . Suppe.

Der Erntetopf: Halsstück vom Lamm, in Stücke gehackt. Das Geräusch des Schneidens. Die trippelnden Füße einer Schwester, schon lange tot, die mit einem Krug voll Wasser herbeikommt. Die Mutter, dort am Holzbrett, die das Gemüse bereitet und kleinhackt:

4 Steckrüben
6 Lauchzwiebeln
1 Schale Dicke Bohnen

Ella! hört sie es rufen. Sie, ein in Tücher gehülltes Bündel, das sie vor langer Zeit war, hinter der Kutte der Jahre, in jenem kleinen weißen Haus mit dem roten Dach am Wasser inmitten der grünen Hügel. Und die Mutter, die ihr — jetzt ist sie schon älter — herrliche Geschichten erzählte, von Flüssen, die wie Mädchen sangen, von großen Bäumen, die wie Krieger riefen, von den wunderbaren Gesängen des Landes, wo Geschöpfe lebten, von denen ein jedes ein verzauberter Prinz oder eine Prinzessin sein konnte — denn in jenem Land, so hatte die Mutter gesagt, gab es eine Macht, wie eine Gnade für alle, der Puls der lebendigen Erde . . . Ihre Mutter mit dem schweren Leib und einem Kind, das niemals geboren werden sollte.

Und auch Manus und Tomas, die in jener Nacht nicht schlafen können, hören die alten Visionen hinter der Hüttentür galoppieren; und Pedair und Ringean, wie junge Hunde tief in die Falten ihres Schlafes getaucht, erblicken flüchtig abenteuerliche Schwerter und leuchtende Feuer auf den Bergen ihrer Phantasie; und Seonaid und Nessa drehen sich um mit dem Gedanken an dunkle Bärte und starke sehnige Arme.

Und in Finellas Erinnerung, jetzt wie allezeit, die Verwüstung an jenem Tag, als die Wolfsreiter kamen, an dem Tag, nachdem ihr Vater, unwillig und voller Angst, fortgezogen war, um in einem anderen blutigen Kampf zu sterben. Und dann war dieser Krieg da, die Männer auf dem Hügelkamm über dem kleinen Haus, die mit dem lauten Kriegsruf *Faol!* herabgeritten kamen, und ihre Waffen blitzten in Kopfeshöhe zwischen flatternden Helmbüschen, so schön ist der Schmuck des Krieges. Und dort der christliche Priester, mit der Mistel geschmückt, streckte seine rosigen Hände aus, seine weichen Lippen riefen: »Brüder!« — ja, um der Liebe Christi willen rief er *fratri, fratri* in seinem Latein, das sie nicht kannten und das sie nicht kümmerte, und sie schlachteten ihn wie ein Lamm, die langen Schwerter, die sich schimmernd erhoben im Licht des Regens, woran sie sich nun erinnerte. Und dann der Strom von Blut um ihre Füße, als sie zu der Stelle rannte, wo die Männer auf dem Leib ihrer Mutter keuchten; und einer von ihnen lachte sie aus: »Du bist noch zu klein für uns, Mädchen!« und stieß sie mit dem Schwertgriff zur Seite — mit der Erinnerung schmerzte jetzt noch die Narbe auf ihrem alten Kopf. Und sie stürzte davon, barfüßig und fast unbekleidet, durch das Gelächter, durch den Brandgeruch, als ihr kleines Haus von Flammen eingehüllt war, als sich die hellen Wände schwärzten und zusammenfielen, als ihre zahme Ringeltaube, die sie »Schöne« nannte, schreiend mit ihren Feuerflügeln durch das Rauchloch floh und versuchte, schneller als die Flammen zu sein, die überall waren.

Und die sanfte Sorcha stöhnt im Schlaf, schlägt um sich, schreit, als sich ihr Traumgeliebter in ein Nachtmahr verwandelt und ihr roh auf dem Boden ihres verbrannten Hauses Gewalt antut. »Schwester! Schwester!« ruft Siubhan und schüttelt sie. »Wach' auf! Du hast nur einen schlimmen Traum gehabt, mein Küken!«

Und in der schwelenden Asche des Nachmittags, als das Feuer endlich zu flackernden Schatten im fallenden Regen verblaßt war, kehrte Finella an den Ort zurück, wo ihr Herz gewesen war. Schwerthieb, Echo und Schweigen: eine Welt, die mit einem schneidenden Schrei ihr Ende gefunden hatte, eine verlorene Welt, als sie noch Kind war. Eine solche Grausamkeit, wenn wir jung sind. Das übliche Vergessen, wenn wir alt sind, daß es eine solche Grausamkeit nie gegeben hat. Für sie aber eine wahre und bleibende Erinnerung.

Als sie ins Dorf zurückkam, als die vergewaltigten Frauen, die überlebt hatten, sich wieder zusammenfanden, als das Schweigen die Stille jenseits von Tränen war . . . da entdeckten sie das Pferd mit seinem toten Reiter an der einzig gebliebenen Mauer, und beide waren von Regen und Blut durchtränkt. Und die Frauen gingen langsam in die Trümmer und nahmen, was sie finden konnten: eine verkohlte Sichel, eine noch warme und zerbrochene Sense, hier einen Dreschflegel, dort eine geborstene Stange; und langsam, bedächtig, ohne Furcht oder Haß, schrieben sie die Geschichte ihrer vielfachen Vergewaltigung in den Körper des toten Reiters, bis von ihm nichts mehr übrig war außer ein paar Fetzen von rohem Fleisch, und die Erde unter ihm hatte sich rot gefärbt.

Niemals wieder konnte Finella schlafen, ohne Schreie zu hören. In den Kerzen, die auf einem Christenaltar brannten, sah sie die flammenden Flügel ihrer Ringeltaube, die »Schöne« hieß, roch ihr verbrennendes Fleisch. Als Mungo, auch er von Alpträumen verfolgt, in seiner kleinen Kirche niederkniete und betete: »Menschensohn, rette Deine Herde!« da hatte es Finella im Unterschied zu ihm wieder danach verlangt, ihre Sichel in den verhaßten Körper des Bösen zu senken.

Die Erinnerung und mit ihr die Vision verblaßte: Das Dorf wurde ruhig, der Klang der donnernden Hufe und der gellende Kampfruf des Wolfes, das Schreien und Brennen tauchten wieder in schweigende Teiche. Die Nacht schloß sich über dem Flußtal, die Schlafenden seufzten und lagen still, fühlten sich sicher, während nur noch die Eulen draußen in der Ferne auf Jagd waren. Finella öffnete die Augen. Die Katze, Herrin des Feuerplatzes, stand auf, streckte sich und gähnte. Die alte Frau blickte zu Flattermaus hoch.

»Na, mein Schatz«, sagte sie, »was macht denn der alte Narr?«

Und die Fledermaus antwortete: *Gu la bais.*

Mungo am Morgen, Mungo in der Mittagsglut, Mungo im Abendlicht, Mungo, der mit großen Schritten hin und her lief und in den Sternen nach einer Offenbarung suchte, wußte immer noch nicht, wie er die göttliche Aufgabe erfüllen sollte, die ihm gesetzt war. In der Tiefe der Lichtung hockte er auf einem Grasbüschel und warf kleine Steinchen auf den Boden. Die Tiere der grünen Welt umkreisten den seltsamen *Duine.* Die Biber und Wildschweine schnüffelten an seinen Beinen, die Glühwürmchen leuchteten im Dickicht, die Käuzchen schossen über ihn hinweg, und ein kleines Reh, vom Wolf gejagt, wurde mit einem Segen auf den Heimweg geschickt, während die Wölfe unschlüssig stehenblieben und den traurigen Worten des *Duine* zuhörten:

Tal der sich schlängelnden Wasser, der Tümpel und wogenden Schilfgräser, wie kann ich es ertragen, dich zu verlassen, selbst in den Tagen meines Alters?

Wie schön ist deine Eiche, dort, mit dem Donner in ihrem Wipfel, wie mutig deine Fichte, die breitbeinig am Berghang steht, wie lieblich die sanfte Birke, geschmeidiger als Mädchenhaut, kühl wie ein Grabstein, kühl wie der Abenddunst.

Hirsch, kleiner Geweihträger, ich höre dich röhren im Glanz des Morgens; Fuchs, rotgesichtiger Jäger, Wolf, freier Hund der Wildnis, euer Gebell ist im Abendwind.

Adler, Sohn der kalten Klippen, Falke, Tochter des Sturms, flink ist der Wind in euren Schwingen; laut ruft das Nordland die Kinder des Himmels.

Ich höre eine Weise im Wald. Der Hirsch schüttelt den grünen Tau aus seinem Geweih. Der Lachs sammelt sich an den verborgenen Plätzen unter dem Hügel. Der Ruf der Rohrdommel liegt auf dem Winterloch.

Über mein Tal hat Gott ein Sternendach gebreitet. Himmelsfrucht des Mondes, silberne Beeren des Nachtbaumes, sie scheinen wie Reifnadeln auf einer Schwarzkiefer, Eiszapfen hängen von den Dachbalken des Himmels.

Wären die Hoffnungen der Menschen Kornähren, so könnten sie doch nicht alle dieses Tal in der Schönheit seiner Erntezeit füllen. Wären die Sorgen der Menschen Herbstblätter, so würde der Loch sie doch alle an das fernere Ufer tragen.

Ich habe nur einen Wunsch, und möge Gott ihn vergeben: Tal der sich schlängelnden Wasser, der Tümpel und wogenden Schilfgräser, laß mich dich niemals verlassen, selbst nicht in den Tagen meines Alters,

sang Mungo.

Plötzlich flatterte eine Fledermaus um seinen Kopf, eine Katze schrie aus der Stille. »Bist du's?« sagte die Schwarze Finella und kam aus dem Zwielicht auf ihn zu gehinkt. Neben ihr lief die Katze. Die leuchtenden Augen der Lichtung zogen sich zurück.

»Ja, ich bin's in der Tat«, sagte Mungo argwöhnisch.

Finella warf einen kurzen Blick auf die aufgewühlte Erde und sah dort die Spuren seines Wirkens. »Du hast also Weiße Magie betrieben«, sagte sie. »Oder brauchst du meine Hilfe?«

»Die einzige Magie ist, wie du hierhergekommen bist, du altes Knochengerippe«, sagte Mungo. »Ich habe hier in der Wildnis gebetet, wie es sich für einen Gottesmann gehört, und du wärest gut beraten, dasselbe zu tun.«

Finella gab ein zahnloses Kichern von sich, auf das Katze und Fledermaus gemeinsam antworteten.

»Bei Gott, ich glaube, daß du wirklich die Hexe bist, wie es heißt!« rief Mungo und sprang auf.

»Ach, sei doch still«, sagte die Alte. »Ich weiß den Grund, warum du hier bist. Du bist dem *Uruisg* hinterher. Ich habe es in jener Nacht an deinen Augen gesehen, als du dem Geschwätz der Mädchen zugehört hast. Du willst den *Uruisg* mit deinen Worten hervorzaubern — stimmt's etwa nicht?«

Mungo sagte nichts, doch er warf ihr einen finsteren Blick zu.

Finella drehte mit dem Fuß ein Stück Rinde herum und entdeckte die Erde darin. »So, da ist es ja«, murmelte sie. Mit der gleichen Stimme sprach sie auch, wenn sie ein Kind auf die Welt kommen sah. Mungo schluckte seinen Unwillen hinunter.

»Welches Holz hast du verwendet?« fragte sie.

»Holz, Frau? Das Holz, das ich gefunden habe.«

»Aber welches Holz denn?«

Mungo fuchtelte mit den Händen herum. »Woher soll ich das wissen, du dumme . . .? Da! Das Holz von den Bäumen.«

»Aber keine Esche?«

»Was? Esche? Nun . . .«

»Du mußt die Esche nehmen«, sagte sie mit Nachdruck.

Den beiden Alten, die dort auf der Lichtung standen, als die Nacht langsam in den Morgen überging, war die Geschichte wohlbekannt, denn sie erzählt vom Anfang der Zeiten und wie die Weltenesche den Himmel in ihren oberen Zweigen hält, und unten reichen die Wurzeln tief in die Erde, und ihre grünen Blätter hängen über allen Welten des Universums: dem Ort des Feuers und dem Ort der Kälte, dem Reich der Frostriesen, dem der Zwerge und dem Sitz der Adler. Denn am Anfang hing sich Der Eine, Der Ewig war, selbst an jenen Baum, um die geheime Weisheit der Runen zu entdecken, und die Esche war sein erstes Reittier; und als seine Fersen gegen den Stamm stießen, da brach ein Stück Holz ab und fiel nach innen, und aus dem hohlen Baum schoß ein weißer Schwan hervor, der kreisend hoch in die Lüfte stieg. Da nahm Das Böse, das in jenen Tagen auf der Erde war, die Gestalt eines großen schwarzen Raben an und verfolgte den Schwan, schlug seine Krallen in die weiche Daunenbrust und riß den weißen Vogel auseinander. Aus dem Schwan sprang ein blutroter Wolf hervor und raste über den First der Welt davon. Das Böse wurde zu einem zottigen Bär, der dem Wolf einen Hieb mit seiner Tatze gab und ihm damit glatt die rote Schnauze wegschlug. Aus dem Wolf galoppierte ein Hengst heraus, der war schwanenweiß und wolfsschnell und hatte die Kraft der gesamten Schöpfung in seinen Flanken: Das war Goban, das Pferd des Schrecklichen. Und Das Böse jagt ihn bis zum heutigen Tag.

»Doch ich sehe nicht ein, warum der Holunder oder das Geißblatt nicht geeignet sein sollten, ganz zu schweigen von der Eberesche«, brummte Mungo.

»Wir müssen Eschenholz nehmen und kein anderes«, sagte Finella. »Es ist der Sitz des guten Geistes.«

Und so verwendeten sie Eschenholz. Dies geschah am zweiten Tag im Wald, dem dritten Tag des Heumachens, und ein feuchter Nebel zog heran und hing über dem Land, und die Bäume kletterten aufwärts in den grauen Rauch und verloren ihre Wipfel in seinem Dunst. Was tun wir? fragte Mungo, gab sich selbst die Antwort: Es ist *Gottes Wille* und befahl seiner zaudernden Seele, auch nicht den winzigsten Augenblick lang Zweifel zu haben, denn sonst könnte ihr Glaube nicht stark genug sein, um eine solche Aufgabe zu erfüllen.

Der Vormittag verstrich. Die Sonne wanderte westwärts zum Land der Geister. Sie arbeiteten weiter. Am Nachmittag legten sie eine Pause ein und aßen etwas. Aßen schweigend, blickten sich beim Kauen von der Seite her an, und dann sagte Finella:

»Weißt du, als ich Kind war, habe ich davon geträumt, daß ich einen feinen jungen Herrn treffen und ihn heiraten würde.«

Worauf Mungo sagte: »Und habe ich als Kind etwa nicht davon geträumt, auch einer schönen jungen Dame zu begegnen?«

Da lachten zwei runzelig gewordene Münder.

Sie formten ihn aus Erde und hüllten ihn mit Eschenrinde ein, ihren *Uruisg*, und als wieder eine Nacht anbrach, waren sie damit fertig. Vor ihnen auf dem Boden lag eine riesige menschenähnliche Gestalt. Mungo entzündete ein Feuer aus trockenen Wacholderzweigen. Eine seltsame Scheu ergriff sie, als sie sahen, was sie getan hatten — ein Gefühl, daß sie vielleicht, ja nur vielleicht, etwas getan hatten, was nicht sein durfte und was kein Mensch anstreben sollte, auch nicht, wenn er von einem guten Geist gelenkt wird. Auch nicht, wenn er von Gott gelenkt wird.

Finella flüsterte ihrem Gefährten zu: »Wie . . .? Die letzte Sache . . . die weiß ich nicht.«

Und Mungo flüsterte zurück: »Ein Engel hat es mir gesagt und mir dies hier gegeben«, und damit zog er das kleine goldene Kreuz von seinem Herzen hervor.

Still lag der Wald da. Nicht ein Ton, nicht der Atem eines Lebewesens zerbrach den schweigenden Schmerz dieses Augenblicks. Die Fichten, die hohen dunklen Brüder, waren so unbewegt wie Statuen. Sogar die bebende Espe regte sich nicht mehr, und es schien, als würde die einbrechende Nacht selbst im Westen auf dem karmesinroten Reif des Abends verweilen, als Mungo das Kreuz nahm und es an seinem dünnen Draht um den Nacken ihres Geschöpfes hing.

»Uruisg, Uruisg des Volkes«, sagte Finella. »Halte die Feinde aus unserem Tal fern.«

Und Mungo sagte: »Komm' hervor, Krieger, und sei ein Mann.«

Und so geschah es.

Im Licht des Wacholderfeuers begann sich der Riese zu rühren. Er war gewaltig, dieser Krieger. Denn er war mindestens drei Meter groß, und seine Schultern waren so breit wie die eines Ochsen, sein Kopf so massig wie der eines Bullen; seine Arme waren zwei starke Äste und jede Hand so groß wie der Amboß in Calums Schmiede.

Er öffnete seine Lider, und dort, wo Mungo zwei Vertiefungen mit seinen Handballen gemacht hatte, waren zwei Augen entstanden, die auf das alte Paar im Feuerschein blickten.

Er zog ein Bein an, und dort, wo Finella aus knorriger Borke ein Knie geschaffen hatte, wurden das nach oben gebogene Gelenk und kraftvolle Muskeln sichtbar, die sich in einem plötzlichen Spiel von Schatten die Wade abwärts und den Schenkel aufwärts bewegten.

Er begann damit, sich auf seinem Ellbogen hochzuziehen.

»Warte!« befahl Mungo.

Der Riese hielt inne. Er hatte ein weit offenes und verwirrtes Gesicht, fast wie das eines Tieres, das ins Schlachthaus getrieben wird.

»Du bist kein Mensch«, sagte Mungo und kämpfte gegen seine eigene Furcht vor diesem unheimlichen Etwas an, das sie selbst hervorgebracht hatten. »Du wirst keinen Namen haben. Du existierst nur zu einem einzigen und keinem anderen Zweck. Du wirst meiner Stimme und keiner anderen gehorchen. Kein Dämon oder Gespenst oder böser Geist darf in dich eindringen. Du bist Der Krieger. Etwas anderes bist du nicht, wirst du niemals sein. Und wenn du deinen Zweck erfüllt hast, wirst du wieder zu Erde werden. Hast du das verstanden?«

Und mit tiefer Grabesstimme antwortete Der Krieger: *»Ja.«*

Mungo und Finella nickten dazu mit dem Kopf und lächelten einander an. Mungo murmelte einen Segen Im Namen des Vaters und des Sohnes und des Heiligen Geistes, nahm eine Handvoll Wasser und besprenkelte den Krieger damit, während Finella zu sich selbst sprach und mit einem Mistelzweig über seinen Kopf strich.

Stein schmatz!
Teufel tatz!

rief der Steinschmätzer in den über den Fels herabhängenden Bäumen, *Ki-witt* kreischte das Käuzchen. Der Wald begann sich wieder mit den Lauten eines großen Mundes zu bewegen, der lange den Atem angehalten hat und nun endlich frei ausatmet. Die Nacht breitete sich über den Himmel aus. Oben auf dem Wolfsfels bellte ein junger Fuchs.

»Die Stimme kenne ich doch«, sagte Mungo.

Es war Faidh, der nun die Felsen herunter auf ihn zu stürzte wie ein junger Hund zu seinem verlorenen Herrn.

Und der Mond, der Erntemond, ging über dem Wald auf

und vergoß sein Licht zwischen den Bäumen. Es fiel auf das Gesicht des Kriegers, und er blinzelte angstvoll daran vorbei.

Mungo, der neben seiner Schöpfung stand, tat einen lauten Seufzer, und die Eule, die über dem Dach des Waldes schwebte, und die Wildente, die seewärts zur Flußmündung flog, und der Rabe, der krächzend im Regen der Sommernacht über den Loch eilte, sie alle riefen es der Welt zu:

Sie haben's geschafft!

Und so, mit neuer Hoffnung im Herzen, kehrten der Priester und die weise Frau im ersten Schimmer des Morgens ins Dorf zurück, und der große Krieger ging mit festem Schritt neben ihnen, und der rote Faidh rannte bellend voraus, und Finellas schwarze Katze lief dicht neben ihr, und über ihnen allen flatterte die Fledermaus und ließ ihren schrillen Schrei über dem aufsteigenden Nebel ertönen.

Zwischenspiel

In derselben Nacht

In derselben Nacht, Meilen entfernt, landeinwärts in den westlichen Bergen, hob der Anführer der Wolfsreiter den Kopf. »Ach, nur eine Fledermaus«, grunzte er, als der kleine Schatten zwischen ihm und dem Mond dahinschoß. Seine Männer schliefen unter ihren Plaids. Er selbst lag wach und blickte zu den Sternen auf. Es war nicht dunstig. Am nächsten Tag würde schönes Wetter sein.

Das Lager war am Vorsprung eines Berghangs aufgeschlagen. Ein Tierpfad führte zu ihm hin und von ihm weg, jeder Eingang war bewacht. Sie befanden sich oberhalb des Waldes. Wie ein Strom aus Holz wogten die Bäume durch das enge Tal unter ihnen, doch hier oben war nur Heide und im Winde wehendes Gras — und ein Lager, das kein Feind überrumpeln konnte.

Dem Anführer fehlte es nie an Reitern zu seiner Unterstützung. Sie achteten ihn, folgten ihm freudig, so grausam wie er war. Er verlor keinen Kampf, scheute nie vor einem zurück; ließ keinen seiner Männer im Stich, vergab niemals einem Feind. Er konnte auch da ein geschütztes Lager im Moor finden, wo sich selbst Hasen schutzlos fühlten, konnte seinen Gefolgsleuten noch im härtesten Land Nahrung und Belohnung geben. Ihm konnte niemand etwas vormachen.

Der Anführer starrte in den Himmel. Es war ein Sommer der gellenden Schreie und der blitzenden Todesklingen gewesen. Seine Bande war von einem Than angeworben worden, gegen einen benachbarten Than zu kämpfen: Zwei Täler in Feindschaft miteinander, und er hatte den bitteren Krieg für sie ausgefochten. Er hatte ihn so lange ausgedehnt, bis beide Täler erschöpft waren, dann eines von ihnen in Brand gesteckt und geplündert, den Kopf des Than — zufällig war es derjenige seines früheren Zahlmeisters gewesen — über der Asche seines gestürzten Turms auf einen Pfahl gesteckt. Nun war das andere Tal seiner Gnade ausgeliefert — und er kannte keine Gnade.

Seine Männer liebten ihn wegen seiner Unbarmherzigkeit, wegen seines vielfachen Verrats, wegen der Fremden, die er in ihrem dummen Vertrauen gemordet, wegen der schwachen Eide, die er gebrochen hatte. Ja, sie waren ein Teil seiner Härte. Er ritt allein, wie es einem Führer zukam. Und wenn sie, Steigbügel an Steigbügel, hinter seinem Wolfskopf ritten, dann rühmten sie seinen Heldenmut, bis selbst jene, die starben, wenn sie seinen Befehlen folgten, dies mit einem Scherz auf den Lippen taten.

Der Tag zeigte sich am Berghang. Vor dem heller werdenden Himmel hob sich der schwarze Wolfskopf auf seinem Pfahl deutlich ab. Wohin sollte es als nächstes gehen? Das Tal von heute war bereits tot. Seine Männer wußten dies. In wenigen Stunden würden sie um die Frauen würfeln. Der Anführer selbst war gelangweilt, war übersättigt von all dem Gemetzel. Da war etwas, was sich ihm entzog. Er lag wach und versuchte, es herauszufinden. Er kannte keine echte Religion, doch eine Menge abergläubischer Vorstellungen, und dieses unheimliche Gefühl beunruhigte ihn. Das Leben war ein Schwelgen in Rauch und Brand, und *er selbst* inmitten von Blut und zerstörten Häusern, *er selbst*, der sich seinen Weg durch die Schreienden und Geschändeten und die Kinder bahnte, die wie zerbrochene Puppen umherlagen, *er selbst*, der von Lagerfeuer zu Lagerfeuer ritt im Geruch von Pferden und Leder, von männlichem Schweiß und der glühenden Asche der letzten Nacht, die im dünnen Regen knisterte, und dann am Ende, immer noch, die unleugbare und unbestimmbare Freude, wenn er über einen Busch pißte und sagte: »Hier will ich heute nacht mein Lager aufschlagen. Hier will ich mich zur Ruhe legen.« Und dann neben seinem Pferd im Abendzwielicht einzuschlafen.

Es kam ihm der Gedanke, daß sein Leben ein einziger Ritt auf einer langen roten Straße war, die von einem Ort ausging, wo Kälte war und Zorn und Haß und Hunger in dem frostigen und unablässig wehenden Meereswind seiner eigenen Vergangenheit. Er hatte ein Lied darüber gemacht — ein Lied voll grimmiger Seelenangst. Seine Männer sangen es, wenn sie zum nächsten Überfall ritten. Es wurde ihm nachgesagt, er habe eine alte Großmutter geschont, die einen Säugling an sich preßte.

Ein Pferd schnaubte und warf den Kopf hoch. Die beiden Wachen rieben sich die Augen mit Morgentau. Bald würden sie aufsitzen und losreiten, auf ihren Pferden den Bergkamm ersteigen und sich wie Todesschwingen auf das hilflose Tal hinabsenken.

Der Anführer streckte sich und gähnte. Ja, genauso würde es sein. Und dann . . . In seinen verborgensten Gedanken war noch jenes andere Tal, wo bald die Ernte eingebracht würde. Seine Leute hatten sich gewundert, warum sie es nicht in Besitz nahmen, nachdem sie die Männer in den trefflichen Hinterhalt gelockt hatten. Doch der Anführer wußte es besser. Laß doch die Toren sich in ihrem Tal sicher fühlen! Laß sie doch denken, wir seien für immer verschwunden! Nach der Ernte würden die Wolfsreiter kommen und in diesem fruchtbaren Tal mit seinen vollen Kornkammern überwintern, alles dort würde ihnen gehören und im Frühjahr würden sie weiterreiten.

Und dann . . . ja und dann . . .

Das Lager war ruhig. Der Himmel wurde heller. Noch rührte sich nichts. Die Wachen waren außer Sichtweite. *Faol, faol,* so lauteten die Worte ihres Liedes, *laß mir die Klauen eines Wolfes wachsen und das Fell eines Wolfes, und laß mich die schreckliche Einsamkeit vergessen, ein Mensch zu sein.*

Die Furcht des frühen Morgens lag auf dem kühnen und mitleidlosen Anführer der Wolfsreiter.

Das Johannisfeuer

»Gott im Himmel bewahre uns!« zischte Wat, der Holzfäller, und griff nach seiner Axt. Einige Frauen stürzten in die Hütten zurück. Una und Sine tauchten wieder auf, jede mit einer Sichel in der Hand, kampfbereit. Die Sicheln zitterten wie Weizenähren im Wind. Jung-Fearchar holte einen kurzen Bogen hervor und legte, nach mehreren ungeschickten Versuchen, einen Pfeil auf seine Sehne. Der blinde Manus saß auf seiner Türschwelle und fragte jeden, was denn eigentlich los sei.

»Habt keine Angst, Leute!« rief Mungo und kam mit ausgestreckten Armen auf sie zugeschritten. »Dies ist kein Ungeheuer, sondern ein Baum-Mann, den zu machen mir ein guter Engel befohlen hat. Und wir haben ihn zusammen gemacht«, sagte er und wies dabei auf Finella. »Dies ist unser Krieger, und wenn die Räuberbande nur halb soviel Angst vor ihm hat wie ihr, dann brauchen wir uns nicht mehr vor ihnen zu fürchten.« Denn er sprach in der Tat zu einer Reihe von weißen Wänden.

Ach! Was war da für ein Lärm, welch ein Tumult, welch eine Verwirrung! Als der Krieger die Einpfählung erreichte und dort das verschlossene Tor so leicht aus der Erde hob, als würde er eine Blume pflücken, und das Dorf betrat, da nahm selbst Wat die Beine in die Hand. Unas und Sines Sicheln klirrten hinter ihren fliehenden Röcken auf den Boden, Fearchar rettete sich auf ein Dach und klammerte sich mit seinen Beinen an der Giebelwand fest. Und die Ochsen brüllten, die Hühner gackerten, die Hunde rannten bellend mit eingeklemmten Schwänzen davon, und ganz allgemein herrschte ein schreckliches Getöse. Der Krieger stand mittendrin, und welch ein fremder verständnisloser Ausdruck lag auf seinem Gesicht! Und da, hinter einem weit aufgerissenen Augenpaar, war auch Mairi, und Faidh, der kleine Fuchs, schmiegte sich an sie. »Ich h-habe keine Angst, Vater, ich habe w-wirklich keine A-angst«, sagte sie zu Mungo, doch ihre Augen waren auf das Erdgesicht des Kriegers geheftet.

Rob der Gauch, der gerade erwacht war, kam gähnend heraus und begrüßte den Riesen mit einem unbekümmerten *He, herrlicher Tag heute*, denn schließlich war er ein Gauch. Der blinde Manus, dem noch immer keiner gesagt hatte, was eigentlich vor sich ging, verschränkte beleidigt seine Arme und begann, die Melodie von »Schön Janet saß in ihrer hübschen Laube« zu pfeifen.

Sie stickt ihre seidenen Säume,

piepste Mairi. Dann schluckte sie laut und heftig.

Und wünscht sich nach Carterhaugh,
Zu den Blättern der grünen Bäume.

»Singen, das ist genau richtig, Mädchen!« sagte Finella kichernd.

Langsam öffneten sich die Türen, hier und da tauchten Köpfe auf. Eine Kinderschar sammelte sich um den Krieger und starrte mit offenem Mund zu ihm auf — so wie Feldmäuse eine Vogelscheuche anstieren dürften, die sich turmhoch über ihnen erhebt.

So brachte Mungo am letzten Tag des Grasmähens den Krieger ins Dorf.

Die Heuernte ließ jedoch nicht die Zeit, lange herumzustehen und zu gaffen. Und das Volk, dessen Welt schließlich nichts als sein eigenes vertrautes Dorf und das umliegende Flußtal war und jenseits davon das bloße Gerücht von nie gesehenen Ländern, nahm die Existenz des großen Kriegers als eine weitere Erscheinungsform der furchteinflößenden Wege des Einen Wahren Gottes hin. Sie achteten zwar sorgfältig darauf, sich in sicherer Entfernung von seinem langen Schatten zu halten, doch er war ihnen trotz allem nicht fremder als der *Uruisg* im Wald oder der *Engel* in der Kirche, an den sie alle aufrichtig glaubten. Und sie sahen auch nichts Merkwürdiges in dieser Erde, die ihnen das schreckliche Wunder des Lebens selbst schenkte und nun aus ihren eigenen verborgenen Tiefen einen Kämpfer für ihre Menschen hervorgebracht hatte.

Innerhalb einer Stunde hatten sie sich daher von ihrer Angst ziemlich erholt, und auf die feierliche Versicherung ihres alten Priesters hin, daß der Heilige Geist ihnen beistehe und daß Gottes Wille den Krieger mit Ketten von leuchtendem Gold an sie binden werde, die nichts Böses jemals zerbrechen könnte, da nickten sie. Sagten ja, aber es sei doch recht unheimlich gewesen, und noch nie hätten sie ein derart merkwürdiges und großes Geschöpf gesehen, nein, und wollten es auch nie wieder sehen; doch wenn der Vater meinte, daß dieser ungeschlachtene Riese nicht ihre Hütten verwüsten und eine schwere Unruhe unter dem Vieh hervorrufen würde, nun gut, so sagten sie, dann wären sie vermutlich ganz zufrieden damit, auf die Felder zu gehen, und Gottes Wille geschehe. Mungo lächelte etwas einfältig und segnete sie und beteuerte immer wieder, daß alles seine Ordnung habe. Doch erst, als er den Krieger in die Kirche befohlen hatte und von dem Riesen ein dröhnendes »Ja« gekommen war, das sie alle einen Satz rückwärts machen ließ, und als er sich dann fast um die Hälfte seiner unförmigen Gestalt bücken mußte, um über die Schwelle in die kühlen Schatten zu treten, erst dann beschlossen sie, wenn Der Allmächtige nichts dagegen hatte, jenes Geschöpf in *Seinem* Haus aufzunehmen, daß sie ruhig aufs Feld gehen und mit ihrer Arbeit weitermachen könnten. Und das taten sie denn, wenn sich auch inmitten von allem Geschnatter während der Arbeit so manch ein argwöhnischer Hals in der halben Erwartung zum Dorf umwandte, den Rindenmann dort in den Trümmern des Glockenturms umhertoben zu sehen.

Heuernte. Sie beendeten das Grasmähen rechtzeitig, und obwohl ein Sprichwort sagt, »Heuzeit bringt Herzeleid«, und dies zu Recht, zeigte sich ihnen der Mittsommer in diesem Jahr mit strahlendem Lächeln, und die Tage sangen wie Lerchen am Himmel. Nur Fergus lag auf den Tod verwundet in ihrer Mitte. Doch er war nur einer, und zudem noch ein Mann vom Turm, und so schenkte ihm das Dorf keine Beachtung.

Sie arbeiteten voller Eifer. Zwanzig Heugabeln hoben sich zwischen dem geschnittenen Gras, während Sine den widerspenstigen Ochsen festhielt und Rob kichernd auf dem Kärrnersitz hockte. Als dann der Wagen beladen war, gab Rob dem Tier einen Stoß, und sie setzten sich in Bewegung, rumpelten über die Wiese, der hohe duftende Grashaufen schwankte wie ein schwerfälliges Geschöpf auf seinen knarrenden hölzernen Beinen hin und her, während der Gauch, mit mehr Gespür, als man ihm jemals zugetraut hätte, die massiven Eichenräder sorgsam um die vielen Löcher und die Furchen von längst getrocknetem Schlamm lenkte. Sorcha und Nessa gingen voraus und entfernten jeden gefährlichen Stein vom Weg, und eine Kinderschar folgte hinterher und sammelte alles herunterfallende Heu auf, während Pedair und Ringean wie immer die leichteste Arbeit ergattert hatten und beide ganz oben auf dem Wagen lagen, um das Gras auf seiner Reise festzuhalten, und dort im strahlenden Sommerhimmel wurden sie zu König und Kriegsherr ihrer eigenen grünen Burg. Über den Anger steuerte der Gauch seine Ladung in dem klapprigen Karren, der sich schon seit Jahren in seine Einzelteile aufzulösen drohte, was jedoch niemals geschah, und dann gelangte die Prozession an das Tor, wo die übrige Dorfbevölkerung innerhalb der Einpfählung den Trockenzaun aufeinandersetzte.

In jedem Herbst wurde dieser Zaun abgebaut und zusammen mit den Heugabeln und anderen Erntegeräten in der Scheune eingelagert. Während nun einige im Feld mit dem Aufladen beschäftigt waren, schlugen andere im Abstand von etwa neun Fuß, gemessen vom Zeh bis zur Ferse, lange Pflöcke in den Boden. Als nächstes befestigten sie fünf Reihen Strick zwischen den Pflöcken, den untersten nicht weniger als ein Fuß vom Boden entfernt und die anderen jeweils im gleichen Abstand. Danach begannen die Frauen damit, den Zaun zu füllen. Sie nahmen soviel Gras, wie sie halten konnten, schüttelten es solange, bis alle Halme etwa in gleicher Richtung lagen, und legten es dann sorgfältig über den tiefsten Strick: nicht zu dick, denn sonst mangelte es an Luft, und auch nicht zu dünn, denn sonst könnten die getrockneten Halme fortgeweht werden. In der gleichen Weise verfuhren sie auch mit der zweiten, dritten und vierten Reihe. Wenn sie zum obersten Strick gelangten, der sich in Schulterhöhe befand, befestigten sie unmittelbar darüber einen weiteren Strick, um das Gras niederzuhalten, und banden die beiden Schnüre in regelmäßigen Abständen mit Binsen oder geflochtenen Halmen zusammen. Die letzte Grasschicht war immer die dickste und diente als schützendes Strohdach im Falle von Regen.

Doch als sich der Morgendunst einmal aufgeklärt hatte, blieb das Wetter trocken und eine sanfte Brise wehte das Tal hinab, die ausreichte, um die Mücken fernzuhalten, doch nicht das Gras zwischen den gespannten Stricken durcheinanderbrachte. Am ersten Tag füllten die Frauen die Hälfte des Zauns auf diese Art und Weise und am zweiten Tag die andere Hälfte. Am dritten Tag wurde die erste Grasfüllung für trocken genug befunden, um aufgeschobert zu werden, und während jene auf den Feldern den Karren des Gauch mit weiterem Grünzeug beluden, bauten die im Dorf den halben Zaun bereits wieder ab und schafften das Gras, das nun trocken und leicht war und zwei Drittel seines Umfangs eingebüßt hatte, auf mehrere Holzschlitten und zogen es zu der kleineren Scheune, wo es auf Heureitern ausgebreitet wurde, bis es völlig trocken war. Dann wurde es endgültig aufgeschobert, obwohl immer noch jemand mit einer langen Heugabel nachprüfte, daß es sich nicht erhitzte und Feuer fing. Diese Arbeit, ebenso wie das Heumachen, dauerte an, bis der Winter kam: Immer weiter, den Juli und August, September und Oktober hindurch arbeitete jeder, der nicht für die kommende Ernte gebraucht wurde, auf den Wiesen, und Karren um Karren fuhr zu den Zäunen hinab. Doch Juni-Heu ist das beste.

Am Nachmittag vor der Sommersonnwende, die der Tag von Johannes dem Täufer ist, nahmen die Dorfleute Abschied vom Gras, um das Johannisfeuer aufzuschichten, und sie sangen dabei, und der Karren des Gauch schleppte unermüdlich Holz zu der Feuerstelle; und der sterbende Fergus in der Kirche hörte sie und begriff nicht, was ihre Heiterkeit bedeutete.

Doch in Wirklichkeit hörte er sie dann nicht mehr, weil er träumte. Und er träumte, daß er in dem Raum sei, in dem er sich tatsächlich befand, aber er fühlte sich wohl und wunderte sich, warum er hier und nicht im Rabenturm war, mit seinem Geruch nach Phantasiefrauen, nach Soldaten und Pferden, wo er sich zu Hause fühlte. Und selbst als er eine Weile in Mungos Armbeuge lag, dessen alte Stimme verschiedene fromme Worte über ihm murmelte, und als Mairis sommersprossige Hände behutsam sein Gesicht wuschen, wunderte er sich noch immer, warum er denn nicht die Rufe der Reiter und das Schnauben der väterlichen Pferde hörte, wenn der Shirra auf die Jagd ritt. Und daher wußte er auch nicht, wer Mungo und Mairi waren.

Dann kam der Nachmittag — und draußen war es herrlich, die Sonne schien, die ganze Welt lag in friedlichem Sommerglanz, die Frauen sangen — und Fergus wandte sich um auf seinem Lager und keiner war bei ihm, sein Raum ein Würfel von Leere und Schweigen. Da öffnete sich die Tür und sein Vater kam herein, ein großer, stolzer, bärtiger Mann, und seine Mutter, die so gütig und schön war und die er sehr geliebt hatte, und dann seine Brüder, hochgewachsen wie Bäume, Schwarz-Somerled und Blond-Donwald. Und Fergus erhob sich und ging hinaus, wo ihre Pferde schon auf sie warteten, und sie stiegen auf und ritten zusammen fort, wie sie es früher getan hatten, und die blaue Brise führte sie durch das Meer von Korn, dessen Halme sich wie Tänzerinnen neigten und wogten; und sein Vater rief laut heraus, daß sie zu ihrer Heimat am Ort der wilden Winde ritten, die Seen austrocknen und die Schöße der Wälder sich öffnen lassen, und Fergus, der Kriegerjunge, lachte und gab seinem fröhlich wiehernden Hengst die Sporen. Unter den braungebrannten Füßen der ahnungslosen Mäherinnen und den sich drehenden Karrenrädern des Gauch hob sich das Tal, als sein Frühlingsblut hindurchzog, und dies war das Ende all seiner kühnen Hoffnungen und Träume, seiner Liebe und Angst, denn sie ritten auf ihren schönen weißen Pferden hinab zu der schweigenden See, und die Wasser des Vergessens schlossen sich über ihnen und alles war zu Ende.

So lag Fergus schließlich still und wurde zu einem Stück Tod, und sein Name kehrte seufzend in die kalte Erde zurück. Doch die Frauen, die bei ihrer Arbeit sangen, erfuhren erst davon, als Mairi mit der Essensschale hereintrat.

Am Nachmittag des gleichen Tages bauten sie das Sonnwendfeuer auf einer Hügelkuppe des ungepflügten Brachlandes, das zum Wald hin anstieg. Sie errichteten es auf flachen Steinen, die seit unvordenklicher Zeit dort gelegen hatten, schichteten kreuzweise Holz darüber auf, bedeckten dann alles mit Torfsoden und Heide, bis ein hoher bienenkorbähnlicher Haufen entstanden war, gut zweimal so hoch wie der junge Fearchar, der nun der Größte im Dorf war. Als dann die Zeit des Abendläutens lange vorbei war und die kürzeste Nacht des Jahres, ein bloßes nördliches Zwielicht zwischen zwei sonnenhellen Tagen, endlich näherrückte, versammelten sich alle auf dem Hügel: Una und ihre beiden Töchter; die schöne Seonaid und die tränenreiche Nessa; Sine mit all ihren Kindern; Malai und Ealasaid, Königinnen der Sense. Und alle anderen Frauen und die überlebenden Männer: der braune ungeschliffene Wat; der bartlose Fearchar; der blinde Manus und der grauhaarige Tomas, der ihn stützte; und Rob der Gauch, der ausnahmsweise einmal still war. Auch Mungo und Finella standen da, der Christ und die Heidin in gemeinsamer Verehrung. Mairi hatte sich Seonaids grünes Band ins Haar geflochten und war mit den anderen Kindern zusammen — und wer hätte erraten können, daß sie am gleichen Nachmittag Tränen um Fergus vergossen hatte? denn sie alle zwitscherten wie eine Spatzenschar.

Die Erwachsenen aber blieben zumeist schweigsam. Sie erinnerten sich an das letzte Mal, als sie hier das Sonnwendfeuer entzündet hatten, und an ihre tapferen Männer, sie alle, die nun tot waren. Und Wat, seine schwieligen Fäuste auf den Hüften, blickte lange auf den dunklen Haufen, den sie aufgeschichtet hatten, und Fearchar versuchte sein Bestes, ihn nachzuahmen.

Als dann die Sonne sich anschickte, hinter den Bergen im Westen zu versinken, gab Mungo ihnen den Segen. Er hatte seinen Korb mit der Pflanze gefüllt, die Johanniskraut heißt, weil sie in dieser Jahreszeit in voller Blüte steht, und als Finella und er die kleinen gelben Blumen an das Volk weiterreichten, sprachen sie feierlich:

Johanniskraut, Johanniskraut,
Den beneide ich, der dich besitzt.
Ich will dich mit der rechten Hand pflücken
Und dich mit der linken Hand halten.
Wer immer dich auf der Weide findet,
Wird niemals ohne Vieh sein.

Denn die Pflanze galt als magisch. Die Leute würden sie mit nach Hause nehmen und zusammen mit Birkenreisern über ihre Türen hängen, nahe den Rauchlöchern ihrer Dächer, an die Scheuern und die Mühle und rund um die Einpfählung, als Zaubermittel gegen Sturm und böse Geister.

Als dann der letzte Schimmer der Sonne vor ihnen verblaßte, schickte Mungo Mairi zur Kirche hinab mit den Worten: »Und fürchte dich nicht vor dem armen toten Mann, der dort liegt, und auch nicht vor Dem Anderen.« Und Mairi rannte los, in einer Hand ein langstieliges Heidebüschel und in der anderen die kleine gelbe Glücksblume, damit sie unterwegs nicht von Geistern angesprungen wurde, und sie betrat die Kirche und hüpfte zum Altar, blickte einen Augenblick lang auf Fergus und einen Augenblick länger auf *Den Anderen*, entzündete dann das Büschel am Altarlicht, lief wieder hinaus, sprang über den Bach und kletterte den Hang hoch zurück zu der wartenden Menge. Mungo nahm die Fackel und stieß sie tief unten in den Holzstoß hinein.

Sobald das Feuer aufloderte, begannen die Frauen, Blumen durch die Flammen zu werfen: nicht die Blüten des Johanniskrautes, die sie zum Schutz gegen das Böse aufbewahrten, sondern die weißen Blumen der Schafgarbe und die gelben des Steinkrautes, Farn und Holunder. Dies taten sie im Gedenken an ihre toten Männer und Liebsten, und sie sagten dabei: »Das ist für dich, Calum. Das ist für dich, Torcall. Für dich, Ranald . . . für dich, Frang . . .« Dann nahmen sie ein hölzernes Rad, das mit Stroh umflochten war, steckten es in Brand und rollten es den Hang hinab in den Bach. Dort schlug es krachend auf die Felsen und blieb zischend liegen, während sich seine Flammen in dem dunklen und unsichtbaren Schrei des Wassers verloren. Sie folgten diesem Brauch, weil auch das Feuer der Sonne in den länger werdenden Nächten abnahm und weil sie hofften, daß ihr Unglück mit dem Rad davonrollen würde.

Währenddessen hatte Wat die Gruppe verlassen und war an den Waldrand gegangen. Er kletterte auf einen Baum und starrte angestrengt über das Land. Das Tal entlang konnte er andere Feuer in der Dunkelheit brennen sehen. Dörfer, die ihnen nicht helfen würden. Freunde, die ihren Namen vergessen hatten. Er verfluchte sie alle und kehrte zu den anderen zurück.

Dann nahmen sie brennende Fackeln und gingen mit ihnen hinab zu den Kornfeldern. Diese waren wie ein goldenes Meer, schön sahen sie aus im Feuerschein, als das Volk mit dem Sonnenlauf einen Rundgang um alle Felder machte, fünfzig flimmernde Lichtpunkte.

Sines Kinder sangen und tanzten. Die Jüngeren konnten nicht verstehen, warum die Erwachsenen so schwermütig waren.

»Laß sie doch«, sagte Una zu Sine. »Ich glaube nicht, daß wir noch am Leben sind, um in diesem Jahr das Erntefest zu feiern.«

Sie trugen ihre Fackeln um jedes Feld und rund um die Einpfählung, wobei sie die Sonne nachahmten. Dies war ein Segen für das Korn, damit der Regen abgehalten wurde, und es war auch ein Segen für das Vieh, damit es wuchs und gedieh.

Irgendwann im Laufe jener Nacht vermißte Una ihre Tochter Sorcha. Auch Wat fehlte.

»Laß sie doch«, sagte Siubhan, die Ältere. »Wer weiß, was mit uns allen geschehen wird.« Und sie wiegte den kleinen Eoin in ihren Armen und flüsterte ihm zärtliche Kosenamen zu. Una schaute ihre Tochter an und weinte unsichtbare Tränen in der Dunkelheit.

Als das Feuer schließlich verglomm, war es Brauch, daß die unverheirateten jungen Männer hindurchsprangen. Fearchar zögerte und sprang dann. Er war der einzige. Dann zog jedes der unverheirateten Mädchen ein Torfstück aus dem Feuer und nahm es mit nach Hause. Am Morgen des Johannistages würden sie die Torfsoden auseinanderbrechen, und die Farbe der Fasern, die noch die beiden Teile zusammenhielten, würde ihnen dann die Haarfarbe ihres künftigen Geliebten zeigen. Was hätten ihre Mütter sagen können? Sie sagten gar nichts.

Am Morgen nahm Mungo das übriggebliebene Johanniskraut in den Raum hinter der Weißdornwand mit, wo er seine Arzneien zubereitete, und zerstieß die Samen zu Pulver. Dieses, mit etwas Brühe getrunken, ist ein vorzügliches Gallenmittel oder ergibt, mit Butter vermischt und äußerlich angewendet, eine ausgezeichnete Salbe gegen Blasen an den Händen.

»Und das ist wirklich eine vernünftigere und christlichere Verwendung als dieser ganze magische Unsinn«, sagte Mungo.

Erntezeit

Die Sommersonnwende ging vorbei, und langsam wurden die Tage kürzer. Das Farnkraut auf dem Hügel stand hüfthoch und höher. Blaue Kreuzblumen und weiße Bärlauchblüten gaben der warmen Brise einen würzigen Duft. Gelbe Bibernellen, Schwertlinien und der hohe Fingerhut bedeckten die schattigen Nischen des Tals, und goldenes Geißblatt wucherte über die Felsen zum Bachufer. Von dem Loch im Schoß des fernen purpurfarbenen Berges klang das Echo des Wassers auf den Steinen durch das rauschende Korn.

Lammas, der erste Tag im August, verstrich ereignislos. Die Frauen hielten die Kinder näher bei ihren Röcken. Fearchar, Tomas und der Gauch arbeiteten lange und hart an der Einpfählung, errichteten neue Pflöcke und besserten die alten aus. Der blinde Manus begleitete die Arbeit auf den Feldern mit seinem Flötenspiel. Wat durchstreifte den Wald Tag und Nacht und nahm immer einen Jungen mit, der auf dem Sprung war, loszulaufen und das Dorf zu warnen. Bis jetzt hatte sich noch kein Feind im Tal gezeigt. Die Haselnüsse wurden langsam braun. Umherstrolchende Kinder suchten die ersten Brombeeren, bis sie von den ängstlichen Stimmen ihrer Mütter zurückgerufen wurden. Kein Feind tauchte auf. Doch schon spann die Sonne frühe Herbstfäden und die Erntezeit stand dicht bevor.

Herbst: Die ersten, nach Süden fliegenden Vögel zogen ihre Furchen durch das blaue Himmelsfeld. Mairis Ringeltaube flatterte mit ihrem einen gesunden Flügel.

Herbst: Die Frauen schoren die Schafe und verrichteten auch damit wieder traditionelle Männerarbeit. Die dicke Malai setzte sich auf das Hinterteil der Tiere, während Sine die Vorderbeine festhielt und Nessa mit der Schere feinfühlig die Wolle wegschnippelte. Sie erneuerten den Lehm der Bienenkästen und befestigten sie als zusätzliche Verteidigung an der Einpfählung.

Herbst: Die gewandtesten Frauen kletterten auf die Häuser, um die Strohdächer auszubessern, und Mungo mußte mehr als ein Gliedmaß schienen, wenn eine unerfahrene Strohdeckerin unter grobem Gelächter vom Dach stürzte. Die schöne Seonaid, die eine Soldatenfrau war, hatte so viele Brandwunden und Quetschungen wie noch nie in ihrem Leben, so daß sie schließlich von der Feldarbeit heimgeschickt wurde an den Webstuhl, mit dem sie wenigstens umgehen konnte. Dort saß sie glücklich, und fest und warm und schön war das Tuch, das sie mit ihren feinen Fingern webte.

Herbst: Mairi hantierte in dem Färberbottich herum. Sie nahm das gute Kraut des Heiligen Johannes wegen seines weichen Ockers, Eibenholzspäne für das warme Gold, verwendete auch Brombeere und Holunderbeere, Farnkraut und Baumrinde, bis sie selbst aus mehr Farben als der Regenbogen bestand und das gewebte Tuch ein herrlicher Faden aus all den bunten Karomustern des Gälentums war, und auch Mungo bekam in diesem Herbst eine prächtige Purpurstola.

Die Eiche läßt ihre *Lammas*-Schößlinge ausschlagen, die Büsche knistern vom Aufbrechen der Ginsterschoten, die ersten Sterne des Pegasus, des geflügelten Pferdes, funkeln am östlichen Horizont.

Dann ist wirklich Herbst und die Erntezeit gekommen.

Zwischen *Lammas* und Michaelis, dem ersten Augusttag und der letzten Septemberwoche, war das Korn reif. Und das Volk griff wieder zu den Sicheln, stellte die Sensenblätter für das Korn ein und zog zum Feld des Shirra unterhalb des Turms, wo die Gerste wartete.

Mairi sang:

Mein Schatz, der ist ein feiner Bursche,
Ein netter, hübscher, lieber Bursche
Und ganz der Richtige für mich . . .

Und wenn wir durch die Wiesen streifen,
Ist er so heiter und sagt oft,
Daß er keine liebt wie mich . . .

Und der Himmel war ein einziges Strahlen. Nur die ganz Alten konnten sich an ein derart schönes Erntewetter erinnern. Es war so warm, daß viele Frauen ihre Röcke bis zu den Hüften schürzten und ihre Blusen bis zur Taille herunterließen. Mungo betrachtete sie gelassen, denn mit all diesem Unfug hatte er schon seit Jahrzehnten nichts mehr im Sinn. Doch er bemerkte, daß Sorchas Brust voll roter Bißstellen war und daß sie wie eine Motte zu Wat flatterte, sobald der Wald diesen freigab, und daß er sie stolz und verlegen zugleich anlächelte.

Jung-Fearchar war aufgeregt wie ein junges Fohlen. Er war bis zu den Lenden nackt, seine Zähne blitzten, und er machte sich mit leuchtenden Augen ans Sensen. Mungo bemerkte, daß der Junge immer versuchte, in der Reihe einen Platz neben Nessa zu finden und daß einige von den anderen Frauen dies gar nicht mochten.

Und er umarmt mich und drückt mich,
Und herzt mich und küßt mich,
Und läßt mich nicht mehr los . . .

sang Mairi, die von alledem noch keine Ahnung hatte, und Mungo, der

Priester, ließ jeden sehen, daß er genau aufpaßte. Er stand auf dem Karren wie Moses auf dem Berg Sinai, hatte die Hände in die Seiten gestemmt und warf finstere Blicke umher.

So verging die Ernte fröhlich. Kein einziger Tropfen Regen fiel, und obwohl ihre Vorahnung ihnen sagen mußte, daß nun die Wolfsreiter gewiß bald kommen würden, verschworen sich alle Dinge, ihnen ihre Unruhe zu nehmen — die Sonne, die Kornfelder, der blaue Himmel und die sanft dahinziehenden Wolken gaben ein so friedliches Bild, daß die Frauen bald die folgenden Sätze miteinander wechselten:

»Vielleicht werden die Reiter überhaupt nicht mehr kommen.«

»Sie haben uns vergessen.«

»Gott würde es nicht zulassen.«

»Der Johanniszauber tut seine Wirkung.«

Und all ihre Sorgen schienen tatsächlich von ihnen fortgerollt zu sein.

Doch am besten von allem war, daß sie nun das wohlgehütete Feld des Shirra zu ihrem eigenen Nutzen bearbeiten konnten. Keine einzige Garbe der langhalmigen und reichen Ernte würde in den Turm wandern, um müßige Soldaten oder ihre Gäule in den langen Wintermonaten zu füttern, wenn Kinder leere Bäuche haben. Nein, keine einzige. Eine Frauenstimme erhob sich plötzlich zu einem Lachen. Es war ansteckend und breitete sich rasch aus: Jeder verstand es ohne irgendeine Erklärung. Bald lachte das ganze Tal. Die Feldmäuse stoben auseinander, Spatzen und Finken ergriffen die Flucht. *Das Feld gehört uns!* rief dieses Lachen. Glücklich und noch kraftvoller schwang das Volk seine Sensen.

Diesmal waren nur vierundzwanzig Sensen in Gebrauch. So herrlich das Wetter auch war, das Dorf hatte in der Vergangenheit bereits zu viele verdorbene Ernten erlebt, um frischgemähtes Korn unbewacht liegenzulassen. Denn so tief ihr Glaube an Wunder und Zauberei auch sein mochte, schon das kleine Kind, das am Feldrand entlangkrabbelte, kannte die Grunderfahrung des bäuerlichen Lebens: Eine vernichtete Ernte bedeutet drohenden Hunger. Dann würden auch keine Wunder mehr helfen — wie sie es noch nie getan hatten. Hunger, das wußten sie, war der einzige Fluch, den selbst Gott nicht von ihnen nehmen konnte.

Während also die Hälfte der Erntearbeiterinnen ihre Sensen schwang, folgte ihnen die andere Hälfte entlang der abgemähten Reihe und band die Garben zusammen. Da es sich um das Feld des Shirra handelte, waren die Steine, welche die Sensen beim Heumachen hatten stumpf werden lassen, zum Glück über lange Jahre hin aufgelesen worden, doch immer noch wuchsen viele Disteln und Nesseln darauf. Deshalb war die Arbeit des Garbenbindens auch nicht beliebt. Die Frauen in der zweiten Reihe bückten sich zum Korn und sammelten es sorgfältig auf. Und immer wieder, während sie die Garben zusammenbanden, griffen ihre ungeschützten, rissigen Hände in versteckte Nesseln und ließen eisenharte Disteln mit Blutspuren zurück.

Am ersten Morgen mähten sie in einer Breite von vierundzwanzig Sensen quer über das ganze Feld, und dann vertauschten die beiden Reihen ihre Plätze. Am Mittag waren die Finger der Frauen trocken und hart wie alte Stöcke. Sie aßen und danach gingen die meisten zum Bach, tauchten ihre fast nackten Körper ins Wasser und spritzten sich gegenseitig naß. Dann begannen sie wieder zu arbeiten.

Neulich traf ich meinen Schatz,
Als er hüpfend durch ein Heufeld kam . . .

sang Mairi.

Und zurück über das unter der Sonne brennende Feld bahnten sich die beiden Reihen ihren Weg, während Mungo und Finella und ein halbes Dutzend der nicht so geschickten Frauen mit der leichteren Arbeit begannen, jeweils vier Garben zu Kornpuppen zusammenzustellen. Sie brauchten alles in allem eine Woche dafür, um jenes Gerstenfeld, das beste im ganzen Flußtal, abzusensen, zu Garben zu binden und in Kornpuppen aufzustellen, und es gab keinen Tag, nicht eine einzige Stunde, wo die Frauen nicht zu sich selbst sagten: »Alles das gehört uns!« Und ebenso gab es auch keinen Abend, wenn sie sich umdrehten und auf die Kornpuppen blickten, die dort hinter ihnen im Mondschein standen, wo sie nicht das plötzliche Gefühl eines neuen und fremden Stolzes in sich aufsteigen spürten, daß dies ihr Werk, ihre Schöpfung war. Und in diesem Augenblick hätte niemand es ihnen mit Schwert oder mit Gesetz streitig machen können.

Worte wurden im Dorf geflüstert. Nein, keine Worte. Nur ein einziges Wort: das Wort *Kampf.*

»Diese dreckigen Wolfsreiter werden bestimmt den Turm einnehmen. Wir müssen ihn niederreißen.«

»Ach, dann werden sie einen neuen bauen. Wir sollten ihn selbst besetzen und von dort aus kämpfen.«

»Von den Zinnen aus kochendes Wasser auf sie schütten. . .«

»Der Vater sagt, daß es nicht unsere Aufgabe ist, zu kämpfen.«

»Der Vater sagt . . .«

»Der Vater ist ein Mann. Was weiß er schon?«

»Aber kämpfen ist doch Männersache.«

»Ach . . .«

»Es ist auch nicht unsere Aufgabe, zu verhungern.«

Horchen. Kampf. Horchen. Nacht. Am Tag kann keiner lauschen, da gibt es immer zuviel Arbeit. Doch in der Nacht — ja, nachts wogt das Dorf, die Schlucht, das ganze Flußtal vor seltsamen Visionen, vor apokalyptischen Träumen, die auf steinigen Pfaden unter dem roten Erntemond dahineilen. Irgendwo sammeln sich die Reiter. Irgendwann werden sie auf ihren feurigen Rossen donnernd aus der Dunkelheit hervorbrechen, die schreienden Engel der Nacht, die Alpträume, die uns wie Wölfe anspringen.

Kämpfen. Horchen. Kämpfen. Das ist die Nahrung für unsere Bäuche, die wir heute geerntet haben, sagt Finella, und ich würde eher eine Fackel an jede Garbe halten und Feuer von einem zum anderen Ende des Feldes legen, als die verdammten Mörder auch nur ein einziges Korn von dem nehmen zu lassen, was rechtmäßig uns gehört, so wahr ich hier stehe. Und Malai, Seonaid und Una nicken, und Sine sagt: »Als ich das Feld an jenem Tag gesehen habe, da wußte ich, daß ich dafür zu kämpfen bereit bin.«

Ja — Kampf. Die äußerste Wut der Unterdrückten, die lange schlummert, eine rohe Naturkraft, irgendwo und doch überall, in den Wäldern, auf dem Land, das ihr sein Brot gibt, mit der feuchten schwarzen Erde, die an den Getreidehalmen und Wurzeln hängt, die verborgene Botschaft: Dieses Land gehört uns! Wer wagt, es uns fortzunehmen? Aus den Wäldern, vom Land und aus der Erde hatten sie diese Wut gesogen. Wir müssen für das kämpfen, was uns gehört, flüsterte Siubhan dem kleinen Eoin zu. Wir müssen dafür kämpfen, schrien Pedair und Ringean oben auf dem Heuwagen. Kämpfen, murmelte Fearchar, als er Nessas Hals küßte. Kämpfen, sagte das entspannte Schweigen, das sich zwischen Wat und Sorcha in der ruhigen Dunkelheit des Turms ausbreitete, der nun ein Ort der Liebe geworden war und ein Unterschlupf für Käuzchen.

Mairi, obwohl sie müde vom Feld war, lugte verstohlen in die Kirche hinein, wo der riesige Krieger regungslos saß, und drückte sich die Nase platt. Da war ihr Krieger, einem Menschen ähnlich und doch für sie alle kein Mensch. Neugierig betrachtete sie ihn, bis sie eilends wegstürzte und sich versteckte, denn sie hatte die Schritte des Vaters gehört, der gerade die dämmerige Kirche betrat. Und dort, unter den Altar geduckt, erfuhr sie von seinen sorgenvollen Gedanken.

»Sie wollen kämpfen«, sagte Mungos Stimme, die so verdorrt wie braune Blätter war. »Es wird Tote geben.« Steif, mit krachenden Gelenken, hockte er sich neben seinen Riesen. »Hör zu«, sagte er, »ich möchte kein Morden, kein Abschlachten, kein Gemetzel — verstehst du mich? Deine große Kraft soll nur dafür da sein, um die schlechten und in die Irre geführten Männer einzuschüchtern, wenn sie kommen, und sie zu vertreiben. Doch ich will nicht, daß sie getötet werden, nein, nicht einmal der Allerschlimmste von ihnen, wie finster seine Sünden auch sein mögen. Ich will es nicht! Verstehst du mich, Krieger?«

Und mit einer Stimme, die aus Grabestiefen kam und die Mairi erzittern ließ, so daß sie fast den Altar umgestürzt hätte, antwortete der Krieger: »Ja.«

Wie eine kleine Maus schlüpfte Mairi aus der Hintertür. O der milde Himmel, die Kornpuppen im Mondschein . . .

Andere Nachtgeräusche drangen aus der Schmiede. Una verprügelte ihre Tochter Sorcha und beschimpfte sie grob, weil sie unverheiratet mit einem Mann geschlafen habe; und Sorchas Schreien und Siubhans nachsichtiger Einspruch. Und Mairi fühlte sich schon Frau genug, um zu lächeln und sich selbst zuzunicken.

Das schöne Wetter hielt die ganze Zeit über an, während sie in der Gerste arbeiteten, und es blieb auch noch so, als sie zu Roggen und Hafer übergingen, und dann war die Ernte vorbei. Von der Höhe des ungepflügten Landes aus, wo ein letztes und besonders gutes Gerstenfeld lag, rief Nessa: »Es ist geschafft!« und alle jubelten. Dann schloß Mungo die Augen und hob die Arme über seinen Kopf. Das Volk kniete mitten in den Stoppeln nieder und wiederholte die Worte, die Mungo sprach:

Dhe beannaich fein mo bhuain,
Gott, segne meine Ernte,
Gach imir, cluan, agus raon,
Jeden Hügel, jede Ebene, jedes Feld,
Gach corran cama, cuimir, cruaidh,
Jede gebogene Sichel, wohlgeformt und hart,
Gach dias is dual a theid's an raoid.
Jede Ähre und jede Handvoll Korn in der Garbe.
Air sgath Mhicheil mhil nam feachd,
Zum Wohle von Michael, dem Haupt der Heerscharen,
Mhoire chneas-ghil leac nam buadh,
Von Maria, dem zarthäutigen Arm der Gnade,
Bhride mhin-ghil ciabh nan cleachd,
Von Bride, der Weißen mit dem Lockenhaar,
Chaluim-Chille nam feart 's nan tuam.
Von Columba, dem der Gräber und Grabsteine.

»Chaluim-Chille nam feart 's nan tuam«, murmelte das kniende Volk. Dann standen sie auf, und Fearchar hielt Nessa den letzten Armvoll Korn hin, das sie errötend mit ihrer Sichel abmähte. Das junge Bauernmädchen tat dies ganz ernsthaft mit der Anmut einer Königin. Das Volk warf seine Sicheln und Garbenseile in die Luft und jubelte.

Der letzte rotglühende Abend der Ernte senkte sich über sie. Ihr gesamtes Tal stand in Kornpuppen da, alle Felder waren mit Zelten aus vierfachen Garben bedeckt. Sie errichteten die *Caileag*-Garbe, die letzte der Ernte, die Nessa abgemäht hatte. Diese hatte die Gestalt einer Frau. Ihr Körper bestand aus Getreidehalmen, die etwa einen halben Meter lang waren und nach einem bestimmten Muster angeordnet wurden. Sie gaben ihr ein Kleid aus Stoff und Bändern und steckten ihr einen Vogelbeerzweig an, um die Hexen fernzuhalten. Dann wurde sie mit Wasser besprenkelt und hinab zur Kirche getragen, wo sie für den Ochsen aufbewahrt wurde, der beim Pflügen die erste Furche zog.

In den restlichen Stunden des Tageslichtes wurde nicht mehr gearbeitet. Die Leute waren glücklich. Sie tranken, sie waren trunken von dem wochenlangen makellosen Wetter, so wunderbar, wie es war. Sie tranken noch etwas mehr. Und kein Räuber war in Sicht. Nun denn! Sie mischten das Bier, das sie selbst gebraut hatten, mit dem Getreideschnaps, den sie selbst gebrannt hatten, und beides mit ihren Köpfen. Korn muß bis zu zehn Tagen in Garbenhaufen aufgestellt bleiben, um auszureifen, bevor es eingebracht werden kann. Bisher waren sie alle, solange das Wetter ihnen freundlich gesonnen war, mit der Ernte beschäftigt gewesen. Morgen, so sagten sie, würden sie ernstlich mit dem Einbringen beginnen, und übermorgen und — ja — auch überübermorgen, aber heute, so sagten sie, nach einer so großartigen Ernte, würden sie ihr Bett verdienen. Und so strömten sie ins Dorf zurück und viele stolperten, Finella wäre fast ins Wasser gefallen, Rob der Gauch fiel tatsächlich in den Bach und Mungo watete durch seine tiefste Stelle, sein Gesicht war leuchtendrot und er trug seine Soutane hochgeschürzt. An der Tür zu seinem Raum, die ihm Schwierigkeiten bereitete, stand Mairi laut seufzend mit verschränkten Armen und runzelte mißbilligend die Stirn. Und als die Schatten länger wurden, konnte man mehrere Stimmen in unterschiedlichen Tonlagen durch das ganze Dorf singen hören:

Und er umarmt mich und drückt mich,
Und herzt mich und küßt mich,
Und läßt mich nicht mehr los . . .

Dann mündeten die Stimmen in schrilles Gelächter. Es wurde Abend, es war Nacht. Als der erste Regentropfen fiel, war im Dorf niemand mehr wach, der ihn hätte hören können.

Das Unwetter und was daraus folgte

Es war ein Hinweis darauf, wie sehr das Volk beschäftigt war, daß es die deutlichen Anzeichen nicht wahrgenommen hatte. Den ganzen Tag über hatte sich die Tierwelt in einer seltsamen Erregung befunden, so als würde sie spüren, daß etwas in der Luft lag. Am Morgen, als sich die ersten Türen öffneten, saßen zwei Saatkrähen pickend auf der Dorfstraße — und das war schon sonderbar genug, denn was konnte ausgerechnet *sie* aus dem Wald getrieben haben? Dann die Hühner, die, als sie herausgescheucht wurden, aneinandergedrängt sitzen blieben, während das Vieh auf der angrenzenden Weide lustlos an dem sich gelb färbenden Gras zupfte, in einer plötzlichen Unruhe einige Meter weitertrottete und dann wieder zu fressen begann. Die Luft hing schwer über dem Tal, sie war trächtig von Sturm. Eine Schleiereule flog schreiend über sie hinweg, doch obwohl das Volk zu ihr aufblickte, war es von den Gedanken an die Ernte derart erfüllt, daß es taub für ihre Warnrufe war. Auch der Ruf der Schwarzdrosseln und Spechte klang ungewöhnlich schrill an jenem Tag, aber Wat, der wie immer zwischen den Bäumen umherpirschte, die Augen für menschliche Feinde geschärft, die Ohren für den Klang von galoppierenden Hufen gespitzt, hatte diese Zeichen nicht beachtet und sie am Abend in seinem hungrigen Bauch unter Bier und Branntwein ertränkt. Und obwohl die Spinnen, die zwischen den harten Kornhalmen und dem Farn am Feldrand wohnten, ihre Netze sehr kurz oder überhaupt nicht webten, waren die Menschen blind für die Bedrängnis der Tiere und schwangen fröhlich ihre Sensen, sangen ausgelassen, dachten Ernte, Ernte, nichts als Ernte.

So kam die Nacht und das Dorf schlief. Mairi und Mungo schnarchten um die Wette, sie wie eine schnurrende Katze, er wie ein grunzendes Wildschwein am Wasserloch, denn immerhin lagen siebzig Jahre zwischen ihnen. Und Nessa schlief und Fearchar, Sorcha und Wat, sie alle zu müde für die Arme des anderen. Alle Frauen und Kinder schliefen, die beiden alten Männer ebenso wie der Gauch. Alles war ruhig und friedlich.

Doch um sie herum, im Wald, herrschte Unruhe. Der rote Septembermond hängt immer tief am Horizont, doch in jener Nacht lag er fast auf den dunklen Baumwipfeln. Der grimmig dreinblickende Otter schnüffelte in der Luft und tauchte dann in die Tiefen des Strudel bildenden Tümpels. Das Eichhörnchen suchte sich die verborgensten Schlupfwinkel in der Eiche. Die Nachtjäger kauerten sich in Höhle, Bau und Nest, ihre Beute kroch noch tiefer in ihre Löcher hinein. Auf dem fernen hohen Berg schrie der Adler in den Regen hinein, der auf das Riff und seine blanken Felsen traf, und das erste schwache Donnergrollen antwortete seinem Ruf.

Neben Mairis Lager schreckte Faidh, der junge Fuchs, hoch und stellte seine Ohren auf. Die Ringeltaube schwankte auf ihrer Stange unglücklich hin und her. Dann war es soweit. Der erste dumpfe Schlag in einiger Entfernung, auf dem Berg, der einen Steinhagel in eine Schlucht hinunterstürzen ließ; der zweite, ein Dröhnen über den Bäumen, das die Wipfel beugte und ein Vogelgeflatter aus ihnen hervorschüttelte; und der dritte war bereits direkt über dem Fluß. Das Unwetter begann irgendwo im Westen und rollte das Tal hinab, schien dessen Verlauf zu folgen, so als würde dieses sein Tosen wie ein Strom lenken, als es weiter zur fernen See zog. Es krachte auf die Zinnen am Sitz des Than, und der diensttuende Wachposten, ein notorischer Sünder, warf sich zu Boden und flehte zu Gott, ihn zu verschonen. Es erschütterte die Dächer des nächsten Dorfes, das etwa ein Dutzend Meilen weiter entfernt lag, und ließ alle Töpfe und Pfannen klirren, die von den Balken herabhingen.

Dann rollte es das Bachtal hinauf. In früheren Zeiten hätte das Volk gesagt, daß die Sturm-Riesen am Himmel mit Kugeln spielten. Es ging über ihre Köpfe hinweg und krachte etwa eine Meile weiter erneut. Und der Blitz hing hinter den Bergen, dessen Felszacken plötzlich in seinem silbernen Strahl hervorsprangen. Auf den Zinnen des Than tötete er einen Mann, der kein Sünder war, und im nächsten Dorf, etwa ein Dutzend Meilen entfernt, entzündete er ein Dach. Und dann kam der Wind und blies überall die Garben und Kornpuppen um — doch nicht in ihrem Bachtal, denn dieses wurde vom nahen Wald geschützt.

Hier aber kam der Regen, und das war das Schlimmste, was ihnen widerfahren konnte. Wird Korn, das in Garben aufgestellt ist, während des Reifens auseinandergestreut und durchnäßt, so mag einiges davon durch rasche und umsichtige Arbeit gerettet werden, doch das meiste wird völlig verdorben und die Hauptnahrung für das nächste Jahr mit einem Schlag dahin sein.

Über dem Dorf, über den Feldern mit den Kornpuppen, wo sie so unermüdlich den ganzen trügerischen Monat lang gearbeitet hatten, öffnete nun der Himmel seine Schleusen und ließ es in Strömen regnen.

Mairi wachte auf und wunderte sich, was sie um diese Zeit geweckt hatte. Sie konnte Faidh dicht neben sich in der Dunkelheit riechen und ließ ihre Hand über seinen Kopf gleiten. Der Fuchs starrte zum Dach hoch und hatte die Ohren gespitzt. Mairi lauschte. Plötzlich war der Geruch von nasser Erde in ihrer Nase, und sie konnte den stetigen Regen auf dem Stroh über sich hören. Sie sprang aus dem Bett. Unterhalb des Rauchlochs war der harte Lehmboden zu einer aufgeweichten Schlammlache geworden, und das Wasser lief wie aus einer Regenrinne herunter.

Sie rannte im Hemd nach draußen, wo der Regen auf die Erde peitschte. Der Mond war hinter Wolken verborgen. Rasch lief sie zu Mungo. Er schlief fest. Sie hielt ihm die Nase zu und rüttelte ihn wach. »Vater!« Ihre helle Stimme klang drängend. Mungo öffnete blinzelnd die Augen. »Was — wer da?« Sie sagte es ihm im Dunkeln. Mungo taumelte in das Unwetter hinaus, beide liefen klopfend von Tür zu Tür. Mungo hastete in die Kirche, läutete die Eisenglocke Sturm.

Und das Volk kam heraus in den Platzregen, fast unbekleidet und plötzlich ganz nüchtern, und sie stürzten auf die Felder und packten wie rasend die Kornpuppen, zogen Garben daraus hervor und schleppten diese in den Schutz ihrer Hütten. Doch keine Frau konnte gleichzeitig mehr als ein paar Garben bewältigen, und es gab viele Morgen Land und Tausende von Garben.

Die größeren Tiere, Kühe und Ochsen, Schweine und Schafe, drängten sich freudlos in ihren Unterständen zusammen. Die Ziegen und Hühner kauerten an den Hüttenwänden. In den Schlaglöchern der Dorfstraße entstanden überfließende Seen. Der Weg zu dem ungepflügten Land hoch war zu einem Bach geworden, während der Bach selbst schäumend über seine Ufer trat und das Schilfgras und die Felsen an seinem Rand überflutete. Die weiten Wiesen verwandelten sich langsam in eine braune Sintflut, und immer noch kam der schnellfüßige Regen in dämonischem Tanz das Tal hinab. Und während die Frauen rutschten und hinfielen, wenn sie an den Kornpuppen zerrten, und der Schlamm gegen ihre Hüften und Bäuche platschte und die Garben lange Schrammen in ihre Brüste und Schultern rissen, bogen sich die schlanken Bäume, die den Wind von ihnen abhielten, gegen den Blitzstrahl und schüttelten ihr langes Haar und heulten wie *Banshees.*

Sine legte ihren Mund an Seonaids Ohr, und ihr Schrei *Wir verlieren es!* war nicht mehr als ein schwacher Klang in all dem Tosen.

Jeder arbeitete, mit Ausnahme des blinden Manus, der unmöglich Hand anlegen konnte. Doch wollte er auch nicht in seiner Hütte bleiben und hatte sich daher mitten auf der Dorfstraße wie ein Wappenpfahl aufgestellt. Fearchar, dann Nessa, schließlich der Gauch bemühten sich verzweifelt, den Zugochsen aus dem Stall herauszutreiben und das bedauernswerte Tier zwischen die Deichsel des Karren zu spannen. Schließlich gelang es ihnen, doch als sie dann aufs Feld hinausfuhren, schoß der Blitz genau über ihren Köpfen durch den kübelweise herabkommenden Regen, und der arme Ochse, der zu Tode erschrocken in den allerersten Galopp seines Lebens fiel, schnaubte wie ein Höllenwesen, raste los und landete mit ihnen allen kopfüber in dem Steingraben am Feldrand.

Aus der Finsternis trat Finella zu Mungo und packte ihn an der Schulter. Sie schrie etwas, doch der benommene Mungo konnte sie nicht verstehen. Einmal, vor Jahren, hatte er in den Loch geschaut und das Gesicht einer jungen Frau erblickt, die sich ertränkt hatte, weil sie schwanger war, und die dort direkt unter der Wasseroberfläche trieb. »Genauso hat sie ausgesehen«, dachte er, als er nun Finella durch das Wasser ansah. Sie spuckte den Regen aus ihrem Mund und wies auf die Kirche.

»Uruisg!« schrie sie wieder, als der Regen einen Augenblick lang nachließ. »Der Krieger! Er ist so stark wie zwanzig! Rufe den Krieger, du gaffender alter Dummkopf!«

Mungo schüttelte entmutigt den Kopf. Der Regen verstärkte sich wieder. Finella rüttelte ihn, deutete auf die Kirche, rief wortlos. Ein Blitz erhellte das ganze Tal, und einige Sekunden lang sah Mungo die Frauen, bewegungslos, wie Seelen im Fegefeuer gebeugt, an den kostbaren Garben zerren. Dann war der Blitz vorbei und er konnte nichts mehr sehen. Er drehte sich um und wankte auf die Kirche zu.

Das ewige Altarlicht brannte. Schwer atmend lehnte er sich gegen die Wand. »Krieger«, keuchte er.

Der Körper des Riesen regte sich.

Am nächsten Tag war der Hühnerhof eine Inselgruppe in einem Meer aus Schlamm. Der stolze Hahn krähte, hüpfte von Insel zu Insel, spreizte seine Federn in Lochs, Seen, Meereslagunen. Die Sonne legte ihre Ellbogen auf das schimmernde Fensterbrett des Berges und blickte auf das Tag hinab. Über dem Wald spannte sich der Regenbogen. Die Luft war rein und schwer vom Geruch nach nasser Erde. Jedes Dach tropfte, jeder Rinnstein lief über, und nun, da der Regen aufgehört hatte, konnte man hören, wie das Wasser zwischen den Bäumen von unzähligen Ästen auf den weichen Waldboden herabtropfte.

Die Leute waren guter Dinge. Sie gingen geschäftig umher, tauschten Geschichten über die vergangene Nacht aus, erinnerten sich an ihre Mühen und machten fröhliche Scherze darüber, Katastrophe auf Katastrophe — *ha, ha, ha.* Sie hatten leuchtende Augen vor Erschöpfung, der Regen hatte ihr Haar glatt und dunkel, ihre Wangen hell und rosig gemacht. Die Ernte . . . war gerettet! Überall in ihren Hütten lagerten Garben: Sie hingen wie Wäsche über den Dachbalken, sprossen aus Töpfen und Tiegeln hervor, waren unter und selbst *in* ihren Betten gestapelt. Sie schliefen und träumten auf Korn.

Doch wie seltsam ist das Menschenvolk! Anstatt daß sie nun Dem Herrn für ihre Rettung dankten, liefen sie mit einem seltsam schuldbewußten Ausdruck von Freude auf ihren Gesichtern herum, so als hätten sie gerade eine schlimme widernatürliche Sünde begangen und wären ungestraft davongekommen.

Die Nachricht von ihrem Erfolg verbreitete sich. Andere Dörfer entlang des Tals, deren Ernte vernichtet worden war, sandten Boten um Hilfe zu ihnen und wurden mit leeren Händen fortgeschickt. Ein Reiter des Than kam und starrte auf ihre, wie durch ein Wunder trockene und bewahrte, Ernte. Überall sonst hatte das Unwetter verheerende Wirkungen angerichtet. Es gab kein Dorf im ganzen Lehensgut des Than, wo nicht Alte, Junge und Kranke im kommenden Winter verhungern würden.

»Tausend Garben!« sagte der dicke rotgesichtige Dorferste der reichsten Ortschaft im Tal, wo die Befestigung stark war, die Einpfählung alles außer Hunger abwehren konnte und der Turm voller Soldaten war. »Tausend Garben — und ihr könnt alles von uns haben, was ihr wollt.«

Die Frauen stießen einander an und spotteten.

»Wir haben euch um Hilfe gegen die Wolfsreiter gebeten, und was habt ihr geantwortet?« sagte Malai.

»Ihr könnt jeden Mann haben, ob alt oder jung. Siebenhundert Garben?« schmeichelte der Dorferste, der noch vor einem Monat seine Hunde auf Fearchar gehetzt hatte, als der Junge zu ihm gekommen war und um Hilfe gegen die Wolfsreiter gefleht hatte.

Die Frauen kicherten.

»Wir haben euch damals um Hilfe gebeten — und was haben wir von euch bekommen?«

»Hunde!« sagte Nessa und spuckte ihm vor die Füße.

»Fünfhundert Garben?« wimmerte der Dorferste. Tränen liefen ihm über das Gesicht. »Vierhundert? Wenigstens drei . . .?«

Die Frauen lachten.

»Aber wie ist das möglich?« sagte der Reiter des Than, nachdem sie ihm voller Stolz ihre schönen trockenen Garben gezeigt hatten.

»Aha«, dachten die Frauen und blinzelten einander zu.

»Und dann ihr, mit fast keinen Männern, um euch zu helfen«, verwunderte sich der Reiter.

»Ja, wir, ohne Männer«, sagte Finella. »Und nun brauchen wir auch keine mehr. Das Bachtal gehört uns.«

Laut stimmten ihr die anderen Frauen zu.

Der Reiter trat auf seinem schnaubenden Pferd den Rückzug an.

»Und was soll ich dem Than sagen?« fragte er noch.

»Du sollst dem Than dasselbe sagen, was der Than uns gesagt hat«, rief Seonaid.

»Fort mit euch, aber schnell, denn ich kann mich nicht damit aufhalten, euch zuzuhören«, sagte Rob der Gauch fröhlich.

»Das kannst du dem Than ausrichten«, sagte Una. »Und jetzt fort mit dir.«

Und als der Reiter seinem Pferd die Sporen gab, warfen sie ihm Erdklumpen hinterher und pflasterten seine Würde mit dem Schmutz ihres Bauerndorfes.

Langsam trocknete die klare Herbstsonne das überschwemmte Land. Die Regenpfützen kehrten zum Himmel zurück, die obere Schicht der Erde wurde wieder hell und staubig über ihrem dunklen, feuchten Körper. Feldmäuse rannten zwischen den Getreidestoppeln umher, und die Frau, die nun in den Nächten Wache hielt, hatte nichts anderes zu tun, als die ruhig dahinziehenden Sterne zu zählen.

Als die Garben so trocken waren, daß sie angefaßt werden konnten, wurden sie im Freien aufgeschobert und mit Schilfgras abgedeckt. Der Herbst blieb ebenso mild, wie der Sommer warm gewesen war, und bevor noch der herkömmliche Trockenmonat vorbei war, konnte das Getreide in die Scheunen gebracht werden. Dort war es sicher gelagert, denn in jener Zeit gab es in Schottland keine Ratten, und die Mäuse stahlen nicht soviel Korn, daß es der Rede wert war.

Der Shirra hatte am Bachufer unter einem Trockensteinwehr ein kleines Wasserrad aufstellen lassen, wo das Volk in den beiden vergangenen Jahren für das Vorrecht hatte zahlen müssen, sein eigenes Getreide zu mahlen. An einem Tag des Zorns hatten sie daher das Rad zertrümmert und den Damm niedergerissen und ihre eigenen alten Handmühlen ausgegraben, deren

Zerstörung der Shirra befohlen hatte. Natürlich waren einige zerstört worden, waren von den Männern des Rabenturms aus den Hütten geholt und am Boden zerschmettert worden. Doch das waren nur die minderwertigen gewesen; die besten Mühlen waren sorgfältig in Löchern unter den Hüttenböden versteckt. Der Shirra war aber kein Dummkopf. Er wußte sehr wohl, was gespielt wurde und schickte seine Männer auf die Suche nach den versteckten Handmühlen, und mit ihren Speerschäften stachen sie in die Erde und ließen Hunde ihren Fund ausgraben. Jeder Hausvater, bei dem eine solche Mühle entdeckt wurde, mußte eine Strafe bezahlen oder wurde ausgepeitscht, oder seine Frau wurde für kurze Zeit den Männern im Wachturm zu ihrem Vergnügen überlassen. Ein solches Schicksal hatte Una, Ealasaid und Eilidh getroffen, und von einem der Kinder Sines, dem kleinen Pol, ging das Gerücht, daß es ein Turmkind sei. Alles dies war Teil des Preises, den sie für ihren Schutz hatten bezahlen müssen.

Nun drehten die Handmühlen sich wieder, als die Frauen das restliche Getreide aus den Vorratskrügen leerten und das letzte Brot der alten Ernte bereiteten.

Una und ihre Tochter Sorcha mahlten das Korn mit Malais Handmühle: zwei Steine aufeinander, der untere war unbeweglich, während sich der obere um einen hölzernen Pflock drehte, der durch ein Loch in dem unteren Stein steckte. Sorcha formte ihre Hände zu einem Trichter und ließ das Getreide vorsichtig durch ein Loch im oberen Stein zwischen die beiden Steine hinabrieseln. Dann drehten Mutter und Tochter zusammen den oberen Stein, und das Mehl fiel wie durch ein Sieb zwischen den Steinen heraus auf eine Haut, die dort zu diesem Zweck ausgebreitet war.

Sine und Siubhan waren beim Backen. Der Ofen sah wie ein großer Bienenkorb aus Lehm aus. In seinem Innern entzündeten sie ein Holzfeuer, und als sich der Ofen nach einer Weile heiß genug anfühlte, öffnete Sine ihn, kratzte die Asche heraus und ließ nur die Glut darin. In der Zwischenzeit hatte Siubhan den Teig geknetet und zu Brotlaiben geformt. Sie ließen diese noch einige Zeit lang stehen und schoben sie dann auf großen flachen Steinen behutsam in den Ofen hinein. Danach wurde die Öffnung mit weiteren Steinen fest verschlossen und mit Torfsoden bedeckt, damit jede Art von Zug ausgeschlossen war. Nun setzten sie sich daneben, fuhren sich über die Stirn und schnupperten das gute Brot, das da entstand.

Dann begannen sie auch mit dem Dreschen. Dafür war ein Boden an der großen Scheune besonders vorbereitet worden: Sie hatten Holzplanken darüber gelegt und jede Lücke dazwischen mit Pech gefüllt, so daß kein Korn verloren gehen konnte. Dort liefen nun sechs der größten und stärksten Dorfbewohner wie die Sonne immer rundherum und schlugen auf das Korn mit Dreschflegeln aus Hartholz ein, an deren langen Handstöcken etwas kürzere Schlegel mit Lederriemen befestigt waren. Wie Strafgefangene gingen sie immer im Kreis, und die Handstöcke hoben und senkten sich, und die Schlegel richteten sich auf und fielen krachend auf die gebeugten Köpfe ihres kostbaren Korns, auf ihre gerettete Ernte herab.

Und während der Arbeit schwatzt das Volk, und das hört sich so an:

»Es ist fürchterlich, so fürchterlich«, sagt Una, »dieses schreckliche Tier, das wir benutzen.«

»Aber Mama!« sagt Sorcha. »Er hat doch die Ernte für uns gerettet . . .«

»Nenne ihn nicht *er*!« sagt Una da. »Dieses seltsame Geschöpf ist ein *es*. Und *es* ist nichts Gutes, da kann der Vater sagen, was er will.«

»Ach, Mama . . .«

»Wie dem auch sein mag«, sagt Sine zu Siubhan, »wir kommen alle aus derselben Erde und kehren nur zu bald wieder dahin zurück. Und ihr könnt sagen, was ihr wollt, aber schließlich haben wir ihm unsere Ernte zu verdanken.«

»Und glaubst du denn, daß er wirklich ein *Mann* ist?« sagt Siubhan, ihr Gesicht ist ganz rot von dem warmen Ofen. »Ein Mann mit allem, was so dazugehört?«

»Ach, willst du dich wohl schämen!« sagt Sine und kichert wie ein junges Mädchen.

»Was ist denn schon dabei?« sagt Siubhan. »Der Winter hat sehr kalte Nächte, und da sind wir auch nicht immer müde.«

»Pfui, schäm dich . . .«

»Wir können von Glück reden, daß wir ihn haben«, sagt Fearchar beim Dreschen. »Habt ihr ihn dort draußen gesehen? Ich hätte es nie für möglich gehalten. Das war wirklich toll, was er da gebracht hat!«

»Ob er es wohl wie ein Mann bringt?« sagt unschuldig eine schwere flachshaarige Frau.

Tha e 'na dhuine — »Er *ist* doch ein Mann!«

»O ihr Frauen!« sagt Fearchar entsetzt.

»Schon gut«, sagt eine andere, »aber können wir ihn denn nicht zum Dreschen herausholen? Mein Rücken tut mir höllisch weh.«

»Meiner auch.«

»Ich wette, daß er drei Dreschflegel in jeder Hand schwingen könnte.«

»Und einen im Mund . . .«

»Und noch einen mit dem Hintern . . .«

»Psst! Der Vater kommt!«

»He, Vater! Können wir nicht deinen kleinen Mann für das Dreschen bekommen?«

Sie nannten ihn *Math-ghamhainn*, was »der Bär« bedeutet, denn er glich in mancher Hinsicht einem großen Bären. Er war nackt zu ihnen gekommen, obwohl das eigentlich nichts ausmachte, denn das traf ja auch auf Bären, Bullen und Pferde zu.

Nun aber sagte Mungo seltsamerweise zu Seonaid, daß der Krieger Kleider brauche, und er gab ihr seine Maße. Seonaid kratzte sich am Kopf. Obwohl die Männer damals keine Hosen trugen, sondern kaum mehr als ein rechteckiges Plaidtuch, das ihnen als Kilt und Mantel gleichzeitig diente, würde der Krieger dafür doch die vierfache Menge an Stoff als gewöhnlich brauchen.

»Nimm diese dafür«, sagte Mungo und gab ihr einen Armvoll Hemden, die den Männern vom Turm gehört hatten. Kleider von Toten! Seonaid schauderte.

»Mach' dir keine Gedanken«, sagte Mungo, »denn ihre Seelen sind beim Herrn und ihre Geister werden dich nicht heimsuchen.«

»Nun gut — wenn du es sagst, Vater.«

Er gab ihr auch einige Plaids und bat sie, die Kleider so schnell wie möglich anzufertigen. Seonaid nickte. Sie war sosehr darauf bedacht, die unheilvollen Dinge wieder loszuwerden, daß sie jede Minute des Tageslichtes und bis in die Nacht hinein beim Feuerschein alles zuschnitt und zusammennähte. Mit dem Hahnenschrei hatte sie ein riesiges Hemd fertiggestellt und Plaidtuch, das ausreichte, um ein Ochsengespann darin einzuhüllen. Mungo dankte ihr und nahm die Kleidungsstücke mit in die Kirche. Die anderen Frauen kamen aufgeregt herbeigeeilt und baten Seonaid immer wieder, die furchteinflößenden Maße zu wiederholen, nach denen sie gearbeitet hatte; denn sie selbst hatten den Krieger nur zweimal gesehen, und das eine Mal waren sie davongerannt und das andere Mal war in der Nacht des Unwetters gewesen, als kaum etwas zu erkennen war. Einige Frauen, und irgendwann einmal auch alle Männer, schlenderten an der Kirchentür vorbei in der Hoffnung, einen Blick auf ihren Riesen werfen zu können, doch das wollte Mungo nicht, und Mairi, die den Krieger als einzige von ihnen jeden Tag sah, hielt ihren Mund fest verschlossen.

Mungo war in Bedrängnis. Er glaubte von ganzem Herzen an Wunder, verfaßte seine wenigen Verse über das Wunder der Blumen und des Sonnenaufgangs. Doch, von Versen abgesehen, hatte er nie damit gerechnet, in seinem Leben ein solches Wunder zu sehen, geschweige denn, selbst daran beteiligt zu sein. Nun, da es geschehen war, jubelte er nicht gerade darüber. Ganz im Gegenteil: Er war aufs Unangenehmste davon berührt. Wunder, so entschied er, waren eine beschwerliche Fügung, und seine gebeugten alten Schultern waren nicht breit genug, ihre Last zu tragen.

In der Nacht des Unwetters . . . hatte er dort im Sturm gestanden. Der peitschende Regen. Die Wucht des Windes. Das gefährliche Krachen des Donners . . . und im Blitzstoß der Blick auf ihre goldene Ernte, die dort draußen fortgeschwemmt wurde.

Und dann die Stimme der alten Finella. Sie wußte ebensogut wie er, daß sie den Krieger zu keinem anderen Zweck erhalten hatten, als ihr Dorf gegen die Wolfsreiter zu verteidigen, und daß es in der Natur der Zauberei liegt, wenn schon der geringste Mißbrauch ihre Macht nachteilig beeinflussen muß. Verzweifelt hatte Mungo in dem strömenden Regen dort gezögert. Seine Füße hatten zur Kirche laufen wollen, doch er befahl ihnen, sich nicht zu rühren, und er sah, wie noch eine Kornpuppe, völlig durchweicht, umstürzte und wieder eine Wintermahlzeit für immer verloren war.

»O Gott!« hatte Mungo da gestöhnt und nach einem Wunder Ausschau gehalten, doch nur Finellas altes runzeliges Gesicht war zu sehen, und ihr Finger, der nach ihm stach. *Hunger.* Plötzlich hatte Mungo ein lebendiges Bild vor Augen — kein Zweifel, es war *Das Gesicht* — und er erkannte Mairi, verhungert, in Lumpen, sie lag mit dem Gesicht nach unten im Schnee und war zu schwach, um sich noch zu bewegen.

»O Gott!« dachte Mungo. »Möge es keine Sünde sein!« Und er wandte sich um und taumelte auf die Kirche zu.

Dort lag der Krieger, mit alten Plaids zugedeckt. Sein Kopf war in eine Pferdedecke gehüllt, und da er ein unbeseeltes Wesen aus Erde und Holz war, atmete er nicht. Das ewige Licht auf dem Altar brannte, und eine Minute lang — oder vielleicht waren es auch fünf Minuten, denn Zeit, wie wir sie messen, existierte damals noch nicht — lehnte Mungo sich gegen die fleckige Wand, sein Atem ging stechend und der Raum kreiste um ihn. Diese Nacht wird mein Ende sein, dachte er. »Krieger«, sagte er leise. *»Saighdear.«* Die riesige Gestalt unter den Bergen von Stoff zuckte und drehte sich um.

»Krieger.«

Langsam und sacht, so wie er sich über Mairis Bett beugte, hob Mungo die zerschlissene Decke hoch und schob die Plaids beiseite. Er kauerte sich auf den Boden und betrachtete das große kalte Erdstück, das so unerklärlich zitterte. Dann zog er das kleine Goldkreuz des Engels aus seiner Soutane hervor. »Krieger«, flüsterte er und legte ihm das Kreuz um den Stiernacken. *Warum spreche ich so zu einem Erdklumpen?*

Sogleich öffnete der Krieger die Augen. Er setzte sich auf und blickte Mungo an.

Er schaut mich an. »Krieger«, sagte Mungo mit zitternder Stimme, »du bist zu dem einzigen Zweck gemacht worden, dieses Dorf vor seinen Feinden zu schützen. Nun haben wir einen Feind, der Hunger heißt und der, Gott sei uns gnädig, noch furchtbarer ist als die dunklen Reiter und der uns in diesem Augenblick mit Regen und Blitz bedroht. Und siehst du, Krieger . . . *Warum flehe ich ihn eigentlich so an?* wenn die Ernte vernichtet wird, dann gibt es kein Dorf mehr, Krieger, nichts mehr zu verteidigen, alles öde und verlassen. Du bist Teil dieser Erde, woraus diese Ernte kommt, und auch wir sind Teil dieser Ernte, und ohne sie werden wir sterben. Und darum sollst du jetzt mit mir kommen und zusammen, so Gott will, werden wir diese Ernte retten.«

Schweigen. Der Krieger blickte ihn an.

»Hast du verstanden, Krieger?«

»Ja«, sagte dieser nach einer weiteren Pause.

»Dann komm!«

Mungo stand auf, und der Krieger tat es ihm nach, wobei er sich bückte, damit sein Kopf nicht die Dachbalken zerschmetterte.

Mungo trat in den Regen hinaus, und er konnte spüren, wie der Boden unter den schweren Schritten des Kriegers bebte.

Warum hat er gezögert? dachte Mungo.

Halt, reg dich nicht auf, Mann. Wäre etwas Unrechtes daran, so würde er überhaupt nicht gehorchen. Nein, es ist schon alles in Ordnung. *Doch warum hat er gezögert?*

Sie gingen hinein in die tosende Wucht des Unwetters, das von der Erde her wie ein Krieg im Himmel aussah. Sie mußten durch die Felder waten, und Mungo rutschte und schlitterte im Schlamm herum, doch der Krieger hinter ihm schritt mit seinen langen Beinen unbeirrt vorwärts, so daß Mungo ihn schließlich anrief und seinen Arm ergriff, und der Krieger hob ihn vom Boden hoch an seine Brust — so mühelos, wie man ein Huhn vom Markt heimtragen dürfte. Sie kamen an die Stelle, wo der Karren mit Fearchar, Nessa und Rob dem Gauch kopfüber in den Graben gestürzt war. Fearchar und Nessa lagen einander verwirrt in den Armen, der Gauch hielt sich stöhnend seinen schmerzenden Kopf, der Ochse war wer weiß wo, und die Wagenräder drehten und drehten sich im niederprasselnden Regen.

Ein Blitz durchzuckte die Luft. Der Gauch jammerte, Fearchar seufzte und Nessa schluchzte zur Gesellschaft mit. Dann sah sie im weißen Lichtstrahl den Krieger, der Mungo wie ein Kind in seinen Armen hielt, und da vergaß sie ihr Elend und riß Augen und Mund weit auf.

Mungo wies auf den Karren. »Hoch damit!«

Und der Riese hob ihn auf, stand da und hielt ihn umgedreht in einer Hand. Mungo kletterte auf die Schultern des Kriegers, machte es sich dort bequem und legte seine dürren Beine rund um dessen breiten Nacken. Auf Mungos Befehl richtete der Krieger dann den Wagen auf und ging damit wie mit einer Schubkarre davon. Als sie an eine umgestürzte Kornpuppe kamen, ließ Mungo ihn anhalten, und der Krieger beugte sich nieder, fischte die Garben mit einem Arm zusammen und ließ sie auf den Wagen fallen. Und das Volk stand da völlig verblüfft im Regen und sah, wenn das Licht des Blitzes es erlaubte, ein Schauspiel, wie es keiner von ihnen vor dem Tag des Jüngsten Gerichtes erwartet hätte: Ein großes Geschöpf, so riesig, daß die Welt an diesem Ufer des dunklen Meeres sicher nichts dergleichen besaß, schritt machtvoll wie ein brüllender Löwe auf Beutezug vorwärts über die ertrinkenden Felder, und Mungo, ihr uralter Priester, nun zu einer winzigen Gestalt zusammengeschrumpft, die hoch oben auf seinen Schultern thronte, ein sich gegen den Blitz klar abzeichnendes Schattenbild, dirigierte die ganze höllische Sinfonie wie ein wahnsinniger Dämon mit wehendem Bart und herumfuchtelnden Armen. Schließlich bemerkten sie, daß er ihnen etwas zurief — und dabei Worte gebrauchte, die der lateinische Schreiber des Bischofs sich niemals auf sein Pergament zu bringen gewagt hätte.

»Wollt ihr wohl eure verdammten Hintern hochbekommen, ihr schwachsinniges Hurenpack!« brüllte der sanfte Priester Gottes seiner Herde zu.

Eine Weile konnten sie ihn unter dem Tosen des Himmels weder hören noch verstehen, doch dann erfaßten sie den Sinn seiner Worte, vielleicht auch seiner Gesten, oder sie sahen zumindest, was der alte Priester und sein plumpes Geschöpf taten. Da kamen sie herbeigesprungen, achteten jetzt nicht mehr auf den rutschigen Schlamm, da sie ohnehin schon völlig durchweicht waren, und begannen an den Kornpuppen zu zerren und die Garben auf den Ochsenkarren zu werfen, der in jener Sturmnacht von dem Krieger gezogen wurde.

Und so kam es, daß der Krieger, ein unbeseeltes Geschöpf aus Erde und Holz, von den Dorfleuten gerühmt wurde, die dort in dem engen Tal zwischen den Falten des sich weit ausdehnenden Waldes unter der nördlichen Sonne lebten.

Und die Frauen waren glücklich. Vielleicht, so hörte man sie verschämt zueinander sagen, könnten sie sich ja mit ihm paaren und Mütter eines Clans von jungen Riesen werden, die das gesamte Flußtal, ja vielleicht ganz Schottland beherrschen würden und die mit jedem verflohten Räuber und Soldaten, mit jedem Than und zänkischen Dorfersten, ja selbst mit dem legendären König in Dunedin und allen Bischöfen des Papstes in Rom leichtes Spiel hätten; denn mit einer solchen Kraft, so dachten manche der Beherzteren unter ihnen, müßten sie sich vor niemand mehr ducken und ihre Taschen und die Kornscheuern leeren.

Und warum sollten ihre gemeinsamen Kinder nicht so stark wie der Krieger sein? Schließlich wurden viele alte Geschichten von dem verborgenen Land der schönen grünen Nächte erzählt, bevor der gelbe Vogel der Dämmerung zuerst von Meer zu Meer darüber hinweggeflogen war und Schottland seinen Namen gegeben hatte: dort, wo die ersten Töchter der Menschen bei Baumgöttern lagen und Zauberer sich Frauen aus Blumen schufen — dort, in jenem Land, wo alles möglich war.

Und so waren alle glücklich. Nur Mungo, der Priester, nicht.

Der Krieger

»Gelobt sei Gott, die Ernte ist gerettet, gerettet!« hatte Mungo in jener Nacht des Unwetters gerufen.

Mairi stand etwas benommen da, das Wasser lief in Strömen von ihr herab. Sie nahm Mungos Plaid entgegen.

»Gelobt sei Gott!« rief Mungo und kniete vor dem Altar nieder, um dem Himmel Dank zu sagen. Mairi begann damit, das Wasser aus einem Plaid zu wringen, der doppelt so schwer wie sonst war. Der Krieger stand hinter ihr. Seltsam — obwohl er so groß war, hatte sie keine Angst vor ihm, und sie schämte sich nicht wegen seiner Nacktheit, denn schließlich sind ja auch die Tiere nackt. Er trug den grünen Geruch des Waldes wie einen Mantel um sich.

Mairi schimpfte. Wenn sie selbst und der Vater Pfützen von Regenwasser hinterlassen hatten, so bildete sich um die bootsähnlichen Füße des Kriegers ein ganzer See, den sie am Morgen würde aufwischen müssen. Ach, was sind denn das für seltsame Wunder, die nur mehr Arbeit bereiten! Sie stemmte ihre Arme in die Seiten und schüttelte den Kopf. In den blassen Augenlichtern hoch über ihr zeigte sich ein Ausdruck, den sie sich nicht erklären konnte und der sie im Augenblick, angesichts der Arbeit, auch nicht sonderlich berührte.

Mungo beendete seine Gebete. Er stand mit knackenden Gelenken auf und wandte sich dem Krieger zu. Er betrachtete den Boden, dann die Wände und warf schließlich einen verstohlenen Blick auf das Gesicht des Riesen. Er war ausgesprochen bestürzt, als er feststellte, daß dessen matte Augen direkt auf ihn herabsahen. Es war das erste Mal, daß er eine derartige

Unsicherheit in der Gegenwart seines eigenen Geschöpfes spürte.

»Du hast gute Arbeit geleistet, Krieger«, sagte er und lächelte. Mungo war ein aufrichtiger Mensch, und die Unaufrichtigkeit seines Lächelns schmerzte ihn. Mairi drehte sich um und blickte ihn erstaunt an.

»Gute Arbeit«, wiederholte er, machte einige Schritte vorwärts und rieb sich die Hände. »Knie jetzt nieder«, sagte er, »ich will dir das Kreuz abnehmen.«

Der Krieger sagte nichts. Noch immer tropfte das Wasser von ihm herab und bildete Tümpel und kleine Bäche, so daß Mairi zum Wischlappen griff.

»Krieger, hörst du mich nicht?« sagte Mungo. »Du hast die Arbeit dieser Nacht getan. Jetzt ist die Zeit gekommen, dich auszuruhen, bis du wieder gebraucht wirst.«

Der Krieger blickte geradewegs auf Mungo dort unter ihm. In seinen gedankenleeren weißen Augen lag ein sonderbares Flackern, fast so etwas wie Trotz.

»Krieger, ich befehle dir, dich niederzuknien!«

»Nein!«

Unwillkürlich hatte Mungo einen Schritt rückwärts gemacht. Er war entsetzt. Was ging hier vor?

Ohne daß er die Aufforderung dazu erhalten hatte, bewegte sich der Krieger unmerklich auf seinen schweren Füßen. Er schüttelte sich wie ein Hund, große Tropfen spritzten von ihm weg.

»Saighdear fliuch« — »Krieger naß«, sagte er ruhig, wobei er die gälischen Worte mit Mühe aussprach.

Mairi, die der Sprühregen getroffen hatte, lachte, doch Mungo war zutiefst erschrocken. Zum erstenmal hatte der Krieger gesprochen, ohne selbst angeredet worden zu sein. Und wo hatte dieses seelenlose Geschöpf außerdem die Worte gelernt?

Das schien der Krieger selbst nicht zu wissen. Er stammelte wie ein Kind, das sprechen lernt. Nach einer Weile sagte er:

»Saighdear fuar« — »Krieger kalt«.

Dann, noch eine Weile später und mit großer Anstrengung, sagte er schließlich:

»Saighdear fliuch agus fuar« — »Krieger naß und kalt«.

Mairi lachte schallend und klatschte in die Hände. Und auch noch ein anderes Gelächter hörte Mungo: das schrille Kichern der weisen Finella.

Als die Tage verstrichen, wurde der Krieger immer mehr zum Menschen. Voller Besorgnis beobachtete Mungo den Anfang dieser Entwicklung, denn nur er allein wußte und gestand sich dies ein, was unvermeidlich eintreten mußte. Der Krieger würde zu einem vollentwickelten Mann werden, mit allen Tugenden und allen Lastern — denn wie sollte er diese nicht besitzen? — doch mit einer ungewöhnlichen Stärke und auch einer zerstörerischen Kraft, die von keiner weltlichen Autorität gezügelt werden konnte und gegen die es weder Heilmittel noch Schutz gab. Mit ihm besaß Mungo eine Waffe, die zu schrecklich war, um angewendet zu werden, und eine zudem, die bereits seiner Beherrschung entglitten war.

Um die Geschlechtsteile des Kriegers wuchsen Haare — denn man darf nicht vergessen, daß er in allem nach dem Bilde des Menschen geformt war. Mungo ließ Kleider für ihn anfertigen und befahl ihm, in der Kirche zu bleiben, bis diese fertig waren; und tatsächlich blieb er geduldig neben dem Altar sitzen, während Seonaid mit Nähen beschäftigt war. Mungo und Mairi zogen ihn an, so als wäre er ein hilfloser Krüppel, und er hob die Arme und Beine, drehte sich hierhin und dorthin, wie sie es ihm befahlen. Dann stand er unvorsichtig auf und schlug mit seinem Kopf ein Loch durch das Dach. Mungo mußte ihn in der Scheune unterbringen und ließ ein Teil der Ernte in die Kirche schaffen, um Platz für ihn zu machen.

Der Krieger gewöhnte es sich an, wie ein großes Kind durch das Dorf zu streifen. Die Leute verloren ihre Furcht vor ihm und lachten statt dessen. Auch der Krieger lachte dann und seine Stimme dröhnte wie eine große Trommel. Manchmal schnappte er sich einige Frauen und rannte mit ihnen davon, oder er setzte Kinder auf seine Schultern und sprang mit ihnen über die Einpfählung. Stillschweigend hob er den blinden Manus in die Höhe, während Nessa in lateinischem Kauderwelsch dazu sang und Fearchar seine Füße mit Gänsefedern kitzelte, so daß der Alte glaubte, er sei gestorben und werde nun von einem geflügelten Engel in den Himmel getragen. Die Leute verteilten Aufgaben an ihn, und er tat, was immer von ihm verlangt wurde. Eines Tages ging er mit Wat in den Wald und kehrte mit einem Fichtenstamm über der Schulter zurück. Dann baten sie ihn, einige große, in den Boden gesunkene Felsblöcke fortzubewegen, die auf einem unbebauten Stück Land am unteren Ende der Schlucht verstreut umherlagen und es unmöglich machten, dort zu pflügen. Er verwendete dafür den Baumstamm als großen Hebel, rollte die Felsen fort und warf sie wie Kieselsteine in den Loch — und damit schaffte er an einem Nachmittag etwas, was ganzen Generationen des Volkes mit Seilen und Ochsengespannen niemals gelungen war. Er fand eine Kuh, die sich verirrt hatte, und brachte sie, unter den Arm geklemmt, mit nach Hause zurück.

Der Krieger begann zu essen. Zum Glück zeigte er keinerlei Interesse an rohem Fleisch, aber er verschlang ganze Brotlaibe auf einmal. Bald backten Sine und Siubhan zusätzliche Mengen für ihren *Uruisg*, und er stand wartend neben dem Ofen, während alle Dorfkinder um seine Füße versammelt waren. Eines Tages jedoch, als die beiden Frauen fortgegangen waren, um frisches Mehl zu holen, schob der Krieger seine Hand in den heißen Ofen. Sein Gebrüll schüttelte in einer halben Meile Entfernung Vögel von den Bäumen. Er schlug auf sich selbst ein, um die Flammen zu ersticken, setzte sich dann grollend hin und hielt sich die Hand in den Mund. Alle versteckten sich, nur Mairi kam, nahm seine große Hand in ihre beiden kleinen Hände und tauchte die verbrannte Stelle in Johannisöl aus Mungos Präparationsraum. Mungo schaute den beiden von weitem zu. Daß ein Baum vor Schmerz schrie, wenn er eine menschliche Stimme besaß, bestätigte ihm, was er schon immer angenommen hatte: daß alle erschaffenen Dinge Empfindungen haben, selbst wenn wir dafür taub sind. Er sah auch, daß Mairi von dort aus, wo sie sich befand, dem Krieger das Kreuz abnehmen konnte. Schon wollte er zu ihr hingehen und ihr zuflüstern, »Mairi, nimm ihm das Kreuz ab«, doch statt dessen ertappte er sich dabei, über das so merkwürdig ungleiche Paar zu lächeln. Der Riese hätte Mairi leicht zwischen seinen Fingern zermalmen können, doch er ließ alles mit sich machen, was sie nur wollte. Als Mungo näher herantrat, sah er die Augen des Kriegers und den unbegreiflichen, aber milden Blick, der darin lag; und er blieb erneut stehen, und als Mairi zu ihm kam, sagte er nichts von seinen Gedanken zu ihr.

Doch mit der Menschlichkeit des Kriegers wuchs auch die Habsucht des Volkes. Mungo hörte ihre flüsternden Gespräche, die hastig abbrachen, wenn er in ihre Nähe kam, sah die aufsässigen Augen, die manchmal seinem Blick begegneten. »Machst du ihnen das etwa zum Vorwurf?« sagte Finella zu ihm. »Warum sollten sie deinen kostbaren Jesus denn auch brauchen, wenn sie ihren eigenen Erlöser haben?«

»Möge Gott dir deine Lästerei vergeben, Frau! Er ist ein Werkzeug Gottes. Wir alle sind Werkzeuge Gottes — selbst die Wolfsreiter!«

»Was ist denn das für ein liebender Gott, der Verbrecher und Mörder braucht, um seine Natur zu zeigen?« sagte Finella verächtlich und spuckte auf den Boden.

Doch selbst wenn die alte Hexe rettungslos verdammt war — viel schlimmer war, daß die jungen Leute es sich nun angewöhnten, sich um Rat an sie zu wenden und Mungo und seine Kirche vernachlässigten. Was lehrte ihr heidnischer Glaube denn letztlich anderes als das bloße Überleben? Der christliche Opfergedanke war ihm fremd. Wenn hilfesuchende Dörfer sich an sie wandten, lachten sie nur darüber. Mungo bat sie auf andere Weise, und darüber lachten sie nicht. Nein, sie hörten ihm zu, blickten ihn aufmerksam an, sagten nichts. Aber sie taten auch nichts. Womit hätte er ihnen denn drohen können? Mit dem göttlichen Zorn? Niemals hatte Gott ihre Gebete beantwortet. Jene, die zu ihm beteten, starben genauso wie alle anderen, es war ganz einerlei. Und konnte Gott etwa die Wolfsreiter von ihnen fernhalten? Hatte Gott sich etwa an jenem Tag des Gemetzels, als ihre Männer gestorben waren, darum gekümmert, den Händen der Mörder Einhalt zu gebieten? Nun hatten sie den Krieger, eine handfeste Sache, und der würde sie schon verteidigen. »Doch er wird nicht töten!« sagte Mungo. Da lachten sie herzhaft. Schließlich sind Krieger zum Töten da.

Mungo erzählte dem Altar von seinen Sorgen. Er konnte kaum lesen und schreiben — auch sonst konnte das keiner im Tal — doch er hatte ganze Passagen aus der Heiligen Schrift auswendig gelernt, als er in seiner Jugend Mönchen bei der Rezitation zugehört hatte:

> *Weh denen, die hinabziehen nach Ägypten um Hilfe und sich verlassen auf Rosse und hoffen auf Wagen, weil ihrer viele sind, und auf Gespanne, weil sie sehr stark sind! Aber sie halten sich nicht zum Heiligen Israels und fragen nichts nach dem Herrn.*

Sollen auch wir jetzt hinab nach Ägypten ziehen, sollen die Menschen, die Sklaven gewesen sind, nun selbst zu Sklavenhaltern werden? Es ist besser, in einem Land von Dornenbüschen zu leben.

Es ist besser, zu leben.

Mairi auf der einen Seite des Altars und der Krieger auf der anderen blickten ihn beide in dem dämmerigen Raum neugierig an.

Eines Abends, nicht lange danach, kam der Krieger zu Mungo und setzte sich zu seinen Füßen, wie es Mairi gewöhnlich tat. Er saß einfach da, lautlos und ohne sich zu bewegen. Mungo fuhr damit fort, ein Heilmittel gegen die unvermeidlichen Nierenschmerzen zu mischen, die der Winter wieder mit sich bringen würde, und dafür zerstieß er den Wurzelstock der Waldnelkenwurzel in seinem Mörser zu Pulver. Der kleinen gelben Pflanze wurde eine solche Bedeutung beigemessen, daß die Ärzte es sich angewöhnt hatten, sie *herba benedicta*, das gesegnete Kraut, zu nennen. Das Pulver wurde mit Bier oder Branntwein vermischt eingenommen, oder man kochte die Wurzeln in Wasser und trank die durchgeseihte Flüssigkeit. Frauen, die so eitel waren wie die schöne Seonaid, machten auch eine Salbe gegen Hautflecken daraus. Weil der Keuchhusten die Kinder am ehesten in den Monaten um den Jahreswechsel zu plagen schien, bereitete Mungo außerdem die Arznei für ein ganzes hustendes Dorf vor. Dafür trockneten schon auf einer Schnur über einem Torffeuer rote Bärentraubenblätter, die er ebenfalls zu Pulver machen würde.

Der Krieger und die winzigen Blumen mit ihren Wurzeln und Blättern rochen alle nach dem grünen Ort.

»Im Süden gibt es eine Pflanze, die das Volk ‚Wolfsgift' nennt«, sagte Mungo, während er mit seinem Stößel hantierte. »Ich weiß nicht genau, was es ist. Doch wenn es eine Pflanze gäbe, die Räubergift oder Kriegsgift hieße, dann wäre sie in der Tat sehr mächtig und kostbar.« *Du bist unser Kriegsgift*, dachte er, sprach es jedoch nicht aus.

Er arbeitete schweigend, nur die Geräusche von Mörser und Stößel waren zu hören. »Willst du etwas fragen, *Saighdear?*« sagte er.

Der Krieger räusperte sich und schluckte, nicht anders als ein Mensch. Dann hob er seine großen Hände und preßte sie gegen seinen Kopf.

»De tha so?« — »Was ist das?« fragte er.

Mungo verstand ihn nicht.

»Saighdear. Duine?« — »Krieger. Mensch?«

»Nein, du bist kein Mensch«, sagte Mungo.

Der Krieger dachte eine Weile nach.

»Saighdear. Duine mor« — »Krieger. Großer Mensch«, sagte er dann mit Nachdruck.

Mungo biß sich auf die Lippen. »Du bist kein Mensch — nicht so, wie andere Menschen es sind«, sagte er behutsam. »Du bist aus Bäumen und Erde gemacht, Krieger. Durch göttliche Kräfte bist du entstanden, um für uns zu kämpfen und uns zu verteidigen. Du bist dem Menschen ähnlich, doch nein, ein Mensch bist du nicht.«

Plötzlich tat der Krieger einen tiefen Seufzer.

»Tha mi bronach! Tha mi leam fhein!« — »Ich bin traurig! Ich bin allein!« rief er.

Die Wände erzitterten. Ein tiefes Gefühl von Mitleid und Traurigkeit überkam den alten Priester, als er dieses große, kraftvolle, einsame Geschöpf betrachtete, das er geformt hatte. Der Krieger saß tief nach unten gebeugt da. Wäre Mungo schnell genug gewesen, hätte er ihm in diesem Augenblick vielleicht das Kreuz abnehmen können. Doch daran dachte er nun überhaupt nicht.

»Jeder liebt dich. Du hast uns geholfen. Sei nicht traurig.«

Der Krieger schüttelte den Kopf.

Der Krieger ging zu Finella. Er spürte, daß er bei ihr nicht schwach oder töricht aussehen durfte. Daher blieb er aufrecht draußen vor ihrer Tür stehen. Er biß die Zähne zusammen und stemmte seine Fäuste in die Hüften, denn mit dieser Haltung konnte er die Leute am meisten beeindrucken.

»De tha so?« fragte er sie.

»Ach, mein Herz! Der allerstärkste Krieger in ganz Schottland bist du. Unser rechter Arm in den Tagen des Kampfes. Unsere Axt gegen die Wurzeln des Verderbens. Unsere Rache gegen das ganze Mörderpack. Stolz meiner Seele, Licht meiner Augen!«

»Tha mi leam fhein«, murmelte der Krieger und wandte sich ab.

Ja, du Großer! Einsam, wie es die Helden immer sind.

Der Krieger begegnete Mairi.

»De tha so, a Mairi?« fragte er sie.

Mairi streckte ihre Hand aus und berührte ihn.

»Na biodh eagal ort« — »Hab' keine Angst«, sagte sie.

»Is caomh leam Mairi« — »Ich habe Mairi lieb«, sagte er und setzte das Mädchen in die Beuge seines Armes.

Von unten kam ein helles Belles.

»Is caomh leam Faidh«, sagte der Krieger.

Und der rote Hahn krähte

Der Regen kam wieder, ein feines Nieseln über den gemähten Feldern, Nebel, der rauchig mit dem Sonnenaufgang emporstieg. Manchmal hätte man kaum sagen können, ob es Tau oder Regenwasser war, was da auf unzähligen Spinnweben glitzerte, die wie in jedem Herbst überall hingen und lange Grashalme zusammennähten und Farnbüsche in schimmernde Städte aus Seide verwandelten. In solchen Nächten, die er draußen unter den Bäumen verbracht hatte, fand Wat sich am Morgen umgeben von ganzen Regenbogen aus Feuchtigkeit, die auf Tausenden von Marienfäden funkelten, und einmal hielt er beim Entzünden seines Frühstücksfeuers inne, um eine Spinne zu beobachten, die in der Mitte ihres Netzes herablief und es schüttelte, bis es trocken und fast wieder unsichtbar war. Nun war der Herbst alt, er kroch über die Hänge des umwölkten Berges und gab den Erlen des Flußtals eine Kappe aus trüb glänzendem Gold, als Wat durch den braun werdenden Wald schritt, die Axt auf der Schulter und den kleinen Ruadh neben sich, der ihn unterwürfig begleitete.

Wat lief fröhlich durch die fallenden Birkenblätter und dachte an Sorcha, dort in der Dämmerung des verlassenen Turms, wo der Shirra früher einmal Männer gefoltert hatte. Doch dies hier war eine süße Folter, wie ihre sanften Augen ihm zuriefen, und wenn er lange und zufrieden seufzte, streichelten ihre Finger zärtlich jene Stelle zwischen seinen Schulterblättern, die er selbst nicht erreichen konnte, und sie murmelte ihm Kosenamen ins Ohr. Das mochte er sehr.

Wat bewegte sich vorsichtig, ganz und gar wachsam, und

zog die Luft ein wie ein kluges Tier. Das erste Winterfrösteln lag im Wind, der vom kalten Nordmeer blies, und die Sonne schien wie durch eine Schicht aus dünnem bläulichem Eis. Er lief ganz vorsichtig, obwohl seine Füße nicht mehr als ein bloßes Wispern auf dem weichen Waldboden waren. Der Auerhahn war dabei, zwischen Farn und Tannennadeln nach Nahrung zu stöbern. Nattern glitten zum Winterschlaf unter Baumwurzeln und in dichtes Gebüsch. In der Ferne hörte er das helle Kläffen eines sich paarenden Fuchses.

Heute hielt Wat nicht nach Holz Ausschau, und er suchte auch kein Raubtier mit seiner Axt, sondern den schlimmsten Mörder von allen — den Menschen. Schon ein- oder zweimal hatte er die Bergspitze weiß gesehen. Eines Nachts hatte er einen Elch gehört. Wenn diese Bastarde noch kommen, dann werden sie hier sein, bevor das Wild von den Hügeln herab ins Tal zieht! Seine Finger umfaßten den Stiel der Axt fester. Ach, welch herrliche Brüste hat meine Sorcha!

Der Tod kommt in einem Augenblick. Seine Aufmerksamkeit war zu sehr auf die letzte Nacht, im Turm, in Sorchas Armen gerichtet, so daß Wat den Augenblick verpaßte, der ihm vielleicht das Leben hätte retten können.

Das Tier eilte den Pfad herab, genau auf ihn zu, so als wäre er nicht da, sprang durch das grüngefleckte Sonnenlicht von einem bemoosten Baumstumpf auf einen dunklen Felsblock, trippelte über das Netz aus herabgefallenen Zweigen und vermodernden Blättern. Wat starrte genau in die gelben Augen des Iltis, bevor das Tier ihn gesehen zu haben schien und mit einem raschen Schwanzschlag nach einer Seite davonschoß. Was zum —? Plötzlich zuckte Wats ganzer Körper zusammen. Die Haare standen ihm zu Berge. Vor ihm begannen sich die Bäume zu lichten, und der Weg mündete in ein enges Tal, wo eine einzelne Familie ganz allein auf einem kleinen Pachthof wohnte. Zitternd kroch er vorwärts. Dann hörte er den Ruf *Faol!*

Wat ging in Deckung und gab dem kleinen Ruadh ein Zeichen, es ihm nachzutun. Der erste dünne Rauchfaden kräuselte sich über den Bäumen. Wat schob sich noch etwas näher heran. Er hörte ein Pferd wiehern — dann ein zweites und ein drittes. Noch etwas näher heran . . . Schwach, sehr schwach, hörte er eine Frau schreien. Da hatte Wat genug gehört. Er drehte sich zu Ruadh um. O mein Gott, der Junge stand mit angstverzerrtem Gesicht völlig ungeschützt da. Den Weg aus dem Tal hoch kam ein Reiter. Auch er sah Ruadh und sprengte mit einem schrecklichen Freudenschrei auf ihn los. »Lauf weg, Junge!« rief Wat. Der Junge drehte sich um und stolperte zurück in den Wald. »Lauf!« Der Reiter befand sich zwischen ihm und Wat, er kam rasch näher, sein langer Speer senkte sich und zielte genau auf Ruadhs Rücken. Wat schätzte die Entfernung ab, hob seine Axt und warf sie mit aller Kraft auf den Reiter. Das Blatt verfehlte sein Ziel, doch der Griff traf den Nacken des Pferdes. Das erschrockene Tier bäumte sich auf, ein überhängender Ast traf den Reiter am Kopf, und er stürzte bewußtlos aus dem Sattel. Ruadh erreichte ungehindert den Wald. Erst dann drehte Wat sich um und sah sich den Hufen gegenüber, die hinter ihm herandonnerten. Seine Hände waren leer, und er konnte auch nicht mehr fliehen. O Gott! Doch Gott hörte ihn nicht. Eine Klinge blitzte im Sonnenlicht auf. Wats Körper fiel auf die eine Seite des Weges und sein Kopf rollte auf die andere Seite. Seine Beine zuckten noch einmal, dann lag er still.

»Vater! Vater!« Schreiend kam Ruadh zur Einpfählung, seine Worte ein wirres, angstvolles Gestammel. Eilig wurde die Kirchenglocke geläutet. Von überall kam das Volk zusammengeströmt, von der Anhöhe herab, das Bachtal hoch, trieb das Vieh über die Felder herbei, selbst Hühner flatterten vereinzelt zwischen dem Gewirr aus Hufen und Beinen. Die Frauen stürzten in ihre Hütten, verschwanden einen Augenblick lang darin und tauchten dann wieder mit Sensen, Sicheln und Heugabeln auf. Sie scharten sich innerhalb der Einpfählung zusammen, das Tor wurde fest verschlossen. Da war Fearchar mit seinem Bogen und Köchern voller Pfeile, der mutig dreinblickte und insgeheim fürchterliche Angst hatte. Mungo kam aus der Kirche, der Krieger folgte ihm, und sein Schatten, den die Sonne warf, war so hoch wie der Turm, von dessen Dach nun die Frau, die dort Wache hielt, zu ihnen herabrief: »Rauch! Ich kann ihre Brandspuren sehen! *Sie kommen!*«

Das Tal herab kamen die Wolfsreiter, hundert Mann stark, und die Trümmer von alleinstehenden Höfen und einsamen Weilern weinten rote Flammen hinter ihnen, und der Rauch rief das Pfeifen des Windes herab, der ihre Ankunft meldete. Es waren furchterregende und grausam aussehende Männer. Einige trugen lange Halsbergen an ihren Kettenpanzern, die schwarzbemalt und kreuz und quer mit Lederriemen festgeschnürt waren. Andere trugen kurze Metallhemden, rostig von Blut und von dicken Jacken aus zottigen Tierfellen bedeckt. Manche trugen unterschiedlich geformte Eisenhelme, andere nur ihre eigenen fettigen Haarmassen. Einige waren betrunken, schwankten im Sattel und riefen Zoten über die wartenden Felder. An mehreren Sattelgurten baumelten die Köpfe von jenen, die sie auf ihrem Zug durch das Tal bereits erschlagen hatten, und auch Wats Kopf war darunter.

Vor ihnen allen, vor seinem eigenen angsteinflößenden Wolfskopf, der auf seinem hohen Pfahl schwebte, ritt *er*, der Anführer. Schön und grausam sah er aus, auf seinem stolzen schwarzen Pferd, seine Beine in den langen Steigbügeln nach außen gestoßen; der Plaid lag über dem Sattel, der Kriegsmantel aus Wolfsfellen um seinen Rücken, während der Rauch des gequälten Tals um die Hufe seines Hengstes wogte.

Etwa um die Mittagszeit erreichten sie das ungepflügte Land an den Hängen und kamen in Sichtweite des Dorfes. Sogleich galoppierten Vorreiter nach links und nach rechts, ritten unter dem Schatten der Bäume im weiten Abstand eines Pfeilschusses auf beiden Seiten an der Einpfählung vorbei und trafen hinter dem Dorf im Schutz des Rabenturms wieder zusammen. Dann kehrten sie auf dem gleichen Weg zurück und berichteten dem Anführer, daß sich keine Speere über der Festungsmauer des Turms zeigten und daß sie nirgendwo im Bachtal Spuren von Kriegspferden zwischen den Viehhufen entdeckt hatten. Der Anführer nickte grimmig. Er hob den rechten Arm, und der Zug der Reiter hielt an. Er machte eine weit ausladende Bewegung, und sie schwärmten aus, bis sich ihre Linie über die gesamte Breite des Tals von Wald zu Wald erstreckte. Dann sprengten sie über den Bach und die Felder hinab auf das Dorf zu.

Vor ihnen lag die Einpfählung. Sie sahen das blinkende Eisen der erhobenen Sensen und Sicheln. Sie sahen die langen Röcke der Frauen und grinsten. Vor Frauen mit Messern fürchteten sie sich nicht. Sie hörten das Brüllen der Tiere. Plötzlich öffnete sich das Eingangstor, und ein kleiner alter Mann in einer Robe trat heraus. Die Reiter wieherten vor Lachen. Sie hatten das zwar schon vorher erlebt, aber es belustigte sie immer wieder aufs neue, wie diese alten Priester zu ihnen herausflatterten und den Mund voll von frommem Geschwätz hatten. Manchmal ließen sie sie eine Weile plappern, denn was machte das ihnen schon? Am Ende töteten sie doch alle: kreuzigten manche von ihnen, hingen andere an ihren Geschlechtsteilen auf oder ließen sie mit den Füßen über einem Feuer tanzen. Der Bannerträger, der neben dem Anführer ritt, lachte so laut, daß er beinahe aus dem Sattel gefallen wäre. Er hatte gerade daran gedacht, was er mit Mungo tun würde. Lachend lehnte er sich zurück und schloß die Augen, um sich das Bild besser vorstellen zu können. Noch immer lachend, beugte er sich über den Sattelknopf nach vorn, öffnete die Augen, wischte sich die Tränen fort, die ihm die Sicht nahmen, und — erstarrte.

Hinter Mungo im Tor der Einpfählung stand Der Krieger.

Die gesamte Linie der Reiter kam jäh zum Stehen.

Der Anführer tat einen tiefen Atemzug. »Scheiße«, sagte er. Er zog seinen schweren Zweihänder. Hinter ihm senkte sich die Reihe der Speere.

Scheiße! Scheiße! Ich hätte es wissen sollen!

Er lächelte säuerlich.

Nun denn, Mann, jetzt weißt du es ja.

Der Anführer der Wolfsreiter war alles andere als ein Feigling. Gerade das zweihändige Schwert, das er hielt, hatte er schließlich schon als halber Junge errungen und sich dafür den Weg in den Grabhügel eines alten Häuptlings in Sutherland gebahnt. Der Geist des Häuptlings war auferstanden und hatte mit ihm darum gekämpft. Ein höllischer Kampf war das gewesen, dort zwischen den Ringen und Broschen und Pferdeknochen, denn in jenen Tagen waren Gespenster wirklich noch die umherirrenden Geister der Toten, genauso böse wie die Lebenden, doch zweimal so stark. So war ein langer Nachmittag dort in der Düsternis vergangen, bevor der Anführer wieder nach draußen in die Welt des Sonnenlichts taumelte, blutüberströmt, aber das rote Schwert hatte er triumphierend in der Hand gehalten.

Auch die Reiter hinter ihm waren nicht gerade eine Schar von feigen Memmen. Sie hätten nicht das Leben führen können, wie sie es in den Wäldern und an einsamen Orten taten, ohne daß sie nicht schon in irgendeiner Form auf Geister getroffen wären. Fintan, einer mit rotem Gesicht und Bierbauch, hatte bereits einmal auf halbem Weg nach Strathnaver gegen einen *Uruisg* gekämpft und ihn nur dadurch am Ende zur Ruhe gebracht, daß er ihm den Kopf abgeschlagen und unter sein linkes Bein gelegt hatte. Doch gerade, als Fintan etwas Atem holen wollte, war er wieder zum Leben erwacht und hatte Fintan talabwärts gescheucht, wobei er einen Eichenknüppel in der einen Hand schwang und seinen abgetrennten brüllenden Kopf in der anderen hielt. *Puh!* Warum der Herr eine derartige Sippe von widerwärtigen Kreaturen überhaupt erschaffen hatte, erforderte einiges Verständnis. Harald, der ein *Lochlannach* aus dem heidnischen Norwegen war, behauptete, daß sie die Brut von Loki, dem Teufelsgott, seien, der den Tod von Baldur herbeigeführt hatte. Andere, die mehr vom Christentum wußten, nannten sie die Kinder Kains. Die einzig sichere Methode, die Todlosen zu töten, sei jene, so sagte Harald, ihnen den Kopf abzuhauen, diesen unter ihr linkes Bein zu legen, den ganzen verfluchten Körper zu Asche zu verbrennen, diese auf Wasser zu streuen und dabei das Zeichen von Thors Hammer zu machen. Dann könnte das Biest nicht wieder lebendig werden.

Hier war er also, ein *Uruisg:* Und bei Jesu' Nägeln und Thors Hammer, wie riesig er doch war! Das einzig Beruhigende war, wie der Anführer feststellte, daß er nicht bewaffnet zu sein schien. Allerdings steckte die Kraft von zwanzig, dreißig Männern in seinen Gliedern. Dann erst recht! Er drehte sich im Sattel um. Seid ihr zum Kampf bereit? Gut — alle Männer standen dort in Reih und Glied, die Speere gesenkt, keiner zauderte, auch wenn ein paar Gesichter ausgesprochen bleich wirkten. Er stellte sich in seinen Steigbügeln auf und schwenkte seinen Zweihänder hoch über dem Kopf.

»Faol!« rief er. »Wolf!«

Und seine Männer riefen: *»Faol«* und stießen ihre Speere in die Luft. Der Wolfskopf tanzte.

»Faol!« rief der Anführer wieder, lauter noch, und seine Männer wiederholten es. Er rief es ein drittes Mal, und ihr Gebrüll hallte von den Bäumen wider. Dann trieb er seinen schwarzen Hengst vorwärts. Die Reihe der hundert Pferde drängte nach.

Mungo in seiner Soutane erwartete sie einige Schritte vor dem geöffneten Tor. Der Krieger stand hinter ihm, riesige Fäuste in riesige Hüften gestemmt. Beide waren unbewaffnet. Die meisten Frauen standen dicht beieinander innerhalb des Tors, sie waren bis an die Zähne bewaffnet. Zusätzlich zu ihren Erntegeräten trugen viele Speere und Schwerter, über die Jahre erbeutet und im Stroh versteckt. Die alte Finella hielt einen langen Speer in beiden Händen und hatte sich einen umgedrehten Kochtopf wie einen Helm auf den Kopf gesetzt. Zu jedem anderen Zeitpunkt als diesem hätte sie lächerlich damit ausgesehen. Auch der blinde Manus war da mit dem Schmiedehammer, und Tomas stand mit einer Breithacke neben ihm. Fearchar saß rittlings auf der Einpfählung, den Bogen schußbereit. Alle Kinder, die alt genug waren, hockten mit Schleudern und ein paar Handvoll Kieselsteinen auf den Dächern der nächsten Hütten.

Ein Pferd wieherte im Wald. Zwischen den Ästen ein plötzlicher Schimmer von Weiß . . .

Die Pferde der Wolfsreiter schnaubten unruhig, und die Männer blickten zu den Bäumen, so als wollten sie dorthin laufen, doch gleichzeitig scheuten sie sich vor dem, was sie dort entdecken könnten. Um ihr Unbehagen zu verbergen, lachten und schrien sie laut und stießen immer wieder den Wolfsruf des Rudels aus.

Die Frauen gaben ihnen Antwort. »Schweinehunde! Bastarde! Gesindel!« kreischten sie und klirrten mit ihren Waffen.

Mungo ging auf die Reiter zu. Er hatte die Arme ausgestreckt und den Mund voller Worte. Als sie ihn sahen, gab einer der Reiter mit Namen Niall Buckelmaul seinem Pferd die Sporen und beugte sich nach vorn über die wehende Mähne, den langen Speer angelegt.

»Buaidh no bar!« rief er, und das heißt »Sieg oder Tod«, denn obwohl ein Räuber und Mörder, war Niall trotz allem ein mutiger Mann. Die leuchtende Speerspitze wies genau auf Mungo, der unbeweglich dastand, um sie zu empfangen.

Wie ein Donnerkeil kam Niall heran, Erdklumpen wurden

von den stampfenden Hufen seiner Stute hochgeschleudert. Da klang oben von der Giebelwand der nächsten Hütte Mairis hohe Stimme herüber —

»Krieger, Krieger, rette ihn, *Saighdear!*«

— und augenblicklich war der Krieger neben Mungo, hatte diesen hinter sich geschoben, und Niall, der nun sein Pferd nicht mehr anhalten konnte, fluchte fürchterlich und stieß seine Speerspitze genau in das Gesicht des Kriegers. Ein Schlag traf sein Pferd voll auf die Nüstern, das erschrockene Tier stellte sich auf die Hinterbeine, Niall wurde von demselben Speerschaft aus dem Sattel gerissen, den er umklammert hielt, und er stürzte, immer noch fluchend, vor Mungos Füße.

Ein Aufschrei kam von den Frauen und ein Klirren von Eisen.

Auch andere Männer waren so mutig wie Niall. Zwei von ihnen sprengten auf den Krieger los, und da sie an Haralds Rat dachten, hatten sie ihre Speere abgelegt und schwangen Äxte. Beide wurden von Nialls Speerstab getroffen, der dabei zersplitterte, und sie fielen bewußtlos neben ihn.

Die Linie der Reiter kam zum Stehen, und mehrere Pfeile wurden abgeschossen. Doch ohne Wirkung: Sie blieben in dem unempfindlichen Körper des Kriegers mit einem dumpfen Aufprall stecken, und er wischte sie einfach fort. Er lachte darüber wie ein Junge, der gekitzelt wird.

Weitere Pfeile flogen. Der Krieger lachte lauter und erschreckte mit seinem Gebrüll einige Pferde derart, daß sie sich umwandten und davongaloppierten und dabei ihre Reiter mit sich trugen. Ein Pfeil durchbohrte Mungos Schulter, zerriß das grobe dunkle Tuch und die faltige weiße Haut darunter, drang an einer anderen Stelle wieder durch das Tuch heraus, rot tropfendes Ulmenholz.

Die Frauen heulten und schrien. Finella klammerte sich an die Einpfählung und spie eine Flut von giftigen Verwünschungen aus. Ein Pfeil schlug direkt vor ihrem Gesicht ins Holz. Ein anderer Pfeil traf Malai am Bein, sie schrie auf und setzte sich schwerfällig beim Tor nieder. Ein Pfeil zielte zum Dachgiebel und kämmte eine scharlachrote Schramme durch Mairis Haar.

Da wurde Mungo von einer seltsamen Wut ergriffen. Er rief etwas und deutete mit einem zitternden Arm genau auf den Anführer und seinen gepfählten Wolfskopf. Niall, der stöhnend mit zerschmettertem Kiefer auf der Erde lag, fühlte sich plötzlich mit dem Kopf nach unten in die Höhe gehoben. Der Krieger hielt seine beiden Füße in einer massigen Hand zusammengepreßt. Niall schrie in Todesangst, als er dort hilflos hoch in der Luft baumelte, und dann wirbelte sein Körper aus sechs Metern Höhe auf den Kopf des Bannerträgers herab, der so gelacht hatte. Nialls Brust wurde von seinem eisernen Helm zerschmettert, und gleichzeitig trieb ihm Nialls Gewicht seinen eigenen Helm tief in den Schädel, und er stürzte, und mit ihm fiel auch der höllische Wolfskopf auf seinem langen Pfahl und lag auf der Erde, zu einem wertlosen Ding geworden.

Nun drängten die Frauen aus dem Tor heraus: die alte Finella und die schöne Seonaid, jede mit einem Speer bewaffnet; die unansehnliche Sine und die geschwätzige Una mit Sensen. Ihre beiden Töchter, Sorcha und Siubhan, schwangen Sicheln; die sanfte Sorcha hatte den Kopf ihres Geliebten von einem Sattel herabbaumeln sehen und weinte vor Rache. Auch die übrigen Frauen, nun selbst dem Haß gegenüber gleichgültig, waren allein von dem Wunsch bewegt, diese wahnsinnigen herumwütenden Hunde zu vernichten, die schon so lange so sinnlos gemordet und so raubgierig geplündert hatten. Nessa, mit einer Erntehacke und einem langen Messer bewaffnet. Tomas und Manus, die beiden alten Männer, keiner schreckte mehr vor dem Kampf zurück. Pfeil um Pfeil schoß Fearchar von der Einpfählung auf die fliehenden Reiter ab, während Pedair und Ringean und alle Kinder, die genügend Kraft in den Armen hatten, von den Dächern herab mit ihren Steinschleudern auf jene zielten, die in ihre Reichweite kamen.

Reiter nach Reiter stürzte zu Boden. Es gelang nur einem oder zwei, ihre Pferde wieder zu besteigen, denn der Geruch des Kriegers, und die seltsamen Laute im Wald, hatten die Tiere in Panik versetzt. Zu Fuß waren die schwerbewaffneten Reiter jedoch im Nachteil, und einige überrumpelte Männer wurden schneller getötet, als sie ihr Schwert ziehen konnten, um sich zu verteidigen.

Als einziger in diesem Tumult hielt der Anführer seine Stellung. Er sprengte mit seinem großen schwarzen Hengst vor den Frauen hin und her und schwang sein Schwert mit beiden Händen. Von Sensen und Speeren schlug er die Spitzen ab, kümmerte sich nicht um die Pfeile und Steine, die auf ihn zuflogen. »Feiglinge! Gelbbäuchige Bastarde!« brüllte er seine Männer an. »Steht auf und kämpft!« Einige versuchten, ihre Pferde zurück in das Gefecht zu treiben, doch keines der Tiere wollte dem Krieger nahekommen, und sie scheuten und schlugen aus. Raonull, ein junger Hebride, kam zu Fuß mit erhobenem Schwert und Schild herbeigelaufen, und zuerst wichen die Frauen vor ihm zurück. Doch dann hieb eine Sense ihm in die Beine, er stürzte, und eine Sichel setzte seinem Leben ein Ende. Und da die anderen, die schon hinter dem nächsten Feld waren, vergeblich versuchten, ihre schnaubenden, sich aufbäumenden Pferde wieder unter ihre Gewalt zu bringen, blieb der Anführer bald allein zurück.

Obwohl er noch zu Pferde war, unternahm er keine Anstrengung zu fliehen. Er erkannte, daß sein Ansehen darauf beruhte, jetzt nicht das Gesicht zu verlieren: Von einer Meute Frauen in die Flucht geschlagen zu werden — selbst wenn sie diesen verdammten wandelnden Baum hinter sich hatten — würde seine Herrschaft ein für allemal beenden. Da er nichts zu verlieren hatte, zerschmetterte er lachend den Kopf einer großen Frau mit Namen Marsali. Er schwenkte seine Klinge und schrie den Frauen zu: »Vorwärts, ihr Weiber! Kommt nur her, ihr dreckigen Huren!« Er schlug eine erhobene Axt aus den Händen einer Frau, und das Blatt flog im hohen Bogen davon und klirrte gegen die Einpfählung. Er lenkte sein Pferd nur mit den Beinen, ließ es im Kreis galoppieren und sprengte wieder zurück. Die Frauen duckten sich vor ihm. Er lachte: Blut war an seiner Klinge, und er freute sich über diesen Anblick. Er hörte das kalte haßerfüllte Zischen der Frauen und das Wiehern der Pferde — und er lachte noch lauter. Dann kam *Es*, und da wurde ihm jäh klar, daß dieser Dämon genau das war, was sich ihm so lange entzogen hatte. Der Tod selbst kam aus der Erde hervor, um ihn zu holen. Der Anführer fluchte wild und holte zum Schlag aus, doch die Klinge fiel ihm aus der zitternden Hand. Dann packte der Krieger den schwarzen Hengst und schleuderte ihn beiseite. Die Sattelgurte rissen, und der Anführer der Wolfsreiter rollte zu Boden. Halb betäubt, ohne Helm, gelang es ihm, sich ein wenig aufzurichten. Er tastete nach seinem Schwert, doch es war außerhalb seiner Reichweite. *Faol!* schrie er, als die Sensen und Sicheln über ihn kamen. *Faol!* schrie er, als sie an ihm zerrten, seinen Wolfsfellmantel aufschlitzten, die Lederriemen seiner eisernen Halsberge durchtrennten, ihn wie eine Muschel öffneten. Ganz am Ende fand er noch seinen Dolch und stieß ihn einer seiner Mörderinnen ins Bein. Mit einem Schrei brach sie zusammen. Er lachte, doch schon quoll ihm das Blut zwischen den Lippen hervor. *Faol!* gurgelte er in die sich herabsenkenden Klingen hinein. Und dann ging endlich die rote Sonne auf, die der Wolf so lange gejagt hatte, und zerplatzte hinter seinen Augen.

Der schwarze Hengst rappelte sich auf. Seltsamerweise war keines seiner Beine gebrochen. Er schüttelte sich. Er trug keinen Sattel mehr, die Gurte waren ebenso wie das Gebiß des Zaumzeugs zerrissen. Das Kriegsroß stand blinzelnd da und versuchte zu begreifen, was mit ihm geschehen war. Zum erstenmal, seitdem man ihn von der Herde fortgenommen hatte, wurde er von nichts mehr gebunden: weder durch Strick noch durch Leder noch von einem Zaun. Er starrte auf das Blutbad, wandte sich dann ab und galoppierte davon. Seine Hufe stampften über die Felder, und die überlebenden Reiter schrien ihm hinterher und versuchten, ihn einzufangen. Seine Hufe stampften über die ungepflügten Hänge, und die wachsamen Vögel auf den tieferen Ästen flatterten auf. Seine Hufe tauchten in den grünen Schatten ein, und der weiche Boden des Herbstwaldes dämpfte ihren donnernden Lauf.

Ich bin frei! dachte der schwarze Hengst, obwohl er arg mitgenommen war, sein Maul wund vom Zaum, sein Rücken wund vom Sattel. *Frei!* Diese *Duine*-Bastarde! Wer hätte gedacht, daß es sie so treffen würde? Der Hengst lachte und schüttelte die Mähne, dort unter den Bäumen. Sein Lachen, wenn es auch das eines Pferdes war, hatte nichts von dem rachsüchtigen und gewalttätigen Gelächter des Anführers, der seinem Tod ins Auge sah. Es war ein Lachen von reiner Zufriedenheit, ein Seufzer der Erlösung. Einmal hatte seine Herde wie das *Duine*-Volk dort unten gekämpft, denn der weise Pferdekönig hatte den Nutzen einer gemeinsamen Verteidigung erkannt. Als sie von den Wölfen angefallen wurden, hatten sie einen dichten Ring gebildet und mit ihren Hinterhufen ausgeschlagen. Sein eigener Vater hatte einen grauen Hund zu Tode getrampelt. Dann war der weise Pferdekönig gestorben, andere Wölfe waren gekommen und die Herde war vor ihnen geflohen, außen die Hengste, innen die Stuten, Fohlen und Ponys. Er war jung und schwach gewesen und zurückgefallen. Seine Mutter war bei ihm geblieben, und die Zähne eines Wolfes hatten ihr die Kehle aufgerissen. Dann hatte ein Jäger den Wolf erlegt und ihm das Fell abgezogen. Das Fohlen hatte er an einem Strick mitgenommen und zu einem Kriegsdiener der *Duines* gemacht. Schrecklich war der Hengst anzusehen, mit dem Wolfspfahl hinter sich und dem Anführer in Wolfsfellen auf seinem Rücken, wenn er auf dem Boden stampfte und schwarzes Feuer aus seinen Nüstern blies. Doch immer war jener Strick um seinen Nacken gewesen.

In treuer Ergebenheit hatte er Wunden und Todesgefahr für den Anführer gewagt, doch dessen Fall bedeutete nun eine Erlösung und eine tiefe Freude für ihn. Das Wort des Wolfsreiters galt nicht mehr.

Hufschläge im Wald. Noch bevor der schwarze Hengst sie gehört hatte, wußte er von ihnen. Dann vernahm er jenes Wiehern, das jedes Pferd in den Tagen, als der Wald noch groß war, im Land zwischen Sonnenaufgang und Sonnenuntergang kannte: Zwischen den dunklen Säulen von Birken und Tannen schimmerte die weiße Flanke, glänzte und glitzerte zwischen Farn und Erlenreisig, so als würde die Mondfrau selbst auf die Erde herabkommen und frei im Morgen umherstreifen, in der lebendigen grünen Frische der Welt, die vor den Menschen und ihrem Lärmen war. Und als er an den Ort gelangte, zu der kahlen Mulde, die von schwarzen Felswänden umgeben war und von den wartenden Massen des Waldes überragt wurde, da war nirgendwo am Wolfsfels mehr ein Mörderauge, und der schwarze Hengst blieb stehen, streckte seine Vorderbeine und neigte den Kopf.

»Goban, mein Herr«, sagte er.

Wie sie den Michaelis-Struan machten

Es war ein spätes Michaelis, und im Dorf wurde getanzt. Das Volk feierte *Michael nam Buadh*, Michael den Siegreichen, den Heiligen des Meeres und der Pferde, der die Mächte der Finsternis überwand. Sie hatten das Blut von ihren Waffen gewischt und Sensen, Sicheln und Breithacken bis zur Feldarbeit im Frühjahr wieder an ihre Nägel gehängt. Die Speere und Schwerter, auch die gerade erbeuteten, waren zurück ins Stroh gewandert.

Zwei Frauen waren tödlich verwundet worden. Zwei weiche Hügel von frischer Erde auf dem Friedhof. Auch sieben Wolfsreiter und zwei von ihren Pferden waren getötet worden. Sie wollten sie nirgendwo in ihrem Tal begraben, aber sie fürchteten sich auch davor, sie den Vögeln zu überlassen für den Fall, daß dann ihre Geister umgehen würden. Mungo sagte jedoch, daß ihre Seelen an jenen anderen Ort gebunden seien, und als Finella sich daran erinnerte, daß tote Wikinger bei den Norwegern in brennenden Langschiffen auf den Weg nach Norden geschickt wurden, da errichteten sie auf dem Feld hinter dem Rabenturm einen Scheiterhaufen und verbrannten die sieben Männer dort und mit ihnen die Pferde. Die Frauen hatten den Wolfskopf hoch oben auf den Turm gesetzt, doch Mungo kletterte hinauf und warf ihn über die Brustwehr. Er drehte sich mehrere Male in der Luft und stürzte dann in die Flammen.

Sie hatten vier Gefangene gemacht, darunter den fetten Fintan. Die übrigen Reiter waren in alle Winde verstreut. Auch sechs Pferde waren erbeutet worden. Zuerst hatten sie die Gefangenen töten wollen, doch bald hatten sich die Gemüter abgekühlt, und die Männer wurden zu einem Urteilsspruch vor Mungo und Finella gebracht. Mungo predigte ihnen die ewige Verdammnis, sprach zu ihnen von ihrer Schlechtigkeit, fragte sie, ob sie bereuten — was sie taten — und welche Arbeit sie für das Dorf als Buße leisten könnten; da traten sie von einem Bein auf das andere und blickten verlegen umher. Finella ließ einige Getreidekörner durch ihre Finger rieseln und sagte, es sei ein Jammer, Samen zu vergeuden, zudem wo nun der Winter komme — denn Männer waren schließlich Männer, was sie auch sonst noch sein mochten. Die Frauen kicherten. Die Gefangenen wurden weggeführt und in einer der Hütten eingesperrt. Die Pferde wurden für das Pflügen im Frühjahr behalten.

Doch *was* sie mit dem Krieger machen sollten, wußten sie nicht. Er hatte mit verschränkten Armen dabeigestanden und der Verbrennung zugeschaut. Er hatte zwei Männer getötet, und seine Augen funkelten. Mungo hatte die Befürchtung, daß er, da er keine unsterbliche Seele und deshalb kein Gewissen hatte, in einem Blutrausch geraten könnte und immer wieder töten wollte. Er befahl ihm, sich niederzuknien, damit er ihm das Kreuz abnehmen konnte, doch der Krieger weigerte sich. Als Mungo seufzte und meinte, daß er ihm ja wenigstens die Pfeilspitzen aus dem Körper ziehen könnte, stieß er ihn schroff von sich fort.

Der Krieger ging durch den Wald und schlug mit den Armen um sich. Mit einem Faustschlag brach er einen jungen Baum. Er begann, Fleisch zu essen, watete auf der Jagd nach Forellen in den Loch und verschlang die Fische ganz.

Und die Frauen? Nun, sie redeten jetzt nicht mehr übermütig davon, daß ihr Krieger Than oder König werden oder ein Heldengeschlecht zeugen würde oder ähnlichen Unsinn. Sie sahen einfach erwartungsvoll dem Pflügen und dem nächsten Aussäen entgegen, denn schließlich waren sie Bauern wie ihre Eltern und Großeltern vor ihnen, hier in demselben Tal im

Schatten des Waldes. Was bedeutete da schon der Krieger für sie? Er war gekommen, hatte die zweifache Bedrängnis von Hunger und Not abgewendet. Da sie nicht gewohnt waren, auf Gefahr außerhalb der Jahreszeit zu achten, in der sie davon bedroht wurden, waren sie nun glücklich und sprachen von einem Winter mit vollen Scheuern und ohne Not, und auch davon, wie gut sie mit den Pferden pflügen würden. Ja, er war gekommen, doch nun wünschten sie sich insgeheim nichts anderes, als daß der Krieger wieder verschwinden würde.

Durch die Kämpfe, bedingt durch dieses und jenes, war es ein spätes Michaelis geworden, aber dieser Tag war einer der Höhepunkte des Jahres, den sie nicht versäumen wollten. Es gab zwar keine Möhren in Schottland — und auch nirgendwo sonst in Britannien —, womit das Volk einen *Domhnach Curran*, einen Möhren-Sonntag, hätte begehen können, wie es in späteren Jahrhunderten an Michaelis Brauch war, wo die Frauen die phallischen Rüben im Hinblick auf ihr künftiges Liebesglück einer genauen Prüfung unterzogen. Doch die Kinder machten sich Kronen aus Schilfgras und schmückten sie mit Heidekraut, suchten auf den Waldwegen nach Tannenzapfen und sprachen über die geeignete Größe und Form, wobei die Jungen verlegen erröteten und die Mädchen kicherten. Und das erfüllte vollauf seinen Zweck.

Dann gab es noch die Wettläufe. Es erfreute den Heiligen, der auf rätselhafte Weise gleichzeitig ein Reiter und ein Bootsmann war, wenn an seinem Namenstag ihm zu Ehren Pferderennen veranstaltet wurden. Nun hatte es in der letzten Zeit zwar mehr als genug galoppierende Pferde in ihrem Tal gegeben, so hätte man annehmen können. Aber nein — sie ließen die sechs erbeuteten Tiere rund um die Einpfählung von Tor zu Tor um die Wette laufen. Fearchar und Nessa, die jeder einen

Reiter getötet hatten, Malai, die für den Rest ihres Lebens hinken würde, und Ealasaid, eine Schar von anderen Frauen, immer zwei auf einem Pferd, begleitet von Kindern, die nebenherliefen und sich an die Tiere hingen, sie alle jagten mit Getöse um das Dorf und über den Bach, wirbelten eine gewaltige Staubwolke auf, während die anderen herumstanden und Beifall klatschten und sie anfeuerten. Rob der Gauch, der den gesamten Kampf unter dem Heuwagen verschlafen hatte — was sehr für ihn spricht, wenn man einmal darüber nachdenkt — nun, er tat sein möglichstes, auf einem großen, laut schnaubenden Braunen aufzusitzen. Er sprang hinauf und fiel auf der anderen Seite wieder herab, und Pedair und Ringean, die das Tier hielten, schütteten sich aus vor Lachen. Schließlich verlor der Gaul endlich die Geduld mit Rob und trat ihn *peng!* genau in die Hoden, und der Gauch quietschte schlimmer als ein abgestochenes Schwein. Die beiden Jungen hätten sich fast über ihn totgelacht, wie er da mit seinem Hintern im Bach saß, seinen empfindlichen Körperteil rieb und sich die Augen ausheulte, bis ihre Mutter sie zu sich rief und kräftig ohrfeigte.

Sine und Siubhan, die besten Bäckerinnen im Dorf, bereiteten den Kuchen mit dem Namen *Struan Micheil.* Alle Früchte der Ernte waren darin: Hafer, Gerste und Roggen, zu gleichen Teilen, wurden gemahlen, dann mit einem Scheffel Haferschrot vermischt, das mit Schafsmilch angefeuchtet war, und das Ganze wurde auf einer Lammhaut gebacken. Wenn der *Struan* in der Ofenhitze fest zu werden begann, wurde eine dicke Kremschicht, aus Rahm, Eiern und Butter geschlagen, mit einem Pinsel aus Hahnenfedern darübergestrichen. Zuletzt erhielt der Kuchen einen dicken Überzug aus Moorbeeren, Heidelbeeren, Brombeeren und Kümmelkörnern. Sine und Siubhan traten zurück, um ihr Werk zu bewundern. Jede Hütte machte einen solchen Kuchen, aber ihrer war immer der beste, und daher hatte man sie gebeten, den *Struan Comachaidh* zu backen — den großen Gemeinschafts-*Struan* für das ganze

Dorf. Mairis Wuschelkopf tauchte zwischen ihnen auf, sie starrte mit großen Augen auf den Kuchen, und das Wasser lief ihr im Mund zusammen.

»Und das ist für dich, Mairi«, sagte Siubhan und brach ihr ein Stück ab.

»Und für meinen Krieger?« sagte Mairi mit vollem Mund.

Die Frauen blickten einander an.

»Wir haben hier einen Kuchen für dich und den Vater — und andere Kirchenbewohner«, sagte Siubhan und legte einen *Struan Treo*, einen Familienkuchen, in Mairis Hände.

Das Mädchen rannte damit fort und suchte seinen Krieger.

Am Abend wurde vor der Kirche getanzt. Der blinde Manus, der seinen Hammer in Blut getaucht, ihn dann aber fortgelegt und geschworen hatte, ihn niemals wieder anzurühren, setzte seine Flöte an die Lippen. Fröhliche Musik erhob sich über dem stillen Tal, und die Frauen tanzten.

Der Krieger saß allein im Schatten der Scheune und sah ihnen zu.

Die Frauen tanzten, obwohl es traurig war, ohne Männer tanzen zu müssen; denn Fearchar tanzte nur mit Nessa, Manus war blind und Tomas alt, Rob war ein Gauch und Mungo ein Priester. Dann aber erinnerten sie sich an ihre vier Gefangenen, die in einer völlig verrammelten Hütte eingesperrt waren. Unter der Androhung, daß der Krieger sie bei lebendigem Leibe verschlingen würde, wenn sie auch nur einen Versuch machten zu fliehen, wurden sie herausgelassen. Und die vier Männer ließen sich nur allzugern darauf ein, wurden von einer erhitzten Tänzerin zur nächsten gezogen, bis sie ziemlich erschöpft waren.

Der Krieger saß allein im Schatten der Scheune und sah ihnen zu.

Mairi und Pedair, die zusammen vielleicht zwanzig Jahre zählten, führten den Tanz »Die Alte aus dem Mühlenstaub« auf. Pedair trug ein langes Schilfrohr in der rechten Hand, das entweder den Zauberstab des Heiligen Columba oder der Druiden versinnbildlichen sollte — da gingen die Meinungen auseinander. Er und Mairi tanzten umeinander herum, gestikulierten, hoben die Arme hoch, überkreuzten sie, tauschten die Plätze. Pedair wedelte mit dem Schilfrohr über seinem Kopf, dann über Mairi, berührte damit ihr Haar, und da fiel sie wie tot zu seinen Füßen. Dann fing Pedair an, über ihren Tod zu klagen, hielt seinen Kopf in den Händen, während er sich im Kreis drehte, griff sich mit den Händen an sein Herz und gab eine großartige Darbietung seines Elends. Dann kniete er neben Mairi nieder, hob ihre linke Hand in die Höhe, blies seinen Atem auf die Handfläche und berührte sie mit seinem Schilfrohr. Augenblicklich streckte Mairi den Arm hoch und bewegte ihn über ihrem Gesicht hin und her, während Pedair freudig herumsprang. Dann berührte er ihre rechte Hand auf die gleiche Weise, danach den linken und den rechten Fuß, und Mairis Glieder regten sich. Schließlich beugte er sich über sie, blies seinen Atem in ihren Mund und berührte ihr Herz mit dem Schilfrohr. Sofort kehrte Mairi ins Leben zurück. Sie sprang lachend auf, die beiden begannen wieder zu tanzen und wirbelten, so schnell sie nur konnten, immer im Kreis herum.

Das war die Auferstehung, die Hervorbringung des Lebens aus dem Staub.

Der Krieger begriff undeutlich, daß Mairi mit dem *Duine*-Jungen nur ein Spiel machte und nicht wirklich tot war, als sie zu Boden fiel. Trotzdem aber wußte keiner, ob seine Augen in diesem Moment nicht doch voller Schmerz waren, weil niemand ihn beachtete. Als später jemand zu ihm hinblickte, saß er nur einfach da, eine große Masse, und betrachtete sie, und seine Augen waren ebenso ausdruckslos wie zwei Astknoten im Baum.

Danach kamen andere Tänze, wie »Der Hahnenkampf«, »Die watschelnden Enten«, »Der Reel der schwarzen Hennen« . . . Siubhan stand mit dem kleinen Eoin, dem jüngsten des Dorfes, über einer Sense, einer Sichel und einem Häufchen Getreide, und Mungo und Finella, die beiden ältesten, tanzten mit erhobenen Armen und unter Hochrufen um sie herum. Fintan, der dicke Gefangene, und Tomas, der ihn fast mit seiner Breithacke getötet hätte, führten einen ganz annehmbaren Schwerttanz über einigen verrosteten Klingen auf.

Sie waren inmitten von Tanz und Flötenspiel, von Springen und Lachen, als die Frau, die jetzt immer hoch oben auf dem Turm Wache hielt, mit einem Hammer auf die Metallstange schlug, die dort aufgehängt war, und »Reiter! Reiter im Tal!« zu ihnen herabrief — und augenblicklich war alles verstummt.

Drei Reiter näherten sich dem Dorf. Der eine war ein einfacher Söldner. Er hielt das Banner des Than: eine sprungbereite Katze mit gezückten Krallen. Der zweite war ein junger Knappe auf einem tänzelnden Pony. Vor ihnen ritt der Herold des Than — nicht der gewöhnliche Bote, der vor kurzem schon einmal bei ihnen gewesen war, sondern ein hoher *Duinewassal*, prächtig gekleidet und voller Überredungskünste. Er stieg vor dem Tor ab und bat, überaus höflich, um Einlaß. Unter lautem Hundegebell wurde ihm das Tor geöffnet. Seine beiden Gefährten blieben draußen. Das Volk drehte ihnen den Rücken zu und begann wieder zu tanzen.

Der Herold begrüßte Mungo, rieb sich die Hände, sagte, es sei ja schön zu sehen, wie sich »das einfache Volk« vergnüge. Dann kicherte er ohne besonderen Anlaß in sich hinein und zog Mungo mit seiner Hand auf dem Ellbogen des alten Mannes und einem rosigen Lächeln auf dem Gesicht beiseite.

Manus' Flötenmusik spann Fäden zwischen den länger werdenden Schemen auf der Dorfstraße.

»Ist er hier?« flüsterte der Herold begierig.

An der Ecke der Scheune bewegte sich ein riesenhafter

Schatten. Unwillkürlich wanderten Mungos Augen in diese Richtung, der Herold folgte seinem Blick.

»Ah —!«

Er machte einen großen Satz rückwärts und stieß dabei gegen eine Hüttenwand. Er blieb an sie gelehnt stehen, seine Hände ruhten auf dem Schwertknauf und von seinen Lippen sprudelten Gebete.

Es war Abend, die Nacht kam rasch heran. Am östlichen Himmel, der schon ganz dunkel war, standen die ersten Sterne.

»Ich bin vom Than mit den beiden folgenden Forderungen hierhergeschickt worden«, sagte der Herold. »Die erste ist, daß die Köpfe der Gefangenen, die Waffen und Pferde, die ihr erbeutet habt, zusammengeholt und unter Bewachung zum Sitz des Than gebracht werden, wo er schon darauf wartet, sich daran zu erfreuen.« Doch selbst während er sprach, waren seine Augen auf jenen Schatten hinter den umherspringenden Tänzern gerichtet.

Das Volk entzündete ein Feuer aus Blättern. Kleine gelbe Flammen drehten sich mit im wirbelnden Tanz. Riesige Figuren geisterten auf den dunklen Wänden herum. Ein stiller, schweigender Schatten reckte sich in die Nacht empor.

»Ich bedaure, daß der Than weder die Köpfe der Gefangenen noch die erbeuteten Waffen und Pferde bekommen kann«, sagte Mungo.

Das unbezwingliche Lächeln des Herold verengte sich zu einem gefährlich verkniffenen Schlitz über seinen Zähnen.

»Denn von jenen, die diese Dinge von unseren Angreifern erbeutet haben, ist bereits über ihr Schicksal entschieden worden«, fuhr Mungo fort.

Der Herold rümpfte die Nase. Was ist denn das für ein Dorf, wo das Volk über die Dinge bestimmt und nicht seine rechtmäßigen Herren? Ein Volk obendrein, das zum größten Teil aus *Weibern* besteht?

»Dieses Dorf — unter Gott«, sagte Mungo ruhig.

»Für diese Worte könntest du hängen, Priester.«

»Ich weiß«, seufzte Mungo.

»Dann ist da noch ein zweiter Punkt, bei dem dein Hals — oder soll ich sagen, deine Seele? — auf dem Spiel steht«, sagte der Herold und hatte wieder sein Lächeln aufgesetzt. »Du hast Gerüchten zufolge — und ich kann sehen, daß diese wahr sind — einen . . . wie kann ich es ausdrücken? . . . einen *Uruisg*, einen Kobold, einen Troll, einen Schutzgeist in deinen Diensten stehen. Nein, nein, mein Freund«, fuhr er fort und hob die Hand, um Mungos Widerspruch zu ersticken, »das sind nicht meine Worte, denn ich weiß nichts von solchen gefährlichen Dingen, sondern die Worte des Bischofs. Jawohl. Denn als unser Than von der Existenz dieses *Dinges* hörte, das du da hast, was tat er da anderes, besorgt um deine arme Seele, als zum Bischofspalast nach Inverness zu senden und zu fragen, ob du nicht etwa von dem geraden und engen Pfad, den Mutter Kirche für ihre sterblichen Kinder festgelegt hat, abgewichen wärest in das finstere Reich der Geisterbeschwörung und des schlauen Feindes. Mein Herr, der Bischof, ist äußerst beunruhigt. Er ist übrigens, wie deinem Gedächtnis vielleicht entfallen ist, ein Vetter unseres Than und häufiger Jagdgast bei ihm. So außer sich war er über deinen Seelenzustand, daß er sich hinsetzte und weinte, denn er sah dich, wie er es ausdrückte, bereits von lodernden Flammen umgeben, und kleine Teufel mit ihren Haken, die nur darauf warteten, dich in die offene Grube zu ziehen. Denn was ist das anderes, so sagt unser Bischof, als das Werk eines Hexenmeisters, diese Beschwörung von einem Kobold Satans an einem heidnischen Ort — und von einem, dessen merkwürdiger Zeitvertreib uns schon in der Vergangenheit schwerstes Unbehagen verursacht hat. O irrender Sohn der Kirche! sagt der Bischof, willst du nicht umkehren? Ich will für deine Seele beten, damit nicht die Häresie und die Greuel der Teufelsverehrung, die du begangen hast, so tief verwurzelt werden, daß sie mit roten und gelben Flammen aus dir herausgebrannt werden müssen! Denn steht nicht geschrieben: ‚Du sollst nicht dulden, daß eine Hexe am Leben bleibt?' Und der Bischof kniet nieder und betet, und mit ihm sein ganzer Palast von Priestern: *O irrender Sohn der Kirche, willst du nicht umkehren?* Und für den Fall, daß du seinen liebenden Worten nicht zuhörst oder sie nicht beachtest, ist bereits jetzt ein Scheiterhaufen vor den Palasttoren errichtet worden, und ein Mann mit schwarzer Kapuze steht dort, um dir dabei behilflich zu sein, dich für immer von deinem sündigen Fleisch zu trennen. Ist es nicht ein schönes Gefühl, daß so viele berühmte Männer sich Sorgen um den Zustand deiner lieben Seele machen?«

Manus' Flötenspiel spannte einen Regenbogen über die lachenden Gesichter. Das Volk tauschte nun untereinander kleine *Struans* aus, die abwechselnd *Struan Beag* oder *Struan Chloinne* genannt wurden.

»Wir haben übrigens auch einen *Struan Mor* für den Than, den Ihr mitnehmen könnt, wenn Ihr fortreitet«, sagte Mungo.

»Natürlich«, sagte der Herold, »kann man die ganze Sache auch völlig anders betrachten.«

Da gingen die Pharisäer hin und hielten einen Rat, wie sie ihn fingen in seiner Rede, und sandten zu ihm ihre Jünger samt des Herodes Leuten. Die sprachen: Meister, wir wissen, daß du wahrhaftig bist und lehrst den Weg Gottes recht und fragst nach niemand; denn du achtest nicht das Ansehen der Menschen. Darum sage uns, was meinst du: Ist's recht, daß man dem Kaiser Steuer zahle, oder nicht?

»Der Than ist äußerst beeindruckt«, sprach der Herold weiter, »von der Kraft, die dein Ungeheuer besitzt. Denke doch nur, Priester, und vergiß nicht, das sind auch die Worte deines Bischofs, was für einen Soldaten er abgeben würde! — was für ein Soldat er bereits gewesen ist! Doch warum sich damit begnügen, einen Räuberhaufen auszulöschen? Stell dir nur vor, was es erst bewirken könnte, wenn es in der Kriegskunst richtig ausgebildet würde und eigene Waffen erhielte! Unser Than, der in allem ein weiser und gütiger Herrscher ist, und sein Vetter, der Bischof — Gott segne und behüte sie beide! — hätten damit eine Macht hinter sich, die keiner je herausfordern könnte. Wenn immer ein Tal bedroht wäre, könnte unser Than diese Macht dorthin senden, und die Gefahr würde weichen, so als wäre sie niemals dagewesen. Wenn immer eine Kirche entweiht oder eine heilige Schwester geschändet würde, hätte unser Herr Bischof jene Macht zu seiner Verfügung, um den Übeltäter zu bestrafen. Stell dir das nur einmal vor, Priester! Von deinem Krieger beschützt, könnten wir endlich ein friedliches, gottesfürchtiges, vereintes Land haben! Ein schottischer Engel mit einem feurigen Schwert, der unser Schottland für alle Zeiten beschirmen würde! Und, wie der Bischof sagt, *Gott will es so!* Das ist, in Kürze, die zweite Forderung unseres Than.«

Da nun Jesus merkte ihre Bosheit, sprach er: Ihr Heuchler, was versuchet ihr mich? Weiset mir die Steuermünze! Und sie reichten ihm einen Groschen dar. Und er sprach zu ihnen: Wes ist das Bild und die Aufschrift?

»Er ist hervorragend gebacken, der große *Struan*, den wir für Euch haben«, sagte Mungo. »Zwei von den Frauen können das sehr gut. Wenn sie mit den Eiern und der Butter, dem Roggen und Hafer, den Moorbeeren und Brombeeren arbeiten, dann backen sie wirklich ein Gedicht, etwas so Unübertroffenes, wovon der Than, wie ich glaube, von uns bisher in jedem Jahr ohne Beschwerde eine Kostprobe erhalten hat.«

Und sie sprachen zu ihm: Des Kaisers.

»Ich zweifle nicht daran«, sagte der Herold, »daß irgendeine befriedigende Übereinkunft hinsichtlich der Gefangenen, der Waffen und Pferde getroffen werden könnte; vielleicht auch in Anbetracht der Steuern, die ihr bezahlt, der Bewachung des Turms, selbst deiner eigenen Bequemlichkeit. Ich weiß sehr wohl«, der Herold griff sich an die Nase, »daß der Herr Bischof ein oder zwei weitaus einträglichere Ämter zu vergeben hat als dieses hier. Und was den Scheiterhaufen angeht — ach! vergiß ihn. Es sind schon oft Fehler begangen worden, verleumderische Zungen haben für Gerede gesorgt, doch kein schlauer Mann ist bisher auf den Scheiterhaufen gekommen. Verstehst du, was ich sagen will?« Und dabei grinste er unmerklich.

Da sprach er zu ihnen: ‚So gebet dem Kaiser, was des Kaisers ist, und Gott, was Gottes ist!'

»Ich meine, Priester, hast du den Sinn meiner Worte erfaßt?«

»Und es steht auch noch ein Krug Branntwein für Euch bereit«, sagte Mungo, »denn der Rückweg zum Sitz des Than ist weit, und die Nächte werden länger und sind in dieser Jahreszeit auch schon ziemlich kalt.«

»Vielleicht habe ich mich nicht klar ausgedrückt«, zischte der Herold, und plötzlich schimmerte seine Schwertklinge im Feuerschein.

»Oh, das habt Ihr durchaus, seid unbesorgt«, sagte Mungo. *»Saighdear«*, rief er dann, »der Herr will aufbrechen. Würdest du ihn wohl zu seinem Pferd geleiten?«

Mit einer erstaunlichen Schnelligkeit, wenn man seine Größe bedachte, löste sich der Schatten des Kriegers von der Scheune. Er machte einen großen Schritt über das Feuer, und unter dieser heftigen Luftbewegung flackerten die Flammen, der Tanz brach ab, die Flöte verstummte. Der Herold verweilte lange genug, um einen flüchtigen Blick von dem Koloß zu erhaschen, der da auf ihn zustrebte, ehe er einen Schrei ausstieß und die Flucht ergriff. Sein Schwert schlug klirrend auf einen Stein. Dann verloren sich die Hufschläge von ihm und seiner Eskorte wie Gemurmel in der Dunkelheit des Tals.

Nun standen alle Sterne am Himmel. Herbstnacht. Der Geschmack von Winter in der Luft.

»Er hat seinen *Struan* nicht mitgenommen«, sagte Mungo. »Wie schade!«

Manus legte seine Flöte weg. Das Volk hörte zu tanzen auf und ging heim. Für kurze Zeit leuchteten Lichter in den Hütten auf. Das Feuer vor der Kirche erlosch.

Der Krieger wanderte unglücklich um die Einpfählung und murrte vor sich hin. Mairi lief zu ihm, und er hob sie auf seine Schultern hoch. Sie hielt sich an seinen Ohren fest. Mungo schaute ihnen nach, wie sie sich aus seinem Blickfeld entfernten. Er stand allein an der Kirchenmauer. Nach einer Zeit bemerkte er, daß die alte Finella neben ihm war.

»Näher bist du der Gnade Gottes sicher noch nie gewesen«, sagte Mungo scherzhaft.

Die alte Frau brummte.

»Das Himmelsvolk hat Kerzen für uns angezündet«, sagte Mungo und nickte den weißen Lichtern zu.

»Ja. Schön«, sagte Finella.

Das alte Paar stand eine Weile da und betrachtete die Sterne.

»Wir müssen ihm ein Ende machen«, sagte Mungo.

Finella sagte nichts.

»Unser Krieger ist nicht dafür geschaffen worden, Krieg für den Ruhm von Thans und Bischöfen zu führen, sondern nur, ein Dorf zu verteidigen. Wenn sie ihn für ihr Heer nehmen und ihm ein Kettenhemd anziehen und ein großes zweihändiges Schwert geben, wer weiß, was dann geschieht? Ich nicht. Ich weiß nicht einmal, was ihn antreibt. Er hat keine Seele, doch irgendeine Art von Geist ist in ihm, auch wenn er aus Erde und Holz besteht. Und von diesem Geist, oder wohin dieser ihn lenken mag, habe ich keine Ahnung.«

»Ich auch nicht«, sagte Finella.

»Wenn er ihren Befehlen nicht gehorcht«, fuhr der alte Mann fort, »werden sie das Volk bestrafen, am Ende vielleicht sogar das Dorf abbrennen. Wie könnten wir sie hindern? Wenn er ihren Befehlen aber gehorcht, dann — gnade uns Gott! — haben wir mit ihm eine Waffe geschaffen, die niemand in der Gewalt hat, nicht einmal die blinden Menschen, die sich ihrer bedienen. Wie sollte ich mich am Tage des Jüngsten Gerichtes rechtfertigen, wenn alle die zerschmetterten Köpfe und abgehauenen Hände auf mich deuten und sagen: ‚Er! Dieser alte scheinheilige Heuchler ist es gewesen, der jene Furie auf uns losgelassen hat! Dieser Lästerer, der seinen Herrn verraten hat! In die Hölle mit ihm! Er soll auf ewig verdammt sein!‘ O der Gedanke daran!« klagte Mungo.

Nach einer taktvollen Pause sagte Finella:

»Zum Glück bin ich keine Christin, um solche Ängste haben zu müssen. Ich mußte natürliche Übel rächen, und dies habe ich vor jenem Tor dort getan.«

»Allerdings, ich habe dich dabei gesehen.«

»Jawohl. Er hat seine letzte Hütte in Brand gesetzt, jener Mann, dem ich da draußen den Rest gegeben habe«, sagte die alte Frau grimmig. »Ein Speer durch die Kehle ist ein Mittel gegen viele Krankheiten.«

»Deine Arznei ist ausgesprochen wirksam gewesen«, sagte Mungo.

»Doch die Ernte ist eine Sache, die gefeiert werden muß. Töten ist es nicht.«

»Ja. Das ist in der Tat so.«

Schweigen. Dann seufzte Finella.

»Er war schön, unser Krieger«, sagte sie.

»Er war wunderschön«, sagte Mungo.

Finella ging.

Mairi kam.

»Vater«, sagte sie, »es ist schon sehr spät.«

Mungo wandte ihr seine traurigen Augen zu. Er legte ihr die Hand aufs Haar. Über der langen Wunde, wo der Pfeil sie gestreift hatte, bildete sich harter, trockener Schorf.

»Kleine«, sagte er. Seine Stimme war ein sanfter Aufschrei. *»Cha chaomh leam neach ach thusa«* — »Ich habe niemand so lieb wie dich.«

Mairi schmiegte sich an ihn.

»Das weiß ich, Vater.«

Sie brachen einen *Struan* zwischen sich, den sie gemeinsam aßen, Bissen für Bissen.

»Was fehlt dir, Vater?«

»Mairi, mein Lämmchen«, sagte er, »du mußt unserem Krieger das Kreuz abnehmen . . .«

»Mairi, mein Liebling«, sagte er, »das Kreuz ist eine Bürde, die für manche zu schwer zu tragen ist . . .«

»Mairi, mein Herz«, sagte er, »selbst unser Herr Jesus ist daran gestorben . . .«

Mairi weinte.

»Warum, Vater, warum?«

»Er ist aus Erde und Holz, er kommt aus dem Wald, und der Wald will ihn zurück.«

Ein Käuzchen flog klagend über ihre Köpfe hinweg.

»Hörst du?« sagte Mungo. »Sie fragen nach ihm. Sie wollen wissen, warum er nicht zu ihnen zurückkehrt.«

»Vater, das kann ich nicht.«

»Mädchen, Mädchen, ich will ihm das Kreuz ja schon selbst abnehmen, doch du mußt ihn irgendwie dazu bringen, den Kopf zu mir herabzubeugen, damit ich es erreichen kann. Zwei Gelegenheiten dazu habe ich bereits gehabt und sie beide verstreichen lassen. Wenn ich wieder versage, Mairi, dann werden sie ihn für das Heer des Than holen und einen Schlächter aus ihm machen. Er muß in den Wald zurückkehren, Mairi. Er ist kein Mensch, und alle anderen Geschöpfe der Natur sind frei von der Sünde Kains. Es wäre eine Last, die ihn zerstören würde.«

Ein langes Schweigen breitete sich zwischen ihnen aus, nur die Laute des Waldes waren zu hören. Und tatsächlich erschien es Mungo so, als würden von dort Stimmen rufen: *»Saighdear, Saighdear, kehre zu uns zurück, Saighdear.«*

»Ich will es für dich tun, Vater — und möge Gott mir vergeben«, sagte Mairi schließlich.

Sie drehte sich um und rannte in die Nacht davon.

Mungo hob das Stück *Struan* auf, das sie fallen gelassen hatte, und wendete es in seiner Hand hin und her. Niemals hatte sich der alte Mann erbärmlicher gefühlt, niemals unwürdiger, die Robe zu tragen. Sein Herz war wie eine kalte zusammengepreßte Faust. Die Tatsache, daß er sich eben sein eigenes Todesurteil durch Verbrennung gesprochen hatte, beunruhigte ihn überhaupt nicht.

Müde lief er noch ein wenig durchs Dorf. Als er Stimmen aus der Schmiede hörte, stellte er sich in die Tür. Una und ihre beiden Töchter erzählten sich gegenseitig Geschichten. Sie lachten. Alles war so, wie es sein sollte. Das Feuer warf seinen Schein auf Sorchas volles, warmes Gesicht. Der alte Mann konnte erkennen, daß sie schwanger war und fragte sich, ob sie es selbst schon wußte. Vielleicht wird der Priester, der als nächster kommt, wenn sie mich getötet haben, das Kind taufen. Ich werde eine Nachricht für ihn hinterlassen. Einige junge Priester machen heutzutage Schwierigkeiten bei unehelichen Geburten.

Una traf Vorbereitungen, ins Bett zu gehen. Siubhan betrachtete das schlafende Gesicht des kleinen Eoin. Leise sang sie:

Schlaf, Kindchen, schlaf.
Dein Kleid ist aus vielen Farben,
Schlaf, mein Liebchen, schlaf.
Ich machte es aus Marderfellen,
Schlaf, mein Herzchen, schlaf.
Dein Vater ist ein großer Krieger,
Ein Jäger mit Spieß und Keule.
Keiner ist kühner als er,
Schlaf, mein Täubchen, schlaf.

Und die schwangere Sorcha sang:

In den Bergen jagt er das Wildschwein,
Auf den Hügeln den Hirsch und das Moorhuhn.
Aus den Wassern des Inver holt er den Fisch,
Schlaf, mein kleines Mäuschen, schlaf.

Und Una sang:

Keiner ist kühner, keiner wagt mehr,
Keiner ist stärker mit Schwert und mit Speer.
Wenn du ein Mann bist, wirst du ein großer Jäger
sein —

Schlaf, Kindchen, schlaf

sang Siubhan.

Wie Der Krieger in den Wald zurückkehrte

Mairi rannte durch die Nacht.

Sie fühlte sich einsam. Da sie gleichzeitig Waise war und für Mungo den Haushalt führte, war sie den Jahren nach älter als die Kinder, doch jünger als die verwitweten Frauen und die ungeliebten Mädchen, von denen sie umgeben war. Und so, auf eine eigenartige, doch sehr wirkliche Art und Weise, hatte sich ihre Zuneigung zu dem einsamen schwerfälligen Riesen aus dem Wald entwickelt — beinahe so, wie zu einer anderen Zeit oder in einem anderen Land ein zehnjähriges Mädchen mit Sommersprossen und Wuschelkopf ihre Liebe einem Pony, einer Katze oder einem Elefanten schenken und annehmen könnte, daß die ganze Welt diese Liebe teilen müßte.

So erging es Mairi mit ihrem *Saighdear.*

Sie kam zu ihm, er stand bei der Einpfählung und hatte gerade einen Teil davon niedergerissen.

»Jeder hassen Krieger«, sagte er, »nicht mehr mögen Krieger.«

»Ich mag dich«, sagte Mairi.

»Krieger alles einschlagen! Krieger jeden töten!« rief er.

»Ich mag dich«, sagte Mairi mit erstickter Stimme und preßte ihr Gesicht gegen ihn.

Am nächsten und übernächsten Tag ging Mairi mit dem Krieger spazieren, doch sie konnte sich nicht dazu überwinden, ihm das Kreuz abzunehmen, obwohl er sie auf seinem Nacken umhertrug. Am dritten Tag liefen sie zum Ufer des Loch. Der Krieger watete ins Wasser hinaus, um Forellen zu fangen. Er griff nach ihnen, ließ sie über seine Handflächen schwimmen, war jedoch zu mißgestimmt, um viele von ihnen zu fangen. Jedesmal, wenn ihm eine entkam, verschlechterte sich seine Laune noch. Er schlug mit der Faust auf die Wasseroberfläche und gab dabei merkwürdig kehlige Laute von sich. Mairi hörte genau hin, doch es war nicht die Sprache der Menschen. Seine Augen waren rot von Feuer und glitzerten gefährlich. Das kleine Kreuz schimmerte im Sonnenlicht.

Er ist kein Mensch. Der Vater sagt es.

Mairi saß da und beobachtete ihn vom Ufer aus. Sie fror und zog ihren leuchtendbunten Plaid fester um sich. Der Krieger schien nichts von der Kälte zu spüren. Er lief durch das eisige Wasser, ohne daß es ihm etwas ausmachte.

Er ist kein Mensch.

Mairi kauerte sich auf dem grasbedeckten Uferstreifen zusammen. Der Loch war bis zum Rand mit Wasser gefüllt. An einigen Stellen war der Berghang hineingerutscht: Sie sah einen roten Streifen Erde und einen überhängenden Baum, dessen Wurzeln überspült waren. An anderen Stellen fiel der Hang allmählich ab, die Heide streckte sich bis dicht an das Wasser heran, dann kam ein schmaler Grassaum, der in Erdbrocken und Geröll endete. Hier und dort lagen große Steinblöcke, einer davon ein riesiger kahler Findling, mit den geheimnisvollen Narben und Löchern bedeckt, die von den Eisriesen vor vielen Zeitaltern dort eingemeißelt worden waren, nun zu einem Ort der Möwen geworden und weiß von ihrem Dung. Direkt neben Mairi ragten Kopf und Schultern eines Felsen aus dem Berghang hervor. Die Oberfläche des Sees lag nicht weit unter seinem Kinn, und vom Daraufschauen war der Stein grün geworden. Auf dem Rücken seines Halses wuchs Efeu, das dunkler war als der Stein selbst und mit blassen Blumen übersät. Es waren die letzten Blüten des Jahres. Ein Insektenschwarm nährte sich davon. Für sie waren es die letzten Blüten ihres Lebens.

Der Krieger kehrte mit zwei Fischen in der Faust ans Ufer zurück. Er biß einen davon in der Mitte durch und spuckte ihn halb ins Wasser zurück. Den anderen schleuderte er auf die Erde, er war zu einer nicht mehr erkennbaren Masse zerquetscht. Mairi sagte etwas, was lustig klingen sollte. Der Krieger brummte und legte sich neben sie. Bis zu den Knien reichten seine Beine ins Wasser hinein. Mairi sah den Wirbel, den seine Füße am Grunde des Loch entstehen ließen, wo das kalte Sonnenlicht auf die Kiesel schien. Ein Fisch schoß zwischen den fast schwarzen Wasserpflanzen hindurch. Ein kleiner weißer Stein leuchtete auf.

Der Vater sagt es. Er ist kein Mensch. Der Vater sagt es.

Wie gebannt starrte Mairi auf den weißen Kiesel.

»Mairi will?« sagte der Krieger plötzlich. Seine Stimme dröhnte dumpf über das Wasser.

Er ist kein Mensch.

Er beugte sich vor, griff nach dem Kiesel und gab ihn Mairi. Zögernd nahm sie ihn aus seiner großen plumpen Hand entgegen. Feucht und schillernd lag er in ihren kleinen Händen. Der Krieger lächelte. Er streckte sich neben Mairi aus, den Kopf in der Heide. Der feurige Ausdruck, jeder Zorn war aus seinen Augen verschwunden. Er blickte zu den Wolken hoch, dann schloß er seine Lider. Das goldene Kreuz glitzerte an seinem Nacken.

Der Vater sagt es.

Mairi pflückte einige Blüten aus dem Efeu und steckte sie dem Krieger ins Haar. Schweigend saß sie neben ihm und hielt mühsam ihre Tränen zurück. Dann schaute sie lange in sein Gesicht. Es zeigte keine menschliche Regung. Er atmete langsam und tief — wie ein Kornfeld, wenn der Wind hindurchfährt. Mairi berührte mit ihren Fingern die Kette, an der das Kreuz des Engels hing.

»Mairi schön«, sagte die Stimme des Kriegers.

Mairi schloß die Augen. Dort, wo ihre Finger die Kette zusammenpreßten, brannte sie durch und zerriß. Der Krieger seufzte, als würde ihm das Herz brechen. Mairi nahm ihm das

Kreuz ab. Er seufzte noch einmal und wurde leblos. Schluchzend warf sie sich über seinen Körper. Als sie Mairi später endlich fanden, lag sie wie ohnmächtig da, gedankenleer und ohne Tränen. Mungo trug sie nach Hause. Mit dem kleinen Stein konnten sie nichts anfangen. Ein Fuß trat gegen ihn, und er fiel in den Loch zurück.

Mit Fearchar und Rob, der den Karren lenkte, kehrte Mungo zurück, um den Krieger zu holen. Mungo stand über seiner riesigen Gestalt und sprach seine Gebete für ihn, so als wäre er trotz allem tatsächlich ein Mensch gewesen. Der Wind, der durch das Haar des alten Mannes peitschte, kündete den Winter an. Dann trugen sie den Körper fort.

Am gleichen Abend las Mungo die Totenmesse in der Kirche. Mairi saß mit großen, starr blickenden Augen da. Mungo sprach sie an, sie gab keine Antwort. Er küßte sie auf die Stirn, sie rührte sich nicht.

Er nahm das Kreuz und legte es an einen verschwiegenen Ort hinter den Altar. Am nächsten Tag war es verschwunden. Vielleicht hatte der Engel es geholt.

Sie füllten mehrere große Vorratskrüge mit Getreide und sandten sie das Flußtal hinab zum Sitz des Than. Zusammen damit ließ Mungo die Nachricht überbringen, daß es den Krieger nicht mehr gab.

Dann wartete er auf das Feuer.

Seltsamerweise geschah nichts. Vielleicht war der Than insgeheim froh darüber, daß ihm diese schreckliche neue Waffe am Ende doch nicht in die Hände gelegt wurde. Vielleicht hatten seine Heerführer bezweifelt, sie beherrschen zu können. Vielleicht wollte sich der Bischof, trotz seiner Großmäuligkeit, die langen und unbequemen Fragen ersparen, die ein Ketzerprozeß unweigerlich mit sich brachte. Auf alle Fälle erschien niemand, um den alten Priester festzunehmen oder zu töten. Die Frauen, die bereit gewesen wären, ihn zu verteidigen, nickten einander zu und sagten, ja, alles wäre in Ordnung und würde schon gut gehen. Nun kam der Winter mit seinen ganzen Härten und verschloß die Tore ihrer Welt, und in den kurzen Tagen suchten weder Soldaten noch Räuber einen Kampf.

Noch etwas Seltsames ereignete sich vor dem Winter. Mairi verschwand, und mit ihr Faidh, der Fuchswelpe. Eines Morgens war sie einfach nicht mehr da, ihr Bett war leer.

Während die Tage kürzer und kürzer wurden, wartete Mungo auf ihre Rückkehr. Er schickte die Dorfleute hinaus, um in der Kälte des Waldes nach ihr zu suchen. Er ging selbst, langsam, denn nun spürte er sein hohes Alter und seine ganze Gebrechlichkeit, legte unter den immergrünen Bäumen die Meilen bis zum Lochufer zurück, zu dem flachen Stein, wo er gesessen und den Widerschein des Mondes auf dem Wasser betrachtet und den Schrei des Reihers gehört hatte, zu dem geheimnisvollen Wolfsfels, bis zum Fuß der Berge . . . Alt und erschöpft kehrte er heim. Danach ging er wieder am Stock. Und Finella schüttelte den Kopf und sprach weise Worte zu ihrer Katze.

Am Abend saß Mungo allein in der leeren Kirche. Fearchar hackte Holz für ihn, Nessa schnitt ihm Brot. Doch in den Nächten kam kein sanftes Atmen aus dem Raum des kleinen Mädchens, und am Morgen versuchte Mungo, sich den Klang ihrer Stimme vorzustellen, aber da war nichts. Er redete zu ihrem Igel, gab ihm Milch in einer hölzernen Schale zu trinken und erzählte ihm von Mairi, von seiner Liebe zu ihr und von seinen Ängsten. Und Finella schüttelte den Kopf und sprach weise Worte zu ihrer Katze.

Mungo stand am ungepflügten Hang in der Nähe der Stelle,

wo sie das Johannisfeuer entzündet hatten, und Finella stand neben ihm, und da fanden sie Worte.

»Ist das deine Zauberei?« sagte Mungo.

Und die alte Finella sagte ihm, was unter den Leuten erzählt wurde: daß Mairi gesehen worden war, wie sie eines Nachts, bei Vollmond, in den Wald hineinging und wie ein kleiner Fuchshund neben ihr und um sie herum und vor ihr herlief und einen Weg ausschnüffelte und wie Mairi ihm folgte. Und am Ende jenes Pfades durch den Wald, so sagte das Volk, wartete Der Krieger auf einem großen weißen Pferd auf sie. Denn sie gehörten beide dorthin, Der Krieger und das Mädchen, so wie die Bäume und die Vögel und die Wölfe.

»Auf einem großen weißen Pferd?«

Mungo blickte sie mit einem Schimmer von Verstehen an, doch er konnte seine Ahnung nicht in Worte fassen.

»Horch!« sagte die Schwarze Finella plötzlich.

Die beiden alten Leute hoben die Köpfe. Es war der Monat des roten Gebrülls. Sie hörten den Hirsch auf dem Hügel. Sie hörten das Grüne Tor sich zum Ort des Ursprungs öffnen.

»Der Gesang des Waldes«, sagte Mungo.

»Goban«, sagte die alte Frau. »Er hat sie zurückgeholt.«

»Er hat sie zurückgeholt.«

In dem Land, das mir heilig & heil ist, eins mit dem Schilfrohr und dem Fingerhut, eins mit dem Weißdorn und dem wilden Ginster, wo es weder Gesetze noch Ketten noch Kreuze gibt und die Heide den Fuß des Menschen noch nicht kennt — dort reitet Mairi mit ihrem Krieger auf dem Rücken jenes schwanenweißen Hengstes für alle Zeiten durch den Wald, und der grüne Wind weht freudig durch Haar und Mähne.

Das Grüne Tor

Dann war der Monat des Gebrülls vorbei, die Trift des Wildes hinab zu den tieferen Hügeln und in die Senken, der starke Geruch nach brünstigen Hirschen in der Heide. Vorbei war auch das heftige Schlagen ihrer Geweihe gegen die unteren Äste der Bäume und das Röhren der großen Tiere, das schwarz gegen den roten Abendhimmel stand. Eiche und Eberesche, Ulme und Espe trugen das späte Herbstkleid. Einsam inmitten von dunklen Tannen leuchtete noch die goldene Flamme einer Birke. Dann zitterten die Espenblätter nicht mehr und fielen herab.

Nun kommt die Kälte. Langsam schließen sich die weißen Winterwände um das Tal und um das Dorf, das darin liegt. Der Novemberregen über dem Wald, in jenen Tagen ein Wald von Wildschwein und Elch und Biber, wird kalt und frostig; dann prickelt die Luft vor eisiger Schärfe, deren erste Finger drohend nach den Felsen am Lochufer greifen. Nebel senkt sich in grauen Fäden über die Mulden der Bergschluchten, Nebel hängt als graue Aura über dem Wald, wo sich Scharen von Kreuzschnäbeln durch seine wogenden Massen zu den Tannenwipfeln aufschwingen. Auf den höchsten Berggipfeln in der Ferne, dem Ben Nevis, Ben Macdhui und Braeriach, fällt der erste Neuschnee auf geschützte Eisfelder, die niemals schmelzen.

Und die Kälte kommt, ja, sie kommt, und mit ihr der feuchte Nebel, warnende Rufe hallen über das Land. Nun wenden sich auch die letzten Zugvögel des Sommers, der Mauersegler und die Schwalbe, gen Süden. Die Tiere, die dableiben, graben sich ins Vergessen. Waldmäuse sammeln Eicheln und Bucheckern, um damit die kommenden Härten zu überstehen. Fledermäuse suchen nach feuchten Plätzen, Höhlen und hohle Bäume in Wassernähe, wo sie ihren Winterschlaf halten können. Die Frösche schlüpfen in den stillen, weichen Schlamm der Bachwände. Im Wald rollen sich die Bären zusammen und werden bis zum Frühjahr nicht mehr aufwachen. Dann kommt der Lachs, schwer von Laich, flußaufwärts von der tiefen grünen See gezogen. Und andere: Vögel aus der Arktis; der Bergfink aus den Birkenwäldern von Tromsö; der Wilde Schwan aus Island, dem Reich der Sagas, auf den salzigen Spuren der Langschiffe, der Vogel von Egil und Gunnar; und die kleine Schneeammer von dem Ort, wo Worte auf der Luft gefrieren. Und schwanenweiß, federweich, leicht und tödlich ist der erste Schnee, der auf dem Ben More, Ben Klibreck und Morven fällt. Der Dunst in den sich zusammenkauernden Tälern wird von der Wintersonne rosig gefärbt, und zum letztenmal röhrt der Hirsch.

Kalt, kalt. Nun erleben auch die ersten Täler die herabfallende Weiße und werden formlos. Die Hügel sind voller Schneewehen. Selbst um die Mittagszeit gelingt es der Sonne nicht mehr, hoch über die gefrorenen Berge zu steigen. Die Heide ist verwelkt, das Gras braun und hart geworden. Im blendenden Licht des Schneefeldes wachsen wilde Rosen und stengelloses Leimkraut. Unter der weißen Decke verbirgt der Wald seine Farben, sein Gelb und sein Grün, sein Rot und sein Braun. Die Blumen des Regenbogens knien nieder und neigen ihre Köpfe zur Erde, das Farnkraut beugt sich, der Bach tröpfelt über Eis, das Murmeln seines Wassers ist wie ein Klirren zwischen Eiszapfen. In der schneidenden Luft fällt die frostige Feuchtigkeit wie allerfeinster Kristallregen herab. In der schneidenden Luft wachsen Farnmuster aus Eisnebel auf Fels und Stamm. In der schneidenden Luft wandeln schwarze Bäume in bläulichen Dunstmänteln umher.

Der Winter ist eine Zeit von Stille und Sturm, und in diesem Jahr bläst er heftig und stark über das enge Tal, wo das Dorf liegt. Der Wind kommt heulend über die grüne Küste und dort, wo der Wald ihn nicht hindert, foltert er die schaudernde Erde mit peitschendem Hagel. An den versteckten Orten vermindern sich die Herzschläge. Ja, selbst die Menschen halten Winterschlaf, und die Schwächsten von ihnen sterben, Mann und Kröte, Frau und Krähe, denn die nährende Erde ist hart und bedeckt und das Blut kreist langsam und kühl. Im Dorf treiben sie das Vieh im Turm zusammen, nachdem sie dort alle Schießscharten mit Brettern verschlossen und die klammen Steine mit Feuern angewärmt haben — sehr zur Freude von Fledermaus und Käuzchen, die nun dort leben. Die Tiere drängen sich brüllend im Hof zusammen, Luadh steht oben auf der Treppe und bellt. Winter.

Immer noch schneit es, denn in jenen Tagen von Wildschwein und Elch ist es kälter als heute, und der Winter ist die Zeit von hohem Schnee und dunkler Wolkenjagd, wo das Volk jede Dämmerung zählt. Der Loch friert von seinen Ufern aus zu, und Fischer aus den hungrigen Orten gehen dorthin in der Hoffnung, in der Mitte des Sees, wo das Wasser noch fließt, die dunklen Schatten des Lachses zu entdecken. In dem glücklichen Dorf unter dem Turm aber drehen sich bei Tag die Handmühlen, der Backofen glüht rot, um ihn herum ist die Erde weich vor Wärme. In den Nächten, die voll von Sternen und dem Heulen des Windes sind, hören Kinder, die wach liegen, ihre Eltern dann Geschichten erzählen von Schöpfern und Helden und dem Wald der zarten Blätter, wo Zeit einst jung war. Und die Kleinsten, deren Erinnerungen gerade erst geboren sind, fragen: Wird er denn jemals kommen — jener herrliche Frühling, den sie noch nicht kennen? Im Turm geben sie dem Vieh langstieliges gelbes Heu zu fressen, dort ist ein Ort von Dung und schwerem, dampfendem Atem. Winter.

Der Dezember ist meist milder als die beiden bitterkalten Zwillingsmonate, die ihn umklammern. Es ist eine Zeit, wo der Schnee wieder dem Regen weicht, einem trostlosen, wirklich erbärmlichen Regen. Doch manchmal öffnet er hier und dort die Pforte des Schnees, und darunter wächst grünes Gras — eine Vision des kommenden Wohlseins für alle, die lange genug überleben können. Es ist eine Zeit, wo sich die Stürme und das Geheul des Windes in friedliche Tage verwandeln und die Welt still und reglos erscheint. Dann tragen die immergrünen Bäume schimmernde Kleider, die Felsblöcke sehen wie weiße Burgen aus, und eine dünne Eiskruste überzieht den unberührten Schnee. Fußspuren verharschen auf den Dorfwegen. Im Wald unterbrechen die Igel und Haselmäuse ihren Schlaf und suchen für kurze Zeit nach Nahrung. Füchse wühlen zwischen den harten Wurzeln nach Regenwürmern. Kalter Lachs treibt wie erstarrt im Wasserbett. An anderen Tagen jedoch bläst der Wind aus Südwest kräftig über die Dächer. Es ist naß: Graupelregen rinnt die Holzstiegen herab, tropft von Stroh und Ast. Und die Leute, die sich vor ihren Türen stampfend einen Weg bahnen, nicken sich zu, ihr Atem steht in der beißenden Luft, und sie wissen, das Schlimmste kommt erst noch . . .

Das Jahr wechselt an einem klaren, windlosen Tag, wenn alles ruhig und kalt und friedlich unter der strahlenden Sonne liegt. Und dann kommt *es*. Der Wind dreht wieder nach Norden, und dann kommt *es* — kommt er, der Schneesturm, der erbarmungslos aus der Arktis bläst und die weißen Bienen ausschwärmen läßt. Januar, Monat des Frostes.

Otterspuren neben dem zugefrorenen Bach, die verschwinden, sobald das Wasser an einer Stelle wild genug ist, um noch schwarz und frei zu sein: Otterkopf, der sich seinen Weg durch den Schnee pflügt, sich gegen die weiße Kälte stemmt wie ein Schwimmer in den Wogen. Bitteres Land, grausames Land, von Schnee und Nordwind gepeitscht, Land, das heult wie die Wölfe, die darin umkommen. Das ist die Zeit des Hungers. Das Hermelin fröstelt in seinem weißen Winterpelz. Adler und Fuchs kämpfen um dieselbe kleine Beute. Das Schneehuhn zittert inmitten dieser Not. Das Wild frißt das Efeu von den

Baumstämmen ab; die Rehe stellen sich auf ihre Hinterbeine, damit sie noch ein paar Mundvoll mehr erreichen können. Die meisten Kriechtiere sind in ihren Winterschlaf zurückgekehrt. In der Wärme der Torfballen hüten Ohrwürmer ihre Eier. Die weißen Schwingen der Ammer gleiten durch die Fichten. Die Schnee-Eule überwintert dort, wo der Nordwind bläst. Sie jagt bei Tag, ihre wilden Krallen befleckten die reine Welt rot. Vor ihrem tückischen Schnabel suchen Finken und Meisen Zuflucht unter den Dorfdächern.

Tagelang, nächtelang, wütet und tost der Wind, und die Schöpfung drängt sich in ihren Behausungen zusammen. Die Menschen um Talglichter, an Holz- und Torffeuern, sie wärmen sich an der Winterflamme ihrer Gespräche, während der Wind an den Wänden zerrt und diese mit seiner Macht bis in die Grundmauern erschüttert.

Huh, heult der Wind. *Huh. Alles verändert sich.* O weh!

Und er jagt über die Dächer und kratzt mit seinen grauen Fingern am Stroh. Er fährt gellend die Rauchlöcher hinab und schlägt gegen die knarrende Tür, die nur eingeklinkt ist, bis das Holz knackt und die Bohlen auffliegen. Er reißt an allem, was nicht befestigt ist, die Wand mit einem Riß darin wird bersten, das schlecht geflickte Dach wird himmelwärts fliegen, die Fensterklappen dröhnen und poltern um das Vieh. Am Waldrand wirbelt er das Laub auf, und das ungepflügte Hangland ist ein Ort, wo morsche Äste in den Armen des Regens tanzen und schlanke Bäume krachend zu Tal stürzen.

Und der Wind ist da, so wie er immer da war, selbst jenseits der Finger des Waldes, selbst jenseits der Berge;

jenseits der Töchter des Liedes, die rasch mit der Morgenflut aus dem Osten kommen, mit glänzenden Schuppen und Flossen, Seegras als Haar;

jenseits der Söhne des Krieges, die nach Westen in das Zwielicht von Hoffnungen gehen, welche sich wie Blut in die klagende Erde ergossen;

jenseits der Begegnung und Paarung der beiden Ströme, der beiden fremden Völker, aus denen du, mein Land, in der goldenen Zeit der Verheißung entstanden bist.

Huh, heult der Wind. *Huh. Alles verändert sich.* O weh!

An die flüchtigen Jahreszeiten unter dem Steingürtel, in dem langsamen Zeitmesser der Felsen, den tiefverborgenen Knochen der Welt;

an die Furche von hölzernem Kiel und Bootshaut, die das Salzwasser zerteilt, und an die Pflüge, welche die braune Haut der geduldigen Erde zur Zeit des Pflanzens umwenden;

an die Trümmer von Kirchen und Burgen, das Zerfallen von Fahnen und Rosten von Waffen in der Nässe des Bodens;

an die Stimme, die für die Vergessenen spricht, und an den Sänger, der auf den Bergen der Sorge spielt;

an den Schatten jenseits des Todes, der den Schrei von Jahrhunderten in Fesseln trägt.

Huh, heult der Wind. *Huh. Alles verändert sich.* Doch das hat der Wind damals immer getan. O weh!

Dann, Mitte Februar, atmet die Heilige Bride warmes Leben zurück in den Mund des toten Winters. Der erste Löwenzahn öffnet seine Blüten. Die kalte Luft zittert bei der langsamen Geburt des Frühlings.

Nun ist wieder das Toben des Sturms im Wald zu hören. Schnee fällt von den bebenden Ästen herab, doch nicht mehr vom Himmel. Die eisenharten Blätter hüpfen und springen die Waldwege entlang. Der zurückkehrende Regen prasselt gegen die Stämme der Fichten und Erlen, löst dünne Eissplitter von den zugefrorenen seichten Stellen des Loch. Schon zeigen sich frühe Schlüsselblumen. Auf Haselstrauch und Birke wachsen Kätzchen. Unter geschützten Felsvorsprüngen nisten die Raben. Und langsam, ganz langsam, werden die Tage länger. Die erste Wärme ist in der Sonne, der Mond wandert an einem wolkenlosen Himmel. Ein helles Lächeln liegt auf dem Gesicht des Landes. Im schmelzenden Frost öffnet sich das Hirtentäschel, und die ersten Frühlingstage kommen ganz frisch und leuchtend, wie Schnecken nach dem Regen, hervor.

Horcht!

Dies ist die allmähliche Wende der Dämmerung, der grüne Ursprung der Jahreszeiten, wenn stille Tümpel unter den Bäumen stehen und die kühle Frische nach dem Regen auf den erwachenden Hügeln liegt. Dann verliert das Reh sein Winterhaar und der rote Hirsch wirft sein altes Geweih ab. Das Tor des Flußtals öffnet sich. Bald werden die zerfurchten Fährten wieder begehbar sein. In den dunklen Stunden des Tages ist die Sumpfschnepfe, meckernd wie eine Ziege, in den Lüften zu hören. Im Morgengrauen singt der schwere Auerhahn, der in den Ästen der Kiefer sitzt. *Twi-ti, ti-ti* ruft der Strandläufer vom Loch her, als sich das letzte Eis in dunkles Wasser auflöst. *Fraank* antwortet ihm der Reiher.

Der Gesang des Waldes, so nennen es jene, die stehenbleiben und lauschen.

Über den letzten zögernden Schneewehen kommen an der Birke junge Blätter zum Vorschein. Späte Wildschwäne aus dem Norden verlassen das Tal, als die ersten Brachvögel von Süden eintreffen. Die Heide hat ein warmes weinrotes Braun bekommen, das Gras ist frisch und grün. Im Abendlicht fliegt die Waldschnepfe über den Baldachin der Bäume. Die Nacht klingt heiser vom Chor der Frösche. Dann kehrt auch die Schwalbe zurück, *Wit-a-wit* ruft sie, *Wit-a-wit.*

Sie nennen es: den Gesang des Waldes.

Surrexit Dominus de sepulcro.

Nachspiel

Das Feld

An einem Morgen, als die erste herrliche Sonne den Nachtfrost bereits weggeschmolzen hatte, traf das Volk Vorbereitungen, die Felder umzupflügen. Sie zogen die *Caschroms* ins Freie, strichen die Pflugscharen und entfernten den Rost. Vor den großen Pflug spannten sie zwei Ochsen, öffneten die Saaturnen und füllten die Beutel für das Pflanzen. Die Mädchen aus dem Tal sangen. Sie sangen mit der offenen Zufriedenheit, wie solche Menschen sie erfahren. Die milde Frühlingsluft war in den grünenden Zweigen. Saatkrähen sammelten sich und folgten den Pflügen. Nicht weit entfernt war das Klopfen eines Spechtes zu hören.

Da nahm Mungo seinen Saatbeutel und ging singend aufs Feld.

Einsamkeit bedeutet,
sich tagsüber nicht
von den Handlungen der Menschen
ablenken zu lassen
und in der Nacht nicht
vom Treiben der Geister.
(Tibetisches Sprichwort)